MARVEL

O SOLDADO INVERNAL

FRENTE FRIA

Primeira edição Marvel Press: fevereiro de 2023

MARVEL PRESS
ARTE ORIGINAL DE CAPA **TULA LOTAY**
DESIGN ORIGINAL DE CAPA **EMILY FISHER**

EXCELSIOR – BOOK ONE
TRADUÇÃO **ARIEL AYRES**
PREPARAÇÃO **TAINÁ FABRIN**
REVISÃO **SILVIA YUMI FK E RAFAEL BISOFFI**
ARTE E ADAPTAÇÃO DE CAPA **FRANCINE C. SILVA**
DIAGRAMAÇÃO **BÁRBARA RODRIGUES**

Dados Internacionais de Catalogação na Publicação (CIP)
Angélica Ilacqua CRB-8/7057

L518s Lee, Mackenzi
O Soldado Invernal : frente fria / Mackenzi Lee ; tradução de Ariel Ayres. - São Paulo : Excelsior, 2023.
ISBN 978-65-80448-70-8
Título original: *The Winter Soldier: cold front*
1. Literatura norte-americana 2. Soldado Invernal – Personagem fictício 3. Super-heróis I. Título II. Ayres, Ariel
23-1151 CDD 813

Índices para catálogo sistemático:
1. Literatura norte-americana

MACKENZI
LEE

MARVEL

O SOLDADO INVERNAL

FRENTE FRIA

São Paulo
2023
EXCELSIOR
BOOK ONE

Para minha mãe, meu pai, Zach, McKelle, Q, e Kenai
The Living Room Residency
2020—2022
E Chief — meu agente adormecido favorito

Quando você desperta, a única coisa da qual se lembra é de ter morrido.

O gelo quebrando ao ser atingido por seu corpo, mais estrondoso que um tiro antiaéreo. O frio que arrancou todo o ar de seus pulmões. A água que os inundou quando você se engasgou em choque. Você caiu pesado, mas pousou leve, o mundo embranquecendo ao seu redor enquanto flutuava, frio demais para nadar, frio demais para respirar. Frio demais para fazer qualquer coisa além de morrer.

Você não sabe como, mas tinha certeza de que morria. Sempre foi diferente antes — apesar de que não se lembra de como "antes" era. Antes, você flertava com a morte como um bêbado em um bar, imprudente e tonto, mas sem intenção de segui-la até em casa. Você ficava na ponta da faca. Engolia últimas chances até o osso. Foram incontáveis. Até que deixaram de ser.

Mas você não morreu, não é? Então, o que é isso?

Seus olhos estão fechados, e quando você os abre, a luz queima. Nuvens espectrais pontilham os cantos de sua visão, névoa condensada e transformada em carne. Aqui estão os fantasmas que vieram lhe buscar. Você não consegue lembrar seus nomes. Mas certamente teve uma mãe e um pai antes. Talvez sejam eles, o chamando através do umbral com mãos estendidas. Talvez um amigo que não sobreviveu à infância — todo mundo tem um desses. A vez em que você aprendeu que as pessoas realmente morrem, e a coisa a se temer não é a perda, mas o perder. Talvez os fantasmas sejam soldados. Você se lembra de soldados. Talvez sejam eles, seu grupo de irmãos, afundados na água profunda, frígida, antes de você, agora esperando do outro lado.

Os fantasmas vestem bonés brancos, e suas faces estão cobertas. Você não consegue ver seus olhos, apenas a luz de cima refletindo neles. Ela refrata através das garrafas de vidro penduradas acima de você, longos tubos serpenteando abaixo delas como rabiolas de pipa antes de desaparecerem debaixo de sua pele.

Você consegue sentir seus conteúdos se esvaziando em você, e seu corpo se tensiona contra o peso adicionado. Seu peito se contrai, um espasmo como aqueles trazidos pelo frio. De repente, você está de volta à água.

Você tem medo, mas não sabe por quê.

Você quer lutar, mas não sabe contra o quê.

Você nem sabe se conseguiria, mesmo se tentasse. Seus membros não parecem ser seus. Seu corpo inteiro é uma paisagem estrangeira, traiçoeiro em seus mistérios. Há dor em lugares que não existem. Fraqueza em músculos que nunca relaxam. A água desaparece, mas o frio continua.

— Qual é seu nome? — pergunta um fantasma.

Você não consegue ver suas pernas, mas tenta movê-las. É como tentar atravessar uma parede de gelo grosso.

— Você consegue me entender? — pergunta o fantasma, e você consegue.

Entende, mas não consegue mover suas pernas. Você tenta os braços, mas apenas um deles responde. Seu punho fecha e abre e fecha novamente.

É seu?

Um *punho.* Uma *mão. Você tenta olhar, mas algo prende sua cabeça no lugar, e a luz continua em seus olhos. Você quer levantar-se — você sempre imaginou que morreria de pé, enfrentando a bala. Mas aqui está você, se afogando em luz e inundado de água, com nada além de uma mão que nem é sua.*

— Qual é o seu nome? — pergunta o fantasma novamente, e você sabe a resposta.

Não diga, *você pensa e tensiona a mandíbula até sentir dor. Seu corpo inteiro treme com o esforço necessário para não responder, para manter a cabeça acima da correnteza quando seria muito mais fácil se entregar e se permitir afundar.*

— Estamos quase lá — disse o fantasma, e você sente o pressionar suave de dedos contra sua testa, empurrando seu cabelo para trás.

Outro alguém já fez aquilo, antes. Outro alguém tocara seu cabelo com delicadeza, mas quando você tenta alcançar a memória, há apenas o vazio. Você consegue sentir a falta de quem quer que ocupara aquele espaço dentro de você. Ela rouba sua respiração, a grandeza daquele abismo. Seu coração gagueja, o tremor ecoando em um bipe eletrônico alto.

— Me diga seu nome — diz o fantasma.

O gelo racha abaixo de você. A água invade, espumando e cravejada de gelo glacial, e você não consegue lutar contra ela. Você não consegue nadar. Você não consegue esperar por uma maré que nunca mudará, e não é apenas água até onde seus olhos alcançam. É muito mais. É só o que restou.

Através de uma profusão de água gelada, você arfa sua resposta, engasgando-se com cada palavra como se fossem feitas de fractais afiados de gelo.

— Eu não sei.

— Bom — responde o fantasma. — Bom, isso é perfeito.

Capítulo 1
1954

O agente se encolhe quando Rostova arranca o capuz de sua cabeça. A sala está escura, mas o agente passou os últimos dias na escuridão, vendado enquanto era transportado por entre porões e caminhões e celas congelantes de concreto. Até o brilho amarelo e doentio de uma única lâmpada acima parecia um holofote, brilhante o suficiente para fazê-lo recuar. Ou isso, ou ele estava pressentindo um golpe.

A lâmpada nua acima pisca, e todas as sombras na sala saltam como estática em uma tela de televisão. A cadeira à qual o homem está acorrentado está parafusada ao chão, para que quando ele comece a se balançar, chiando de medo, ela não se mova junto. As algemas de metal enfiadas na pele nua dos pulsos, suas velhas feridas já escorrendo. Seus lábios estão rachados e cobertos de manchas de sangue. Filetes frescos cobrem seus dentes e escorrem de seu nariz quebrado até sua boca. Um olho está tão inchado que parece que uma laranja cortada ao meio foi enfiada por baixo de sua pele.

Rostova dá um passo para trás, analisando o agente sem piscar enquanto ele baba e soluça. Ela fora uma franco-atiradora na Frente Oriental e passara os dias mais sangrentos da guerra deitada, imóvel, coberta de galhos de pinheiro e enterrada na neve, a respiração fraca e as batidas do coração lentas até o momento de apertar o gatilho. Agora, a imobilidade e o silêncio continuavam sendo suas armas. Apenas o campo de batalha mudou.

Como Rostova não se mexe, o agente começa a balbuciar em russo, o sangue e muco na garganta cortando as palavras. Ninguém fica em silêncio depois de semanas de isolamento e espera, sem companhia além de sua própria imaginação terrível. No momento em que chegam a essa sala, poucos segundos da quietude de Rostova são o suficiente para fazê-los cair, sozinhos, em suas confissões.

— Alexander Fedorov — diz Rostova de repente, e um gorgolejo sufocado de surpresa escapou do agente.

Ele olha para ela, e ela sorri, mostrando os dentes.

— Posso te chamar de Alex? — pergunta em russo claro. — Ou Sasha? Alguém te chama de Sasha? E sim, eu sei.

Ela balança a mão para uma objeção que ele não trouxe.

— Alexander não é seu nome verdadeiro, mas por que não manter as aparências? Você chegou até aqui.

Fedorov fixa os pés no chão de azulejos, tentando empurrar-se para trás em uma cadeira que não se moverá.

— Quem é você? — ele pergunta, com a voz afinada. — KGB?

O sorriso de Rostova se amplia.

— Não, não, somos muito piores.

O pé de Fedorov toca o ralo no chão, e ele recua diante dos restos escorregadios que ainda ficaram lá do último homem que havia sido acorrentado a esta cadeira.

— Eu não sou ninguém — ele gagueja, olhando para o chão. — Não sei o que estou fazendo aqui. Eu sou um estudante. Eu não sei de nada; você pegou o homem errado.

— Agora, nós dois sabemos que isso não é verdade — Rostova puxa uma de suas luvas, tirando-a, um dedo de cada vez. — Você trabalha para o MI5, não é? — Ela pisca os olhos para Fedorov, mas ele ainda está olhando fixamente para baixo. — Você está na Rússia há muito tempo, mas todo mundo deixa a máscara cair eventualmente. Sua mãe, ela era russa. Seu pai era um soldado britânico. Eles mantiveram contato depois que ele voltou para a Inglaterra, e quando você tinha idade suficiente, ele o recrutou para suas atividades clandestinas. Você não precisa fingir — diz ela quando Fedorov balança a cabeça. — Ele mesmo nos disse. Antes de atirarmos nele. Bem, nós não. A KGB. E lembre: somos piores.

Ela termina de tirar a primeira luva e dá um passo à frente, deixando as pontas dos dedos passarem pelo cabelo oleoso de Fedorov.

— Você deveria se sentir orgulhoso, Sasha, você durou muito mais que ele.

Um soluço se liberta de Fedorov. Rostova se curva por sobre a cintura, observando seu rosto.

— Você tem uma missão, não tem? Que emocionante! Sua primeira missão! Você está esperando há, o quê, quase um ano disfarçado? Você quer me falar sobre isso? Ou por onde você tem viajado?

Fedorov está tremendo, o suor e o sangue em seu pescoço tornando-se pérolas e escorrendo. No silêncio, cada gota acerta o chão com um *plic*, como um pino puxado de uma granada. Rostova se agacha diante dele, virando a cabeça ao forçar seu rosto a entrar no campo de visão do agente.

— Deve ser um segredo tão difícil de guardar. Você nem contou para sua namorada. Calma, noiva agora, não é? Você pediu a mão de Prechistenskaya Naberezhnaya no último ano novo. Perto do rio. Não foi? — Fedorov permanece em silêncio. Rostova o observa, a quietude anormal se aproximando dela mais uma vez.

— Não foi? — repete, sua voz tão afiada que poderia cortar fios de cabelo.

Os dentes de Fedorov batem quando ele estremece, mas não diz nada.

Rostova o agarra com a mão ainda enluvada, beliscando seu rosto enquanto o empurra para trás. O pescoço do agente dobra quando ela o acerta na cadeira, sua nuca batendo no encosto.

— Sasha, se formos ser amigos — diz ela, seu tom era uma combinação incômoda de clareza e perigo — você vai precisar me olhar.

Ela monta nele, seu peso em seus joelhos, então vira o rosto do agente para encará-la.

— É o olho?

Rostova atinge a traquéia dele com o cotovelo enquanto se inclina para frente, permitindo-o ver o tapa-olho no lado direito.

— Eu sei, é confuso. Algumas pessoas não sabem para onde olhar.

O rosto de Fedorov brilha com uma mistura de sangue e saliva e lágrimas.

— Eu não sei de nada. Eu sou só um estudante. — As palavras saem puxadas pelo agarrão de Rostova. — Eu estudo economia. Eu nasci em Leningrado. Meu pai era...

— Eu tenho uma pergunta para você, Sasha. — Rostova solta o rosto dele e enrosca os braços no pescoço do homem, ainda sentada em seu colo para que seus rostos permanecessem próximos. — Em todo esse tempo no meu país, você escutou alguma coisa sobre algo chamado Projeto Soldado Invernal?

Fedorov pisca, desorientado pela mudança de assunto.

— Não... — Ele engole seco, se esforçando para não parar de olhar o rosto de Rostova. — Não existe.

— Foi isso que você ouviu?

Não havia mais cor no rosto de Fedorov.

— É uma história.

— Me conte. — Ela tira uma mecha de cabelo da testa dele. — Eu amo histórias.

— O Soldado Invernal... — Ele olha novamente para a porta, então de volta para Rostova. Sua respiração falha. — Ele é um assassino. Bruto e cruel. Totalmente leal à União Soviética e impossível de influenciar. Impossível de derrotar.

Rostova tem um arrepio teatral.

— Você não me disse que era uma história assustadora.

— Ele é um Super Soldado. Como o Capitão América.

— Não tanto. — Rostova levanta um dedo. — Essa parte é só um mito. Nosso soldado não precisou de nenhum aprimoramento químico para se tornar mortal.

— Ele não existe — sussurrou Fedorov.

— Uma história de fantasma, então. — Rostova escorrega para fora de seu colo, recuperando a luva caída do chão e colocando-a de volta enquanto observa Fedorov. — Estou impressionada, Sasha. Não imaginei que você ganhasse o suficiente para saber sobre o Projeto Soldado Invernal. O MI5 está mais adiantado do que pensamos. Eles *estavam* te pagando? O MI5, no caso. Não acredite naquele lixo de *faça pela experiência* deles. Nunca... — Ela aponta um dedo para ele — trabalhe de graça, Sasha. Quem avisa, amigo é. Não fica *tão* bom assim em um currículo.

Ela sorri. Um de seus molares é dourado.

Fedorov respira fundo.

— Eu não tenho nada a ver com o Projeto Soldado Invernal.

— Eu sei disso. Você acha que eu não sei disso, Sasha? — Ela ri. — Ninguém me disse que você era engraçado. Daqui a pouco você vai me dizer que achava que estávamos sozinhos esse tempo todo.

Fedorov olha desesperado ao redor da sala. Uma sombra próxima à porta se mexe, e ele se joga para trás na cadeira, assombrado. As algemas ao redor de seus punhos chacoalham, soando como moedas caindo na abertura de um telefone público.

Rostova olha por cima de seu ombro, seguindo a direção do olhar do agente.

— Ah, me desculpe, eu esqueci de apresentar vocês. — Ela dá um tapa na testa, então dá alguns passos para trás, permitindo que Fedorov veja finalmente a figura se inclinando contra a única porta da sala. — Alexander Fedorov — diz Rostova, com um floreio grandioso. — Esse é o Soldado Invernal.

O soldado anda para frente.

Fedorov se debate em sua cadeira, chutando com força como se pudesse se empurrar para longe. Um fio de sangue das feridas reabertas em seu pulso pinga entre seus dedos e empoça ao longo da borda do ralo entupido.

— Uma bela história de fantasma, não é? — diz Rostova, e o Soldado sente-a bater em seu ombro, com o punho fechado, fazendo com que sua armadura corporal chacoalhe.

De alguma forma, ela é sempre mais forte que as fibras resistentes ao impacto que dizem estar costuradas em seu colete.

— Devo deixá-los sozinhos para conversarem sobre sua nova atribuição e todas as coisas das quais você não sabe? — pergunta Rostova, olhando do Soldado para Fedorov, que ainda se contorce.

Ele choraminga como um gatinho assustado, mas de repente se cala quando o Soldado descansa uma mão nas costas da cadeira de Fedorov. Os dedos cibernéticos brilham, mesmo na luz fraca.

Atrás do Soldado, Rostova já se direciona para a porta.

— Pensamos em te deixar a par de mais um segredo soviético, Sasha. — Ela se vira na soleira, inclinando-se desinteressada para dentro da sala com uma mão na maçaneta. — Caso contrário, você não teria mais nada para levar à cova.

Quando V emerge da sala de interrogatório, Rostova está esperando-o, brincando com um palito entre os dentes. Ela puxa uma de suas mangas, exibindo-se enquanto olha para seu relógio fino de pulso.

— Doze minutos e meio. — Ela toca o próprio rosto com a unha, como se testasse uma camada de gelo antes de pisar nela. — Estou desapontada, Agente Vronsky. Eu esperava que terminasse antes de dez. Se você *conseguiu* terminar.

— Consegui.

— Ele não sabia de tanta coisa, não é? Que perda de tempo. — Ela se empurra da parede, e ele a segue até a sala atrás da cela; é estreita com um longo balcão atulhado de equipamentos eletrônicos. Uma tela arredondada de televisão exibe uma transmissão ao vivo da sala de interrogatório, a imagem tingida de verde e recheada de estática.

Rostova pega um par de fones de ouvido e os liga no gravador, pressionando o botão de rebobinar até que a fita reclama.

— Tem alguma coisa para limpar? — pergunta ela, observando a tela. — Ele se mijou? Parecia que ele estava a ponto de se molhar, e tudo o que eu fiz foi tirar a luva.

V balança a cabeça. Rostova tira o chapéu de pele para apertar os fones contra suas orelhas. Seus cabelos escuros, pontilhados de fios brancos, exibem um corte curto e irregular, menor que o de V. O cabelo dele cresceu bastante — alcança seu queixo. Ele tem certeza de que nunca o tivera tão longo assim. Toda vez que passa por sua nuca, seu corpo registra a estranheza.

Rostova olha para cima, desviando sua atenção das bobinas girando lentamente no toca-fitas, em direção a onde ele está, ao lado da porta, e então abana o chapéu.

— Não me olhe assim. Me dá calafrios.

— Ele não tinha um nome para o novo contato ainda — diz V.

Rostova rebobina a fita, como se ele tivesse atrapalhado o áudio.

— Como você pode ter certeza? Arrancaram os dentes dele em Moscou por duas semanas, e você acha que só porque ele não disse nada para você em treze minutos…

— Doze e meio.

— … ele não tinha um nome?

— Eu sei quando um homem está dizendo a verdade.

— Sério? Você é um detector de mentiras agora? — Ela traceja o formato de seu braço biônico no ar com um dedo. — Essa coisa aí faz panquecas também? Detecta sinais de rádio? Na verdade, isso seria útil. Me lembre de mencionar isso a Karpov.

Ela aperta um botão no gravador e se inclina para trás na cadeira giratória e frágil encostada no balcão. Quando ele não responde, ela continua, com um lado do fone ainda pressionado contra seu ombro.

— Eu me pergunto quanto isso custaria, te dar algum tipo de antena. Dá para alimentar todo homem, mulher e criança na Rússia com três refeições completas só com o valor dessa tecnologia pendurada no seu ombro, então o que são alguns milhões de rublos a mais? — Ela junta as mãos atrás da cabeça e se alonga. — Exatamente o que Marx queria.

— Quem?

— Cala a boca! — Alguma coisa na gravação chama sua atenção e ela levanta uma mão para silenciá-lo.

Ela olha para frente, ouvindo muito atentamente, e então estremece.

— Você é muito assustador, sabia? — diz ela, trocando olhares com o Soldado.

Ele não responde, ao que Rostova volta para a fita. A sala está em silêncio, exceto pelas poucas notas do áudio escapando dos fones de ouvido.

Rostova faz uma careta de repente, então rebobina a fita e a toca de novo. Ela cutuca os dentes da frente com o palito.

— *Metropole* — repete a palavra que Fedorov não parou de gritar, de novo e de novo na maior parte daqueles doze minutos e meio. — *Vida Metropole*. O que é isso?

— Eu não sei. Foi tudo que consegui fazê-lo dizer.

Ela tira os fones, e os joga de volta em seu gancho.

— Certo. Algo mais?

— Ele estava disfarçado como um estudante…

— Já sabemos disso — interrompe ela. — O que ele disse sobre sua atribuição?

Quando V não responde, Rostova morde a ponta de seu palito de dente com força demais, e o quebra. Ela cospe e então o joga no chão, esmagando-o debaixo de seu salto.

— Tão perto — murmura ela, passando uma mão pelo rosto.

— Perto de quê? — pergunta ele. — Conseguimos alguma coisa.

Rostova sorri para ele, apesar dos cantos caídos da boca.

— Sim, conseguimos — concorda ela. — Mas não foi o suficiente.

— Conseguimos alguma coisa — diz ele, sua voz desafinando com a frustração. — *Metropole* é alguma coisa.

— Então o quê? Um codinome? Uma cifra? Um local de entrega? O nome do cachorro dele?

Ele resiste à vontade de revirar os olhos.

— Esse é um nome idiota para um cachorro.

Ela rebobina o áudio novamente, o dedo parado no botão de reprodução por um momento antes dela soltar as bobinas da máquina e começar a puxar a fita, enrolando-a nos dedos até que se transformassem em laços.

— Você parece desapontada — diz ele.

— É só minha cara. — Ela joga a fita na lixeira abaixo do balcão, seguida de um fósforo que acende na sola do sapato.

O fogo fica vermelho-sangue, acompanhado de um cheiro acre que sobe da fita quando ela escurece e derrete em espirais.

— Que vem de uma vida de pessoas te decepcionando. — Ela devolve o chapéu de pele à cabeça. A sombra que ele desenha faz com que o tapa-olho pareça um buraco de bala. — Vamos, Vronsky. Precisamos voltar para a base.

Ela toma impulso para levantar-se com um suspiro alto, mas para quando percebe que ele ainda está bloqueando a porta.

— Vamos.

— Conseguimos alguma coisa — diz ele, a frustração fervendo sua voz como raiva em fogo baixo.

De alguma forma, mesmo depois de meses encarando homem após homem, todos patéticos e aterrorizados e balbuciando como Fedorov, esse erro em particular, esse nada — não nada, mas esse *não o suficiente*, esse *tão perto* — mexe na ferida. Alguma coisa nele tem certeza de que é o fim da linha. Ele não sabe exatamente o que termina com Fedorov, ou nem de onde brota sua certeza. Talvez seja o desvio no sorriso de Rostova. Talvez seja uma memória muscular de alguma luta de muito tempo, uma que ele deve ter perdido. Caso contrário não se sentiria tão tenso e arisco.

— Ei. — Rostova bate uma mão no lado do pescoço do Soldado, virando seu rosto para o dela. — Não é culpa sua que ele não sabia de nada.

— Eu sei que não… — começa ele, mas ela o cala.

— Eu estou fazendo isso há mais tempo que você — diz ela. — Então eu te digo por experiência própria: não adianta nada ficar remoendo isso. Só vai te deixar mal. Esqueça, e siga em frente.

Ela o toca no rosto.

— Vamos encontrar outro jeito. E você. — O cutuca no peito. — Tire uns dias de folga.

— Eu não quero folga — murmura ele.

— Pois tire assim mesmo — responde ela com firmeza. — Aproveite por mim.

— Você vai dar uma olhada.

Ela o observa.

— Em quê? *Vida Metropole*?

— É alguma coisa — diz ele firmemente, então acrescenta: — Por favor.

— Você está bloqueando a porta — diz ela, o mesmo rosnado suave do interrogatório de Fedorov serpenteando em sua voz.

Ele não tem medo de Rostova. Não tem razão para isso. Ele é pelo menos uma década mais novo que ela, bem como quinze centímetros mais alto e possivelmente uns vinte quilos mais pesado. Ele tem um braço biônico. Ela, um olho bom e um ombro direito enfraquecido por anos de coices de fuzis. Ele o deslocou duas vezes sem querer em sua última rodada de treinamento de combate. E os dois sabem que, caso ela o ferisse — o soldado mais valioso da União Soviética —, seria arrastada para um campo fora de Moscou e levaria um tiro na cabeça. Se ele a machucasse, Rostova seria considerada dano colateral e arquivada como uma multa de trânsito.

Mas V dá um passo para trás, e Rostova sai da sala de controle, o momento de tensão afastado como uma camada de neve. Ela segura a porta para ele, e enquanto o Soldado passa, Rostova assovia o hino soviético, apertando as notas altas no espaço entre os dentes da frente como se cuspisse sementes de maçã.

— Como não atiraram em você ainda? — murmura ele.

— Porque eu atiro primeiro! — Ela levanta dois dedos e o polegar no formato de uma arma, e aponta para o espaço entre os olhos dele antes de imitar um tiro mortal. — Pá! Eles nunca me veem chegando.

Ela volta a assoviar enquanto marcha pelo corredor, mas para do lado de fora da porta da sala de interrogatório.

— Você acha mesmo que ele não tinha um nome? — pergunta.

— Tudo que ele sabe, ele me disse.

— Então tá. — Ela meneia a cabeça em direção à porta, uma ordem silenciosa. — Eu te encontro no caminhão. Nada de bagunça. Esse prédio não tem zelador, e eu odiaria ter que trazer uma coitada de uma avó de Moscou só para atirar nela depois de terminar de limpar.

— E você nunca erra.

Ela ri.

— Bom trabalho, soldado. — Ela faz uma saudação rápido, dedos na testa. — Como sempre, seu país lhe agradece.

Capítulo 2
1954

O exame físico é rotina. Ele tem um depois de cada atribuição, todos administrados pela mesma enfermeira carrancuda com cabelo ruivo e estrabismo. Ela faz anotações na pasta de arquivos que sempre está com ela. V se despe e fica apenas de camiseta e cueca boxer, então se senta na maca sem ser solicitado.

— Número de identificação? — pergunta ela, ainda observando o papel, e ele informa.

Quando termina, ela desvia o olhar pela primeira vez, como se não o tivesse reconhecido até ouvir os números.

— Bem-vindo de volta, Agente Vronsky. Acredito que sua missão foi um sucesso?

— Saiu como o planejado — diz, somente, como se pudesse ter dito qualquer outra coisa, e ela meneia a cabeça para a resposta padrão.

— Muito bom. Deite-se, por favor.

Ela enfia a pasta de arquivos na dobra do cotovelo enquanto puxa um par de luvas brancas de látex. Seu cheiro é lugar-comum na sala de exames.

V olha para o teto, a luz acima dele brilhante demais mesmo desligada, por alguma razão. Os exames físicos nunca são agitados. A enfermeira faz uma avaliação visual, analisa seus sinais vitais, faz algumas perguntas e, em seguida, libera-o para sua próxima missão — ou assina sua dispensa. A única vez em que saiu do padrão foi após um trabalho em Omsk, um assassinato durante uma carreata que deu errado quando um policial conseguiu enfiar uma lâmina escondida entre o ombro de V e a ligação de seu braço biônico, criando um espaço paralisante entre eles antes de Rostova conseguir matar o homem de um telhado do outro lado da rua. O próprio Doutor Karpov teve de vir para completar a operação de religamento, e ficou vários dias em seguida para observação.

A enfermeira estala o látex, e os músculos de V se tensionam aguardando pela dor. O cabelo em sua nuca se eriça, apesar de ele não saber por quê. Talvez seja a adrenalina e a frequência cardíaca ainda elevada do interrogatório de Fedorov. *Não há perigo aqui*, lembra a si próprio.

Ele pula quando o metal frio de um estetoscópio toca sua pele, e tem que se impedir de, por reflexo, agarrar a enfermeira pelo pulso e entortar sua mão para bem longe dele. V respira profundamente pelo nariz, contando as batidas do coração.

A enfermeira franze a testa.

— Isso doeu?

— Não.

— Quando foi seu último teste de estresse?

Veja todas as suas anotações e me diga.

Ele pisca. Não foi feito para ser insubordinado. Foi feito — treinado — para ser complacente e obedecer. O pensamento pisca em sua mente como um quadro escondido em um rolo de filme, desaparecendo antes mesmo que tivesse chance de examiná-lo.

— Por favor, relaxe — diz a enfermeira, e belisca a pele em seu cotovelo, procurando por uma veia. — Tudo é procedimento padrão.

Ele sente uma pontada quando a agulha entra.

V está cansado. Poderia adormecer na maca se não fosse pela carga elétrica que atravessa seu corpo quando ela prende uma máquina de diagnóstico ao seu braço biônico. A eletricidade mapeia seus nervos, e sua garganta é invadida pelo gosto de bile metálica. Isso está demorando demais — mais que o normal —, e as luzes acima são ofuscantes. Quando ela as ligou? Há quanto tempo ele está sem dormir? Tempo demais, supõe, enquanto observa a luz rebater através da garrafa de vidro conectada ao tubo intravenoso em seu braço. Ele se sente como um peixe em um aquário. Em algum lugar acima dele, a ventilação é ligada e ele estremece, sua pele rasgando-se em arrepio.

— Você está com frio? — A enfermeira não espera pela resposta. Ela puxa um cobertor por sobre ele, tão pesado e desconfortável que ele supôs servir para proteção contra radiação em vez de frio. É como se ela estivesse amontoando pedras em suas costelas, arrancando o ar de dentro dele em um sibilar lento. As luzes ficam azuis onde se concentram, e então se curvam através da garrafa de medicação intravenosa.

Não adormeça.

Seu corpo estremece, a sensação é como a de dar um passo em falso. Ele pensa por um momento que está caindo da mesa. O cobertor escorrega para o chão, pousando com suavidade. Nem um pouco pesado.

No balcão, a enfermeira se vira. Ela segura uma ampola saindo do topo de um frasco, cheia pela metade de líquido.

— Relaxe — diz ela novamente, a voz comprimida.

— O que você está me dando? — pergunta ele. Sua boca está seca, e ele ainda sente o gosto de cobre.

— É glicose — responde ela. — O açúcar em seu sangue está baixo.

Sua visão falha, e ele pisca. Ele sabe alguma coisa... alguma coisa sobre glicose e frio. Talvez tenha lido uma vez, apesar de não se lembrar do último livro que leu. Talvez alguém tenha contado quando era novo. Apesar de achar que nunca tenha sido novo. Seu queixo afunda, e ele fecha os olhos. Atrás das pálpebras, alguém está sorrindo para ele, batom vermelho brilhante emoldurando sua boca.

— Espere!

V acorda de repente. A enfermeira se assusta também, quase derrubando o frasco.

Rostova se aproximou da porta, ofegante, uma mão o batente para se apoiar.

— Ainda não — diz ela para a enfermeira, levantando uma mão como se guiasse o trânsito. — Você tem que esperar.

A enfermeira faz uma careta.

— Perdoe-me, agente, estamos no meio de um exame físico.

— Espere. Você não pode… — Ela olha para V, deitado na mesa de exames, e então vira-se para a enfermeira. — Por favor. Eu tenho informações que podem mudar as coisas. Ele precisa estar acordado.

A enfermeira cutuca o lado da ampola.

— Temos uma programação.

— Eu compreendo.

— E já começamos.

— Eu compreendo isso também.

— Eu tenho ordens…

Rostova levanta as mãos.

— Você tem ordens, eu tenho ordens, todos temos ordens, todo mundo que eu conheço tem essas porcarias de ordens, você não é especial.

V se desliga da discussão ao olhar para a luz novamente, tentando lembrar o que sabia sobre glicose. A luz através da garrafa parece menos a de um aquário agora, e mais como… Ele não conseguia lembrar. Um avião, talvez, as luzes de decolagem deslizando pelo céu sem estrelas e ele assistindo através de uma folha de vidro. Era vidro?

Ele é puxado de volta para a conversa quando escuta o nome do seu diretor.

— Karpov aprovou a tábula rasa — diz a enfermeira — antes de você sair…

— O que é tábula rasa? — V consegue se levantar com os cotovelos, apesar de sentir os membros inchados, a pele apertada. — O que Karpov mandou você fazer comigo?

A enfermeira fuzila Rostova com o olhar.

— Por isso — diz, apontando a ampola para ele — que já é hora.

— Ele não… — Rostova flexiona os punhos. Ela aperta os dentes com tanta força que uma veia em sua testa está saltada.

— Você não pode parar o processo depois de iniciado, mas pode esperar. Por favor.

A palavra sai comprimida, seus lábios mal se movendo.

— Só. Espere.

A enfermeira olha para o relatório sendo impresso pela máquina presa ao braço de V.

— Você tem até o fim dos diagnósticos. Então eu seguirei com *minhas* instruções.

V fecha os olhos novamente. A luz acertando-o faz sua cabeça latejar. *Só me deixem dormir*, pensa ele. Ele não liga para o que farão com ele. Deixem-no inundar de açúcar. Deixem-no congelar até a morte. Ele não tem nem energia suficiente para se perguntar por que essas duas coisas estão relacionadas. A correnteza já está afogando-o.

Então alguém o estapeia no rosto.

Ele se assusta, quase caindo da maca. A enfermeira se foi, e Rostova se inclina por sobre ele, seu rosto nas mãos dela enquanto a agente o chacoalha com gentileza.

— Vamos, Vronsky, levante-se, não é hora de dormir ainda.

Ele tenta empurrá-la.

— Eu estou de licença.

— Ainda não, garoto sortudo. — Ela passa um braço debaixo do dele, fazendo-o sentar-se.

Ele afunda novamente assim que fica ereto. Seu corpo inteiro parece tão pesado quanto chumbo.

— Estou cansado.

— Eu sei; eu também. Todos estamos cansados. Esse maldito país inteiro está cansado, mas nós aguentamos assim mesmo.

Ela aperta o tubo da medicação intravenosa, e então retira a agulha do braço dele, pressionando gaze no local antes que comece a sangrar.

— Segure. — Rostova agarra o braço biônico e coloca seus dedos por cima da gaze, então vira-se para o balcão. A cabeça dele cai para frente, queixo no peito. — Não, não, pare com isso.

Ela o estapeia novamente, com mais gentileza dessa vez, e então pega as roupas dele da lixeira ao lado da maca. Ela joga a camisa para ele, mas V não reage rápido o suficiente. A roupa o acerta no peito, e então cai no chão. Rostova suspira.

— Anda, você é o maior orgulho da URSS. Eu preciso que você atire em mais alguns cilindros antes de vermos Karpov.

V agarra sua camisa. É como se jogar contra uma ventania.

— Karpov não está aqui.

Rostova sorri para ele.

— Ele acabou de chegar.

V esfrega seu antebraço contra os olhos.

— Por que Karpov…?

Rostova responde à pergunta antes que ele termine:

— Porque eu o chamei. Porque você estava certo. *Metropole* era alguma coisa. Você estava… — Ela percebe que ele está lutando contra sua camisa térmica, com uma mão ainda segurando a gaze no lugar. — Nossa, como você é patético — diz Rostova com uma risada carinhosa. — Aqui.

Ela o ajuda a puxar a camisa por cima da cabeça, e ele descansa a testa em seu ombro.

— Eu quero dormir.

— Não quer, não. Você só foi drogado para achar que quer.

A cabeça de V levanta.

— O quê?

— Nada, eu só estou mentindo para você. — Rostova belisca o rosto dele com força suficiente para machucar. — Anda, olhos abertos. Respira fundo. Quantos dedos têm aqui?

— Nenhum.

— Ótimo, foi uma pegadinha. — Ela o acerta mais uma vez, um tapa rápido, direto, e com as costas da mão, e então o agarra pelo pescoço e dá um beijo no topo da cabeça. — Estamos quase lá, Vronsky. Coloque suas calças, e vamos.

Karpov está esperando na sala de reuniões quando eles chegam, sentado a uma das pontas da longa mesa de conferência, folheando uma pasta. Ele é menor do que V espera, especialmente quando não está sendo emoldurado por luzes da sala de operações e pairando sobre uma mesa de cirurgia. Ele é careca, com um cavanhaque elegante preso, e a compleição de um soldado que não vê o campo de batalha há anos, mas nunca perdeu a postura militar. Mesmo sozinho, ele se senta ereto como uma espada.

Ele levanta o olhar quando Rostova e V entram, mas aponta uma cadeira apenas para V.

— Agente Vronsky, por favor, sente-se.

V se senta, enquanto Rostova se coloca atrás de Karpov, tentando ter uma visão da pasta na mesa em frente a ele. V tenta não fitar. É um prontuário médico? *Seu* prontuário médico? Ele ainda se sente frio e estranho por causa do que quer que a enfermeira lhe tenha dado — ela o *tinha* drogado? Foram ordens de Karpov? De Rostova? Seus dedos biônicos se contorcem contra a mesa.

— Eu peço desculpas pela mudança abrupta de planos — diz Karpov, a voz cortando os pensamentos de V. — Como você está se sentindo?

— Estou ótimo — responde V sem hesitar. Atrás de Karpov, Rostova levanta os polegares.

— Eu sei que esse... — Karpov olha para Rostova, que rapidamente bota as mãos atrás do corpo — tempo de campo sem uma pausa é maior que das últimas vezes.

— Ele dá conta — interfere Rostova.

Karpov a ignora. Ele puxa uma folha de papel da pasta, uma foto borrada presa em um dos cantos, e passa para V por cima da mesa. V empurra a foto para o lado para ler o nome impresso no topo.

— A avaliação inicial da agente Rostova da confissão de Alexander Fedorov foi a de que ele dizia *Vida Metropole* — explica Karpov. — Pensamos em um primeiro momento que se tratava de uma frase cifrada, ou um codinome. O que descobrimos recentemente é que ele na verdade disse *Riga Metropole*.

V levanta os olhos da pasta. Karpov e Rostova o olham lendo, Rostova com o nó dos dedos contra os dentes.

— Isso faz alguma diferença? — pergunta. Ainda não significa nada para ele.

— O *Metropole* é o nome de um hotel em *Riga*, Letônia — diz Karpov, falando as duas palavras-chave mais alto. — Não vimos relação com o caso, até que um de nossos agentes fotografou este homem do lado de fora.

Karpov se inclina por cima da mesa e toca na fotografia.

V inclina a foto, tentando encontrar alguma característica distinta que a torne mais do que uma forma borrada de um homem em uma rua chuvosa.

— Quem é ele?

— Um agente da inteligência inglesa — responde Karpov. — Ele era de alto nível nas Operações Especiais Britânicas durante a guerra. Recrutou homens e mulheres jovens terminando o ensino médio para irem a universidades na Alemanha com identidades falsas, para então relatar sobre movimentos políticos dentro das instituições. O MI5 está testando o programa na União Soviética; Alexander Fedorov era um de seus espiões. Fedorov tem uma reserva no bar do Hotel Metrópole amanhã à noite. Acreditamos que ia encontrar este homem.

V analisa as informações. O nome do homem, idade, altura, endereço — nada daquilo significa coisa alguma para ele, mas sabe que quando Karpov pedir o papel de volta, é esperado que tenha decorado tudo. A última linha do dossiê lista todas as afiliações conhecidas do homem: a Executiva de Operações Especiais Britânica, MI5, MI6, Projeto Fuga.

Projeto Fuga.

V pisca.

— Agente?

V tira os olhos da pasta. Karpov inquire.

— Você conhece o protocolo de entrega.

— Claro — diz V.

Ele quer perguntar o que vai conseguir daquele homem, o que é o Projeto Fuga, mas não é problema dele. A razão por trás de seu trabalho não importa. O importante é que ele o faça.

Mas aquilo o lembra de alguma coisa. Alguma coisa da qual ele não consegue se recordar. Alguma coisa de antes dele estar aqui, de sua... juventude? Aquilo está correto? Ele se sente mais velho que aquilo. E mais novo. Como ele pode ser mais velho e mais novo?

Seu cérebro parece estar rolando dentro de seu crânio, e quando ele olha para suas mãos, por um momento, parecem ser de outra pessoa. A mesma sensação incômoda de formigamento da sala de exames está subindo por seu pescoço.

Não tem nada errado, ele diz para si mesmo com firmeza. *Você só está cansado.*

Ele está exausto, e não vê o céu há muito tempo. Ele vai de fortaleza a fortaleza, direto para salas sem janela onde homens estão acorrentados a radiadores, já marinando em poças de sua própria urina e sangue antes mesmo de tocá-los. Seus chefes dirigem caminhões blindados com vidros fumês. Ele dorme nos bancos de trás enquanto Rostova dirige, e quando acorda, normalmente nem consegue se lembrar da viagem. Ele não conseguiria identificar a sua base em um mapa, e suspeita que eles preferem desse jeito. Não há como marcar o tempo em nenhuma daquelas celas escuras — poderia ser meia-noite ou meio-dia, ou três horas da tarde. Poderia ser o próximo ano. Outro século. O que importa?

— Você vai ficar no lugar de Fedorov para a entrega — diz Karpov. — Seu contato do MI5 está fora da Grã-Bretanha desde que Fedorov foi recrutado, então acreditamos que nunca se encontraram. Consiga qualquer informação que ela tenha para Fedorov e retorne. Então lhe daremos seu descanso merecido que prometemos.

Karpov sorri, apesar de parecer uma imitação ruim de uma expressão que deve ter sido demonstrada a ele, mas que ainda não consegue reproduzir de maneira convincente.

— Você tem alguma pergunta, agente?

Projeto Fuga. Aquilo não sai de sua cabeça, como uma música. Karpov ainda está falando, mas por um momento, V não consegue entendê-lo. É como se ele tivesse esquecido todas as palavras em russo.

— Agente?

— Eu acho que conheço esse homem.

V olha ao redor, se perguntando quem havia falado até perceber que foi ele.

Atrás de Karpov, Rostova congela. Por um momento intenso, V a imagina alcançando sua jaqueta, puxando uma pistola, e pressionando-a contra a base da cabeça de Karpov. Ele nunca esperaria por aquilo.

O sorriso morto de Karpov não vacila.

— O que você disse?

— Eu... — V olha para o dossiê novamente, a fotografia tornando-se mais clara, como se estivesse ajustando as lentes em uma mira. Ele consegue definir o formato do nariz do homem. Um queixo proeminente. Óculos. — Eu o conheço?

— Por que você o conheceria? — pergunta Karpov, seu tom demonstrando claramente que se trata de uma pergunta retórica. — Esse homem é um agente inglês. Nunca pisou em solo russo.

— Antes... — começa V, mas Karpov o interrompe.

— Não há antes, agente. Há apenas o agora. Há apenas esse trabalho.

— Mas esse homem... Edward Fleming...

Rostova prende a respiração. V olha para ela, e a agente balança a cabeça, apesar de que ele não tem certeza do que fez de errado. Karpov fita V com um olhar gélido.

— O que você disse?

— Esse é o nome dele, não é? — Ele volta a olhar para o arquivo, mas é como se as letras tivessem se rearranjado. Qualquer que tenha sido o nome que ele viu, não é o nome no arquivo.

— Qual foi o nome que você disse, agente? — pergunta Karpov.

— Eu não me lembro. — Ele olha para Rostova, mas tudo o que ela faz é balançar a cabeça com violência, como se ele já não tivesse notado que pisou em uma mina. — Eu estava confuso.

Karpov arranca o papel em frente a V. A foto se solta e flutua até o chão.

— Missão cancelada.

Karpov se levanta, arrumando o casaco, e vira-se com agressividade para a porta, mas Rostova se coloca em sua frente.

— Espere... espere.

A mão de Karpov aperta a pasta. O papel amassa.

— Saia, agente.

Rostova olha para V, e ele desvia o olhar para a mesa, obediente, fingindo que não pode escutá-los. Ela diminui o volume da voz, mas a sala é pequena demais para uma conversa verdadeiramente particular.

— Foi um deslize. Só um deslize. Um erro. Nem seu soldado é infalível, ele fica confuso às vezes.

— Ele foi comprometido — diz Karpov, mas Rostova o pede silêncio como se fosse uma criança. O pescoço de Karpov fica vermelho. — Já faz muito tempo. Você conhece a meia-vida.

— Ele não foi comprometido — diz Rostova. — Eu vou com ele. Eu prometo, nada vai dar errado. Ele não foi comprometido.

— Eu não fui comprometido — diz V.

Os dois viram-se para ele. Karpov aperta a mandíbula, estudando V por um momento, e então volta a atenção para Rostova e a cutuca no rosto.

— Um deslize...

— Eu sei.

— Ele não pode cometer erros. *Nosso soldado* não pode cometer erros. Você é tolerante demais. Você o encoraja.

— Então mande outra pessoa — diz Rostova, amarga. — No tempo que vai levar para fazê-la jurar segredo e ensiná-la a não se mijar de medo, essa oportunidade já vai ter passado.

Karpov lança a pasta contra o peito dela, forte o suficiente para fazê-la dar um passo para trás.

— Se alguma coisa der errado, você vai se tornar uma secretária na Praça Lubianka ainda essa semana. Com sorte.

Rostova meneia a cabeça.

— Eu compreendo.

Karpov a observa por um momento, então volta para V, pegando a mala do chão e colocando-a na mesa.

— Ao que me parece, você tem uma protetora, Agente Vronsky — diz ele enquanto abre as travas. — É incrível o impacto que uma boa chefe pode causar.

— Eu não fui comprometido — diz V.

— Sabemos, agente. Mas por precaução.

Karpov tira um pacote de comprimidos de sua maleta e coloca dois para fora — um vermelho, um branco. Eles pousam na mesa com um som gentil, e V pensa em bolinhas de gude no asfalto, o olho de um gato observando a luz do sol forte do fim de agosto...

V pisca.

— Já que não podemos te dispensar, esses comprimidos vão manter sua força — explica Karpov. — Te ajudar com seu fôlego no campo. A Agente Rostova vai garantir que você as tome duas vezes ao dia.

V observa os comprimidos. Alguma coisa incomoda no fundo de sua mente, como um fio preso. Alguma coisa que ele não consegue descobrir através das lentes nebulosas de sua memória. Alguma coisa a ver com um rouxinol.

— Soldado — a voz de Karpov corta seu fluxo de pensamento. — Qual seu propósito?

— Obedecer — responde V.

— Exatamente.

V fecha os olhos. Sua garganta aperta.

— Tome os comprimidos, soldado — diz Karpov. — Obedeça.

V pega os dois comprimidos e os engole no seco. Ele os sente por todo o caminho descendo sua garganta.

Capítulo 3
1941

Quando Bucky recebeu uma intimação oficial para o escritório do Comandante Crawford — em papel timbrado do exército estadunidense e de um mensageiro do Exército que, apesar de terem jogado pôquer juntos na noite anterior, só o chamava de Sr. Barnes quando fez a entrega —, ele sabia que estava com problemas.

De memória, ele conseguia pensar em meia dúzia de coisas que fizera durante a última semana que poderiam ter motivado aquela conversa séria com o comandante. Poderia ter sido o fato de ter pegado "emprestado" o Cadillac de Crawford para levar Jenny Menzel para dançar, e ter trazido de volta com o tanque vazio. Ou talvez não ter feito as aulas de ensino médio que prometera fazer — talvez Crawford tenha encontrado o livro de matemática em branco que Bucky escondera debaixo dos cobertores em seu quarto na casa de Crawford, sua promessa de estudar em casa com diligência rapidamente quebrada ao lembrar a completa falta de interesse que tinha em quase todas as matérias. Ou, se não o livro de atividades vazio, os papéis de alistamento que tentara novamente colocar na lista do acampamento, completos com a assinatura falsificada do registrador na parte de baixo.

Ele não esperava que, quando entrasse no escritório de Crawford, a mesa comumente organizada estivesse entulhada de garrafas de bebidas, revistas, papéis de bala, e uma garrafa de vidro verde de pós-barba caro. Os olhos arregalados de uma modelo pin-up posando com as costas dobradas contra o nariz de um avião bombardeiro o observavam da capa de uma revista, lábios vermelhos entreabertos em uma respiração no formato de uma cereja. *Oh-oh*, ela parecia dizer. *Você me pegou.*

Vamos cair juntos, pensou Bucky.

Crawford não levantou o olhar quando Bucky se sentou na cadeira do outro lado da mesa. O comandante inclinava a cadeira para trás, pés descansando em uma das gavetas da mesa enquanto olhava para as palavras-cruzadas impressas na aba interna de uma cópia de *Adam*. Ele dobrou a revista de forma que se via uma loira curvilínea, as palavras GAROTAS PRONTAS PARA LUTAR! e um número de telefone escritos na curva de suas costas.

Crawford bateu um lápis contra seu queixo em uma demonstração exagerada de consideração, e então perguntou sem olhar para cima.

— Uma palavra de dez letras para uma repreensão formal ou advertência por mau comportamento?

Bucky resistiu ao impulso de revirar os olhos.

— Isso não está aí.

— Começa com *R* — continuou Crawford como se Bucky não tivesse falado. — Contanto que eu acerte a música de sucesso de Duke Ellington "Espaço *Little Words*".

— *Three Little Words* — informou Bucky.

Seu pai costumava cantar para sua mãe no banco da frente do carro, com ele e sua irmã nos de trás. Ele pegava a mão dela quando a música passava na rádio e cantarolava a letra que nunca lembrava, não importava quantas vezes a ouvisse.

Crawford deixou a frente da revista cair para que ele e Bucky pudessem se encarar por cima da mesa.

— James.

Bucky devolveu a expressão sombria do comandante e respondeu com igual severidade.

— Nicholas.

Crawford suspirou, fechou a revista e a jogou na mesa em meio ao resto do contrabando.

— Há quanto tempo você está comandando esse esquema?

— Que esquema?

— Você não vai conseguir me enganar, Buck. Tudo o que você sabe de encrenca, você aprendeu com seu pai, e tudo que ele sabia, ele aprendeu comigo. Você acha que isso daqui não tem as marcas dele por tudo quanto é lugar? Ele fingia que as moedas de um centavo valiam dez quando estávamos no fundamental. Dizia às outras crianças que elas valiam uma fortuna porque foram cunhadas no primeiro dia no novo século.

— Foi assim que vocês se conheceram? — perguntou Bucky, apesar de saber da história verdadeira. Quintais do subúrbio de Chicago que ficavam um atrás do outro, uma tábua solta na cerca, um cachorro que nunca ficava preso e dois meninos que o perseguiam de um lado a outro até ninguém saber qual menino era de qual casa. — Você gastou todo o seu dinheiro em moedas centenárias? Você quebrou o nariz dele quando descobriu que tinham te enganado?

Crawford bufou.

— A única coisa que me faria bater em seu pai é se ele não me chamasse para participar. Mas nós dois já tínhamos crescido o suficiente para parar com isso na sua idade. — Ele indicou a mesa com a mão. O punho do uniforme acertou o gargalo de um frasco de aspirina Bayer, e ele balançou. — Anda, Bucky. De onde tudo isso veio?

Bucky passou os olhos pelo contrabando, tentando fingir que o via pela primeira vez.

— Isso é estoque de quando você e a senhora estiveram na cidade esse fim de semana, senhor?

Crawford cruzou as mãos e apoiou os cotovelos na mesa. Uma mosca girava em círculos perto de sua orelha, brincando com a alça do uniforme.

— Um dos nossos novos soldados passou aqui para me dizer que visitou a biblioteca da companhia.

Bucky assentiu. *Não dê nada a eles*, seu pai sempre dissera, sabedoria que ajudara George Barnes das lanchonetes do ensino fundamental até o os túneis abaixo de Somme.

— Esperto. Soube que o treinamento básico desgasta um homem se ele não conseguir manter a mente ativa.

— Ele disse que encontrou uma garrafa de Bacardi atrás de *Madame Bovary*.

Bucky arregalou os olhos, a imagem, ele esperava, do choque.

— Estranho.

Crawford deslizou um dedo sob o nó de sua gravata e o mexeu algumas vezes. O suor deixara uma marca escura debaixo de seu colarinho. Ainda era junho, mas o ar de Virgínia já os deixava ensopados.

— E quando ele perguntou a um dos outros meninos sobre isso, disseram que tinha um moleque da companhia se esgueirando para a cidade e pegando todos os contrabandos que não conseguiam na base. Cinquenta centavos por viagem. E eu só consigo pensar em um moleque da companhia que gosta de ir para Arlington toda semana para comprar quadrinhos que eu nunca vi ninguém ler. — Crawford se inclinou para frente, esmagando um pacote de gomas de mascar debaixo do cotovelo. — Há quanto tempo você tem esse esquema?

Bucky encarou o ventilador de teto. O motor travava a cada rotação.

— Não é um esquema, é um negócio.

— Certo. Um negócio, então. — Crawford pegou uma das garrafas de uísque e a pesou na mão, observando o rótulo. — Isso não é barato.

— Só o melhor para nossos garotos.

— Então, cinquenta centavos por viagem. — Crawford desenhou número no ar, fingindo multiplicar. — Quanto dinheiro você conseguiu?

Bucky enfiou as mãos debaixo das coxas.

— E isso importa?

— Me dê uma estimativa. Dez pratas? Vinte?

Bucky esfregou o queixo com uma mão. A mosca que estivera flutuando ao redor do ombro de Crawford agora voava no vento que vinha do ventilador de teto.

— Cinquenta? — perguntou Crawford. — Por favor, me diga que não foi mais que cinquenta.

Quando Bucky não respondeu, Crawford suspirou e juntou as mãos ao redor da ponte de seu nariz.

— Você ainda vai me matar, Buck.

— Não diga isso, senhor — disse Bucky. E então acrescentou: — Vai ser um ataque do coração, por causa do tanto de manteiga que o senhor come.

A boca de Crawford se curvou.

— Certo, espertinho. Você quer fazer um acordo?

— Eu achei que o Exército não negociava com inimigos.

— Você me conta tudo sobre esse seu negócio, e eu deixo você ficar com todo o dinheiro que fez. De acordo?

Bucky considerou. Ele tinha sido colocado contra a parede, isso estava claro, e as chances de retomar a operação eram poucas, mesmo depois de um novo pelotão de soldados ter passado pelo Campo Lehigh — a biblioteca já estava comprometida, e Crawford tinha os olhos em Bucky. Ele diria para seus sargentos ficarem atentos também — aqueles que ficavam só esperando suas tropas fazerem alguma besteira para terem uma desculpa para aplicar punições sancionadas pelo governo. E ele *quase* tinha dinheiro suficiente para uma moto. Ele não tinha licença para pilotar, mas um dos filhos do leiteiro de Arlington estava disposto a fazer a venda por debaixo dos panos.

A mosca pousou na borda da caixa de pipoca doce, asas estremecendo.

— Certo. — Bucky pegou uma garrafa fechada de Coca-Cola do meio da bagunça e arrancou a tampa na beirada da mesa.

Ele teria pego o uísque, se fosse se safar da briga, mas a pálpebra de Crawford já estava tremendo. Melhor não forçar.

— O que o senhor quer saber?

— Quem mais faz parte do esquema? — perguntou Crawford.

— Ninguém. Só eu.

— Então as entregas são para quais soldados?

Bucky encolheu os ombros, dando um gole longo no refrigerante. Estava em temperatura ambiente e com gosto de nada, com mais sabor de remédio do que de uma garrafa produzida neste século deveria ter.

— Eu não sei. — Crawford o fuzilou com o olhar de novo, mas Bucky levantou as mãos. — É sério! Não estou mentindo. Não tenho o nome de ninguém.

— Então, como é possível que você não saiba dos nomes dos homens pra quem você está contrabandeando? — Crawford apontou um doce para ele como se fosse um bastão. — Você conhece cada soldado nesse acampamento.

— Cada garoto tem um livro na biblioteca. — Bucky levantou a garrafa novamente, mas pensou melhor e a devolveu à mesa. Crawford deslizou um dos desenhos de modelos para baixo, um porta-copos improvisado. — Eles colocam o dinheiro toda semana, e eu consigo o que eles querem.

— E como você sabe o que eles querem? — perguntou Crawford.

— Eles dobram a página correspondente às listagens do diretório.

Crawford massageou as têmporas.

— Tem um diretório?

— Dentro da capa de *Guerra e Paz*. Eu imaginei que ninguém nunca mexeria nele. É meio irônico, pensando bem. Então, digamos que um dos garotos queira um pacote de jujubas. Eles olham o diretório, veem que as jujubas são a página sete. Então pegam o livro deles, dobram a ponta da página sete, e colocam de volta no carrinho para serem re-arquivados. Se você quiser duas caixas, dobra duas vezes. Fácil.

— E quem está te vendendo álcool? Você só tem… quer saber? Esqueça. Eu não ligo. — Crawford jogou o doce de volta para a mesa. O invólucro amassou enquanto ele rolava. — O que eu entendi é que você está dirigindo um esquema secreto em meu acampamento há meses, usando um código que você desenvolveu baseado nos livros da biblioteca, para contrabandear itens para meus soldados.

Bucky esticou as pernas, olhando para as barras empoeiradas de suas calças. As costuras estavam começando a desfiar. Se a Sra. Crawford visse aquilo, deixaria três pares novos dobrados em sua cama antes do fim do dia, quer ele pedisse ou não. E ele não pediria.

— Parece que é um desperdício não deixar eu me alistar, não é?

Crawford se jogou para trás tão forte em sua cadeira que as molas rangeram.

— Não. Nem pensar. Não vamos conversar sobre...

Bucky sentou-se para frente na cadeira, joelhos acertando a mesa.

— Eu quero estar pronto. Quando acontecer...

— *Se* — corrigiu Crawford.

Bucky revirou os olhos.

— Os EUA não vão ficar fora dessa guerra por muito tempo. Quando o chamado vier, eu quero estar pronto para lutar.

Crawford passou a mão no cabelo ralo.

— Você é muito novo. Você só tem dezesseis...

— Dezessete mês que vem.

— E dezessete é muito novo ainda. Isso não é uma discussão. Pelo amor de Deus, você é uma criança.

— Você tem um acampamento cheio de *crianças* treinando com baionetas bem aqui fora. — Bucky apontou para a janela aberta. Os gritos dos sargentos para os pelotões que corriam foram trazidos pelo vento quente. — Você acha mesmo que eles não mentiram sobre a idade para entrar aqui?

— Que pena que ninguém os impediu. — Crawford se esticou por cima da mesa para bater a janela. — Vai ter tempo o suficiente para lutar. Você vai lutar pelo resto de sua vida.

— A guerra vai acabar antes que eu tenha a idade para me alistar.

— Se você tiver sorte.

— Você tinha minha idade quando se alistou. Você e meu pai mentiram sobre isso.

Crawford se inclinou contra a moldura da janela, sua cadeira se equilibrando sobre duas pernas.

— Seu pai e eu também colocamos fogos de artifício nas caixas de correio de nosso vizinho, então não fomos um grande exemplo.

— Eu quero lutar — insistiu Bucky.

— Por quê?

A pergunta o pegou de surpresa.

— Como assim?

— Você pode dizer *patriotismo* e *Estados Unidos* etc. até se engasgar, mas não tem nenhum pirralho de dezesseis anos que dê a mínima para isso. — O comandante deixou a cadeira cair de volta para o lugar enquanto se curvava na direção de Bucky. — Você não quer lutar na guerra, você quer ser um herói. E tem uma grande diferença entre esses dois.

— Isso não é justo.

— Brinque que nem um idiota, ganhe que nem um idiota. Como seu comandante…

— Você não é meu comandante — retrucou Bucky, e então acrescentou, apesar de saber o quão infantil aquilo soava: — E você não é meu pai, também.

Crawford ficou ereto de repente, virando-se para encarar a janela. Bucky apertou os punhos contra os joelhos. Ele quase se desculpou só para preencher o vazio excruciante. Não era uma inverdade, mas foi cruel. Não houvera razão para que dissesse aquilo. Ele não precisava puxar um canivete sempre que se sentia encurralado.

Mas então Crawford se virou para ele e disse:

— Você está certo. Não sou. Mas eu sou o mais próximo que você tem dos dois, então cale-se e me escute. Você tem que parar com isso — gesticulou para o contrabando na mesa. — Nada de garotas de Vargas e Bacardi e doces de menta. Você vai apodrecer os dentes da companhia antes deles chegarem na França. Estamos entendidos?

Bucky tentou segurar um revirar de olhos.

— Sim, senhor.

— E — acrescentou Crawford, as mãos apertando os braços da cadeira — se você está tão interessado em ajudar na guerra, vai pegar cada centavo que conseguiu com esse esquema e vai usá-los para comprar títulos de defesa.

— O quê?! Você disse... — Bucky começou a protestar, mas Crawford levantou as mãos, interrompendo-o.

— Pode ficar com eles se quiser. Eu sei que fizemos um acordo, e vou honrá-lo. Mas se eu fosse você, e se eu realmente, de verdade, quisesse fazer o que quer que fosse para ajudar na guerra, não só para alimentar meu próprio ego...

— Certo, já entendi. — Bucky afundou na cadeira, tentando não fazer cara feia. — Já posso ir?

Crawford o encarou por um momento, e então disse:

— Eu me preocupo com você, Bucky.

Bucky cruzou os braços.

— Não precisa. Eu posso cuidar de mim mesmo.

— É isso que me preocupa. Você é independente demais. Isso vai te tornar um soldado péssimo. — Crawford empurrou uma pilha de revistas para fora de sua mesa, para dentro de uma lata de lixo.

Bucky encolheu quando o *Lik-M-Aid* foi junto. Se sua operação acabasse *e* ele fosse forçado a doar seus lucros, por causa da culpa, ele pelo menos esperava manter seus tesouros.

— Seu pai era igualzinho a você quando era mais jovem.

— Ele não se deu tão mal.

— Não, é verdade. Mas ele também sabia quando calar a boca. Você ainda não aprendeu isso. — Crawford baixou o olhar para uma das meninas Vargas com uma curiosidade quase acadêmica. — Você realmente comandou uma operação de contrabando na biblioteca?

Ele parecia falar consigo mesmo.

— E ninguém percebeu? Estamos mal.

Bucky escondeu um dos pacotes de goma de mascar da mesa em seu bolso.

— Não foi tão difícil.

Crawford riu, balançando a cabeça.

— Precisamos te dar um hobby.

— Deixa eu me alistar…

— Não é isso que eu quero dizer — interrompeu Crawford. — Você deveria estar na escola. O que você acha de um período de verão? A Arlington High ainda não começou o deles.

— Aulas de recuperação — murmurou Bucky.

— Bom, você não está sabendo mais.

— O conteúdo da escola?

— E como ficar quieto. Você devia estar jogando beisebol ou indo para bailes, não vendendo revistas masculinas para os soldados. Você está entediado, e quando as pessoas ficam entediadas, as pessoas ficam idiotas.

Bucky sentiu o rosto corar.

— Eu não sou idiota.

— Eu não disse isso.

— Eu não vou voltar.

O único ano letivo de ensino médio que ele tentou depois que o pai morreu tivera sido uma série de humilhações — ele já estivera em aulas um nível abaixo de todos de sua idade, e mesmo lá não conseguia acompanhar, então parou de tentar. As tarefas de casa eram fáceis de ignorar quando se tinha o Campo Lehigh do lado de fora de seu quarto; os gritos dos sargentos e o som ritmado das botas pesadas na terra eram mais chamativos que enfrentar *A Letra Encarnada*. Ele ainda estava com dificuldades de dormir na casa dos Crawford, e dormia durante as aulas, acordando com a professora berrando seu nome e exigindo que dissesse em qual ano o Tratado de Paris foi assinado. A maioria das tardes ele passava na detenção, ou por ter dormido na aula, ou por dizer àquela professora que podia enfiar o Tratado de Paris ela-sabia-onde, ou por começar brigas com os veteranos que o chamavam de lento porque ainda tinha dificuldades com a matemática do oitavo ano. Quando o verão começou, ele já estava exausto. Crawford era seu guardião legal, então Bucky forjou a assinatura do comandante para poder sair antes que seu boletim humilhante aparecesse na caixa do correio.

Crawford pegou uma garrafa de gim, do tamanho de um palmo, da mesa e apertou os olhos para o rótulo. Sua insistência em não usar óculos de leitura estava cada vez mais difícil de engolir.

— Você já os provou antes da entrega?

— Não. Eles perceberiam se o selo nas tampas estivesse quebrado.

— Você não conhece o truque? — Crawford olhou para ele. — Eu e seu pai descobrimos como fazer isso quando tínhamos sua idade.

Bucky se inclinou para frente, esperando.

— E você vai me contar?

— Definitivamente não — pousou a garrafa na gaveta mais alta de sua mesa, então a fechou. — Agora vá pegar seu dinheiro. Tem uma caixa para títulos de defesa no escritório da frente.

Bucky saiu pisando duro pelo campo de treinamento, indo em direção à casa dos Crawford. A Senhora Crawford insistiu em manter um quarto só para ele, mesmo que aquilo significasse que suas três filhas tinham que dividir o delas. Mas Bucky preferiu dormir no quartel com os soldados, ao invés de em uma casa com uma família que não fosse a sua, não importava quantas vezes eles dissessem que eram igualmente bons. Algumas vezes, seu carinho sincero só reforçava o quanto ele não encaixava ali, como um livro extra enfiado em uma estante já lotada.

Ele parou quando um pelotão de novos recrutas passou correndo por ele com seus fuzis vazios acima das cabeças, seu sargento atrás deles com o rosto vermelho soprando no apito. Mais da metade deles não estava aguentando acompanhar. Alguns já haviam desistido e andavam, ao invés de correr, seus membros moles como se fossem feitos de cordas. Bucky queria acompanhar o sargento ao gritar com eles para que retomassem o passo. Ele conseguiria manter o ritmo dos verdinhos em qualquer um dos treinamentos — já fizera diversas vezes. Alguns dos sargentos o deixavam correr nos percursos com seus pelotões, e às vezes ele o fazia sozinho à noite, marcando seu tempo com o cronômetro velho de seu pai.

Ter dezesseis anos não devia ser um impedimento. Ele não conhecia muitas crianças de sua idade, mas não sentia ter dezesseis. O que ele sentia era que estava preso, um peixinho em uma xícara. Ele conseguiria ter o dobro de seu tamanho se tivesse um lago maior para nadar. Alguns dias, até o oceano parecia ser pequeno demais para sua inquietude.

A casa dos Crawford estava vazia — as meninas tinham ido à escola, e a Senhora Crawford, a Arlington para passar o dia no salão. Então não havia ninguém de quem se esconder quando subiu no vaso, tirou a saída de ar do lugar, e recuperou o rolo de notas escondido ali. Era mais grosso do que lembrava e, por um momento, se perguntou o que Crawford diria se não entregasse o dinheiro. Talvez nada. O que seria pior do que qualquer reclamação.

Ele marchou para fora da casa e de volta ao escritório do comandante, puxando a frente de sua camiseta suada enquanto subia os degraus. Ela descolava de sua pele com um som de sucção.

Apesar das janelas abertas e dos ventiladores girando em todas as superfícies disponíveis, o pequeno escritório conseguia estar ainda mais quente que o lado de fora. A secretária de Crawford levantou os olhos de sua máquina de escrever e deu um sorriso caloroso para Bucky, mas ele a ignorou. Andou até a caixa de coleta de títulos de defesa, um pôster colorido acima dizendo VOCÊ SERVE ECONOMIZANDO! acompanhado de uma ilustração do Capitão América, sorrindo, com uma mão apoiada em forma de punho na cintura, a outra atravessando o meio de uma bandeira nazista. Sua pose mais de acordo com uma aula de balé que com um acampamento do exército, e a arte fazia seu sorriso tão largo que testava os limites de seu rosto. Seus dentes brancos perfeitos estavam retos demais e amontoados demais. Bucky arrancaria todos aqueles dentes se pudesse.

Bucky sacudiu a caixa de coleta até Crawford olhar pela porta aberta de seu escritório. Ele levantou o maço de notas, garantindo que Crawford o visse sendo colocado na caixa. O maço pousou com um *tum* alto, o eco denunciando o vazio.

— Ah, James, você é tão generoso… — A secretária começou, mas parou quando Bucky deu ao Capitão América uma saudação de dedo do meio, antes de dar meia-volta e bater o pé para fora do escritório.

Capítulo 4
1941

Não havia razão para que Bucky fosse a Arlington com o caminhão de mercado da sexta-feira, já que não tinha compras clandestinas para fazer, mas foi assim mesmo. Ele estava com um pouco do dinheiro que não deixou aos pés do Adonis cabeça-oca favorito dos Estados Unidos, e havia uma garota que trabalhava aos fins de semana na Farmácia e Fonte de Refrigerante de Molokov que ele queria ver. Linda. Lydia? Não, era Linda. Lydia era a filha do senador de Washington DC que conhecera em uma festa de Natal para a qual os Crawford o levaram. A mãe dela os pegou se agarrando na despensa e a arrastou pelas pérolas. Os Crawford foram embora pouco tempo depois, e Bucky preferiu não perguntar ao comandante se ele não poderia violar seu acordo de confidencialidade com o governo dos EUA e dar o número dela.

A hora do rush da noite de sexta começava a morrer quando Bucky chegou à loja de refrigerantes. Guardanapos amassados e copos vazios se amontoavam nas mesas, as partes internas cobertas com anéis gelatinosos e sorvetes meio derretidos. Ele esperava que a chegada do verão fosse manter os alunos de ensino médio longe aos fins de semana, grudados nos livros para se preparar para as provas, ou distraídos pelos planos de formatura, mas um grupo de alunos mais novos da Arlington High School se reunia no fim do balcão, soprando bolhas em seus milkshakes e fazendo piadas que todos eles achavam muito engraçadas. Ele conhecia alguns de seu ano miserável na escola, e viu o resto na cidade o suficiente para saber que não valia a pena se irritar com eles, mas ele se irritaria de qualquer forma. Não era tão difícil assim.

Ele viu Linda atrás do balcão, servindo refrigerante de raiz da torneira. Seus dedos deixavam marcas na condensação do copo. Ela olhou ao escutar o som do sino acima da porta, e seu rosto se iluminou ao vê-lo. Acenou para ele, então apontou um dedo para o balcão, sobrancelhas elevadas em um convite.

E ela era realmente muito linda. Linda o suficiente para ignorar a multidão da Arlington High.

Bucky devolveu o aceno, então escolheu um banco tão perto dela, e tão longe dos alunos, quanto fosse possível.

Linda entregou a bebida de refrigerante de raiz e sorvete para uma cabine perto da janela, então passou por baixo do balcão, indo em direção a Bucky, sob o pretexto de limpar os porta-guardanapos.

— Oi, Bucky.

— E aí?

As bochechas dela formaram covinhas. Em algum momento entre entregar a bebida e voltar para o balcão, ela soltou o botão de cima de sua blusa, e quando se inclinou perto da fonte de refrigerante, para pegar um copo vazio, ele viu de relance uma parte de seu sutiã rendado.

— Você tá usando batom, ou sua boca é sempre tão linda assim?

Ela corou, feliz.

— Talvez um pouquinho. O senhor Molokov disse que eu tinha que tirar quando estivesse atrás do balcão, mas não deu para tirar tudo sem sabão.

— E qual é a ocasião especial?

— O coral se apresentou hoje. Arrumei meu cabelo também. — Ela tocou nos cachos com a mão. — Minha mãe me ajudou.

— Tá muito bom.

— Ela faz um creme com cera de abelha. Colocou tanto que eu nem sei como vou tirar depois. Vem aqui sentir.

Ele pegou um dos cachos, enrolando-o no dedo enquanto ela se inclinou para frente com os cotovelos no balcão.

— O que o coral cantou?

— *You're a Grand Old Flag*.

— Bem patriótico.

Ele conseguia sentir o creme nela, bem como uma pitada de hortelã em seu hálito.

— Bom, era essa a ideia.

Ele colocou os dedos em seu brinco, uma pequena argola dourada com uma pérola pendendo como uma bolha.

— Você tem muitas apresentações sobre os Estados Unidos?

— Vez ou outra.

Quando ela pegou uma colher largada no balcão, seus dedos se tocaram — e sim, eles com certeza se divertiriam muito no beco atrás da loja naquela noite. Talvez até mais do que da última vez, se ele fizesse tudo certo.

E então, do outro lado do balcão, alguém chamou:

— Ei, Barnes!

Linda se empertigou tão rápido que ele quase arrancou seu brinco. Ela fechou a blusa antes de se virar para onde o grupo da Arlington High estava espalhado.

— Johnny, você quer outra Coca? — perguntou ela, tentando se colocar entre ele e Bucky o máximo que podia do outro lado do balcão.

Bucky considerou fingir não ter ouvido. Deixar Linda sedá-los com outra rodada de bebidas e batatas e talvez esquecessem que ele estava lá. Se permitisse Johnny Ripley irritá-lo, ele ficaria remoendo por dias. Johnny, que corrigiu a pronúncia de Bucky em *antípodas* quando o chamaram para ler *Grandes Esperanças* em voz alta na aula de inglês, e contou para o diretor musical que Marsha Perry tinha perdido sua entrada em *Os Piratas de Penzance* porque ela e Bucky estavam se beijando atrás do auditório durante o ensaio. Johnny Ripley, que perguntou ao professor de biologia se ele poderia trocar de dupla nas dissecações, porque achava que Bucky estava diminuindo sua nota.

— Barnes! — chamou Johnny novamente. — Tô falando com você. Você ficou surdo, ou só mais burro?

Bucky não se virou para encará-lo, apenas se mexeu no banco o suficiente para mostrar que tinha escutado. Ele manteve os cotovelos no balcão, enfiando as unhas de sua mão esquerda na direita.

— Tá precisando de alguma coisa, Johnny?

O garoto sorriu, mostrando dentes da frente tortos. Ele se inclinava por sobre o balcão, uma das meninas do grupo sentada no banco de trás, com o queixo apoiado em seu ombro. O resto fingia não ouvir, mas não enganavam ninguém. Aquela risadaria desagradável tinha se findado rápido demais.

Johnny prendeu a ponta de um canudo entre os dentes.

— Tá tão difícil assim no Exército? Seu papai teve que vir hoje pra escola pra dar um discurso sobre se alistar depois da formatura.

— Ele não é meu pai — disse Bucky.

— Sério? — Johnny torceu o canudo, seu sorriso crescendo. — Vocês dois têm os mesmos olhos separados e orelhas enormes. Me lembra um pouco um homem das cavernas. Você já notou a semelhança, não notou? — perguntou à menina atrás dele, que riu.

— Ei — disse Linda, baixinho, encostando o lado congelado de uma garrafa de Coca-Cola no braço de Johnny. — Para com isso. Você está agindo que nem um valentão.

Johnny arrastou um pé na parte de baixo do balcão, deixando marcas na superfície espelhada.

— O comandante me tirou da aula — disse ele, inclinando por sobre o balcão para falar com Linda, mas ainda querendo que Bucky o ouvisse. — Eu e alguns alunos com as maiores médias da escola. Ele e esse cara inglês queriam falar conosco depois da assembleia.

Por que saber que aquilo era uma isca não tornava mais fácil escapar da armadilha? Durante toda a vida, disseram a Bucky para *ignorá-los*, mas aquilo parecia demais com conivência. Seu pai lhe ensinara sobre batalhas e guerras, e que algumas vezes desistir de alguma luta era a coisa mais corajosa que alguém poderia fazer, mas Bucky nunca acreditou naquilo. Ele sempre tinha que tropeçar em cada armadilha. Cutucar toda ferida. Colocar os dedos em toda panela quente, mesmo sabendo que se queimaria.

Ele se virou para encarar Johnny.

— O que Crawford queria com você?

Johnny enrolou o canudo no gargalo da garrafa. Gotas peroladas de água formavam contas ao longo das bordas do vidro e escorriam, empoçando tanto o guardanapo que ele se prendeu ao fundo da garrafa quando ele a levantou.

— Ele estava nos recrutando para algum grupo especial que o Exército está formando. Algo mais importante que só fazer exercícios e cavar buracos. Parece que é necessário um intelecto superior. Ele falou alguma coisa sobre a nata sempre estar por cima.

— Você acha que soldados são burros? — desafiou Bucky.

— Você acha que consegue soletrar *intelecto superior*? — respondeu Johnny.

— Está bem, Johnny, já chega. — Linda bateu o pano entre eles. — EU vou te expulsar daqui se você não calar a boca.

Os outros alunos nem estavam mais fingindo que não ouviam. Estavam amontoados atrás de Johnny enquanto ele girava em seu banco, olhando para Bucky. Uma das meninas cochichou algo para a amiga que as fez rir. Bucky sentiu o rosto avermelhar.

— Seu irmão estava lá também — disse Johnny para Linda.

Ela olhou para suas mãos, torcendo um guardanapo entre elas.

— Tom não quer se alistar. Ele vai para a faculdade.

— Eu também — disse Johnny. — Tom e eu somos muito valiosos para virarmos bucha de canhão.

— E você acha que os outros homens não são? — Bucky estava de pé. Ele não lembrava de quando se levantara, mas de repente lá estava ele. Seu cotovelo acertou um guarda-canudo e ele tombou. Linda o pegou antes que caísse.

— Só estou dizendo — disse Johnny com um olhar fulminante para o punho cerrado de Bucky — que há um certo nível de homem que você não quer desperdiçar nas trincheiras. Aparentemente seu papai acha isso também, já que me recrutou para seu grupo especial.

— E o que você vai dizer a ele quando esse seu rabo for convocado? — retrucou Bucky. — "Sargento, deve ser algum erro, eu sou muito especial pra estar aqui"?

— Eu não preciso me registrar até ter vinte e um — disse Johnny. Então murmurou algo contra o gargalo da garrafa que pareceu com *idiota*.

— Johnny — disse Linda, alto. — Por que vocês não vão se sentar na cabine? Eu vou levar bebidas. Bucky...

— Ele pode ir embora se quiser. — Johnny passou a mão nas marcas de pelos faciais que teimavam em não crescer acima da boca. — Precisa de ajuda com o troco, Barnes? Deve ser difícil pra você contar mais que dez.

Bucky o socou.

Ele não achou que tinha sido muito forte. Não teria nem mexido o saco de pancadas no acampamento. Mas quando seu punho tocou o olho de Johnny, o garoto foi arremessado para trás como se tivesse sido puxado por um fio, óculos voando e caindo debaixo de uma mesa próxima. Ele quicou em um dos bancos giratórios da fonte, jogando três copos vazios para fora da mesa. Dois quebraram no linóleo, e o terceiro espalhou restos de espuma de uma bebia em Linda.

A loja de refrigerante ficou em silêncio. Bucky conseguia ouvir o sorvente pingar do espelho atrás do balcão. Ele flexionou a mão, e seus dedos latejavam. Sua cabeça doía, e ele se sentia muito quente. Todos o encaravam.

Bucky não sabia o que fazer, então se abaixou e pegou os óculos de Johnny.

— Aqui. — Johnny encarou Bucky, congelado com o choque. Então tocou sua sobrancelha cortada, que já sangrava. — Desculpa.

— Desculpa?! — De trás do balcão, Linda balbuciou. Ela passou uma mão no rosto, tentando tirar a bebida, mas apenas espalhando-a como protetor solar. — Que merda foi essa, Bucky?

Bucky achava que nunca tinha ouvido uma garota xingar antes. De alguma forma era ainda mais terrível que Johnny sangrando no chão.

Ele enfiou sua mão latejando no bolso, olhando para seus sapatos.

— Eu devia ir embora. — Soou muito menos casual do que em sua cabeça, mas ele se direcionou para a porta ainda assim; então percebeu que ainda segurava os óculos de Johnny. Virou-se novamente, bem quando o Senhor Molokov apareceu atrás do balcão.

— O que está acontecendo?

E ele foi flagrado. Ele derrubou os óculos sem pensar, e a as lentes, ainda intactas, voaram da armação, quicaram pelas bordas, e acertaram o chão, quebrando-se perfeitamente em dois cacos.

Quando Crawford chegou na fonte de refrigerante, Bucky estava esperando na despensa, isolado lá por Molokov para esperar por seus pais ou pela polícia, quem quer que aparecesse primeiro. Uma resposta muito inteligente sobre a improbabilidade de seus pais aparecerem chegou a fervilhar dentro de Bucky, mas toda a adrenalina o havia abandonado, fazendo-o sentir-se como um peixe fora d'água. Ele esperou, enfiado entre tonéis de condimentos, um pano de prato gorduroso da cozinha pressionado contra os nós ensanguentados dos dedos, até a silhueta de Crawford escurecer a porta de entrada.

— Vamos. — Foi tudo que Crawford disse antes de desaparecer, fazendo Bucky cambalear atrás dele, com os sapatos grudando no chão engordurado.

Crawford já estava no assento do motorista de seu Cadillac, esperando no estacionamento atrás da fonte de refrigerante, quando Bucky se colocou no banco do passageiro. As luzes da rua acima tinham queimado, e na escuridão o pára-brisa parecia oleoso. Assim que Bucky fechou a porta do carro, Crawford colocou a marcha. Os faróis inundaram a cabine com luz amarela, e a cabeça de Bucky virou para trás quando Crawford deu a partida, embalando para a rua.

Crawford não disse nada durante todo o percurso de volta para o Campo Lehigh. Ele ainda estava de uniforme, então Bucky não se surpreendeu quando o comandante estacionou o Cadillac em um ângulo descuidado do lado do prédio de seu escritório. Havia uma única luz acesa na parte de dentro. Assim que Crawford desligou o carro, Bucky viu uma figura aparecer na janela, a silhueta escura como uma gota de nanquim em papel branco. Quem quer que fosse permaneceu lá, assistindo enquanto Crawford subia as escadas e entrava, Bucky seguindo-o logo atrás.

Na cozinha dos funcionários, Crawford remexeu na geladeira até encontrar um pacote de vegetais congelados, o qual jogou para Bucky.

— Coloque isso na mão — disse, brusco. — Se ainda estiver doendo amanhã, você vai ter que ir no médico.

— Eu não me machuquei — resmungou Bucky, ainda que pressionasse o punho contra a embalagem cristalizada. — Eu não sou tão idiota.

Crawford parou na porta da cozinha, massageando sua testa por um momento antes de virar-se para Bucky novamente.

— Você é idiota o suficiente para me fazer sair de uma reunião importante porque eu tive que pagar pelos danos que meu filho...

— Eu não sou seu filho — murmurou Bucky, olhando para o corte fino em seu polegar causado pelos óculos de Johnny Ripley.

— Se eu estou pagando por suas idiotices, você é meu filho.

Bucky revirou os olhos.

— Você é tão dramático.

— Não sou eu que não consigo segurar minhas mãos por causa de uma discussãozinha sobre largar o ensino médio. — Crawford deu um soco na parede, e Bucky pulou.

Ele já vira Crawford irritado antes, mas não naquele nível. E não com ele.

— Se é tão fácil tirar você do sério, você vai ser tratado assim por imbecis como aquele Ripley a vida inteira, porque é divertido mexer com um cachorro que morde.

— Ele me chamou de idiota! — retrucou Bucky, projetando o queixo.

— Um monte de gente vai te chamar assim— disse Crawford. — Escolha suas batalhas.

A caixa de vegetais derretia em suas mãos enquanto as ervilhas descongelavam.

— Eu escolho minhas batalhas.

— Então você escolheu mais do que deveria — acrescentou Crawford. — Devolva algumas.

— Você prefere ter um valentão desses trabalhando pra você ao invés de mim? — perguntou Bucky.

Crawford dobrou os braços.

— O que você disse?

— Eu soube que você esteve na escola recrutando ele para um projeto especial.

— Isso não ...

— Então não é que você não queira menores de idade se alistando, você só não quer que *eu* me aliste.

Crawford pôs a mão no rosto.

— Não faça isso agora, Bucky.

— Você sabe que eu seria um soldado incrível — disse Bucky. Sua voz aumentava de volume. Parte paixão, parte excesso de adrenalina vertendo dele, deixando para trás um embaraço desesperado que o fazia soar como uma criança. — O melhor que você já teve. Eu aprendo rápido. Trabalho duro. Eu quero lutar. Metade dos garotos que deixam esse acampamento preferiam estar em qualquer outro lugar, mas eu estaria na França agora. O primeiro navio de amanhã, eu estaria nele se você permitisse.

— Bucky ...

— Se você não estivesse com tanto medo de alguma coisa acontecer comigo ou de me perder que nem perdeu meu pai, talvez percebesse isso. O que quer que você queira que esses cabeças-de-vento façam pra você, eu juro que consigo fazer dez vezes melhor, mais rápido, com mais inteligência. Só porque eu não tenho uma média de sete e ninguém tá fazendo fila para me ter na equipe de debate...

— Ei, se acalme, tá certo? Respire fundo. — Crawford puxou a outra cadeira de baixo da mesa pequena e se sentou de frente para Bucky.

Suas rótulas bateram quando Crawford se aproximou. Bucky olhou para o outro lado, tentando respirar, mas, ao invés disso, engoliu o ar, como se a sala estivesse inundando. Ele conseguia sentir sua garganta fechar, e não queria chorar, apesar de que quanto mais tentava se segurar, mais as lágrimas quentes e doloridas se concentravam nos cantos dos olhos. Ele não queria se sentir tão frágil e encurralado, a pele tão fina que seus ossos pareciam capazes de escapar.

— Deixe-me ver sua mão. — Crawford pegou a caixa de ervilhas do punho de Bucky e a jogou na pia. Ele errou e, ao invés disso, acertou o balcão com um *plac* molhado. Bucky olhou para o teto enquanto Crawford colocava um polegar entre cada par de nós dos dedos feridos.

Bucky fungou, jogando muco para o fundo da garganta, enquanto enxugou o nariz no ombro.

— Eu estou bem.

— Eu sei que está — respondeu Crawford, mas não parou de examiná-lo. Os dois sabiam que Crawford não estava observando nada, só dando tempo suficiente para Bucky se controlar.

— É sério. — Bucky tirou sua mão de Crawford e a colocou debaixo do outro braço.

Ela ainda latejava tanto que tinha certeza que Crawford conseguia ver, como um machucado de desenho animado, vermelho e pulsando. Os joelhos de suas calças estavam encharcados onde as ervilhas tinham derretido.

— Pare de se preocupar.

Crawford levantou as mãos.

— Certo, pedirei para Marcy tomar conta disso amanhã de manhã.

— Não conte isso para a Senhora Crawford. Por favor. Não conte para ninguém.

Crawford olhou para os nós feridos de Bucky, então suspirou.

— Você me deve essa.

— Eu sei.

— Eu quero dizer literalmente. Você vai ter que pagar pelos óculos daquele garoto.

— Que pena que eu estou quebrado.

— Está, é?

— Foi uma semana difícil. Perdi meu emprego...

Crawford bugou.

— Seu *emprego*.

— E eu fui coagido a dar minhas economias para um idiota com meia-calça azul.

— *Coagido* é um exagero. Também *meia-calça*, pare para pensar no que você está dizendo.

— Como você chamaria aquilo, então?

Crawford pensou por um momento.

— Um traje aerodinâmico de… — Ele se conteve, balançando a mão de forma vaga, então Bucky terminou para ele:

— Salsichas azuis?

— Tá certo, já chega. O pobre capitão nem está aqui para defender suas escolhas de moda. — Crawford se levantou, joelhos estalando. — Vamos te levar para casa.

Ele virou-se, mas parou, e Bucky levantou a cabeça. Um homem estava parado na porta da cozinha, os nós dos dedos parados ao lado do batente como se pensara em bater, mas preferira espionar. Ele tinha o cabelo ralo e óculos grossos, as lentes marcadas por dedos. Elas faziam seus olhos parecerem ter o dobro do tamanho.

Bucky imaginou ter ouvido Crawford xingar baixinho, e ele olhou para os dois homens, tentando lembrar se já havia visto aquele estranho pelo acampamento antes.

— Perdão por te fazer esperar. — Crawford pegou Bucky pelo braço e o fez levantar, puxando-o para a porta. — Já terminei por aqui.

O homem gesticulou como se dispensasse as desculpas.

— Não se preocupe. É esse o jovem que chamou você para limpar a barra dele? — Seu sotaque era inglês, elegante como Leslie Howard, com uma voz tão suave que Bucky não conseguia imaginar se elevando nunca. Ele não podia ter a capacidade pulmonar para tanto.

— Esse seria o pequeno demônio em questão. — Crawford bateu uma mão no ombro de Bucky, usando o momento para se colocar entre os dois, como se quisesse bloquear Bucky da visão do estranho. — Por sorte, eles nem o levaram para a delegacia. Me permita levá-lo para casa...

Bucky revirou os olhos.

— Não é nem um quilômetro, eu posso andar...

— Me deixe levar você — disse Crawford, firme. Seu aperto tornou-se mais marcado, e Bucky se perguntou se Crawford estava impedindo-o de ver o inglês, ou o oposto. E o que exatamente ele estava escondendo.

O inglês tentou olhar por sobre Crawford, os olhos de coruja parados em Bucky. Suas íris aumentadas eram da mesma cor de casco de tartaruga que as armações dos óculos.

— Na verdade, Comandante, eu terminei de revisar as transcrições enquanto você estava fora, e eu não tenho certeza de que encontramos o que procurávamos.

— Podemos discutir isso... — começou Crawford, mas o homem o interrompeu, se dirigindo a Bucky.

— Senhor Barnes, não é?

— James Barnes — ele confirmou, e então acrescentou, só porque sabia que irritaria Crawford: — Senhor.

— Estou certo de que o senhor está exaurido de uma noite de crimes, mas posso ter uma palavrinha rápida? — O homem colocou seu chapéu na mesa, e então gesticulou para a cadeira da qual Bucky acabara de sair. — Infelizmente não posso esperar. Tenho um avião de volta para Londres esta noite.

— Claro, eu tenho um minuto. — Bucky começou a sentar-se, mas Crawford o agarrou pelo colarinho, levando-o de volta para a porta.

— Ah, não. Certamente que não.

O inglês desabotoou seu paletó enquanto se sentava, pernas cruzadas.

— É só uma conversa, Comandante.

— Eu disse não. — Crawford se plantou na ponta da mesa, colocando as mãos espalmadas contra ela enquanto olhava para o inglês. — Ele não.

O inglês cruzou as mãos no joelho, mal olhando para Crawford.

— Ele se encaixa no perfil.

— Que perfil? — perguntou Bucky.

Crawford o ignorou.

— Bucky não é parte disso.

— Parte do quê?

— Ele está fora de cogitação.

— Que cogitação?

Sem olhar, Crawford pôs uma mão na frente da boca de Bucky, que considerou morder seus dedos, mas resistiu.

— Estou lhe garantindo, ele não serve. Ele quase foi preso hoje. Ele *deveria* ter sido preso.

O inglês piscou.

— Precisamente.

Bucky passou por baixo do braço de Crawford, caindo na cadeira oposta ao inglês.

— Eu quero ouvir o que ele tem a dizer.

O inglês inclinou a cabeça.

— Comandante?

Crawford fuzilou os dois com o olhar, braços cruzados.

O inglês sorriu.

— Perfeito.

Ele tirou os óculos e os limpou com a ponta da gravata, antes de recolocá-los no nariz e medir Bucky dos pés à cabeça. Bucky sentou-se um pouco mais ereto, ainda incerto para qual traje estava sendo medido, mas certo de que gostou do corte dele, só por causa do quão indignado Crawford parecia estar.

— Senhor Barnes — disse o inglês. — Meu nome é Senhor Outrora.

— Não é, não — disse Bucky.

A boca do Senhor Outrora se curvou.

— Bem observado. — Ele alcançou a parte interna de sua jaqueta e retirou um pequeno caderno com a ponta de um lápis presa por uma fita vermelha. Lambeu o dedo, e então folheou para uma página em branco. — Algumas perguntas, depois conversamos. Você se formou no ensino médio.

Bucky sentiu seus ombros afundarem. Primeiro golpe.

— Ainda não, senhor.

— Então atualmente você está matriculado? — Quando Bucky não respondeu, o Senhor Outrora continuou: — Você está na escola?

— Depende do que o senhor chama de escola — respondeu Bucky. Atrás do Senhor Outrora, Crawford pressionou um punho contra sua testa.

— Atualmente você está matriculado em uma escola com o objetivo de alcançar seu diploma de ensino médio? — A ponta do lápis do Senhor Outrora flutuava acima da página de seu caderno. — É uma pergunta de sim ou não.

— Não necessariamente.

— Houve circunstâncias atenuantes — disse Crawford, seu olhar dirigindo-se para os nós ensanguentados dos dedos de Bucky, como se temesse que ele avançasse e socasse o inglês elegante como um valentão em uma fonte de refrigerante. — Seus pai e mãe faleceram dentro de poucos anos e sua irmã viajou para um internato.

O Senhor Outrora ignorou Crawford.

— Sim ou não, Senhor Barnes.

— Não. — Debaixo da mesa, Bucky colocou seu calcanhar em cima de seu outro pé. — Não estou na escola.

O Senhor Outrora fez uma pequena anotação no caderno.

— Então sua irmã está matriculada, mas você teve de ficar aqui.

— Eu não tive de ficar aqui — disse Bucky. Ele apertava os lados de sua cadeira como se fosse o assento ejetor de um avião. — Mas não tínhamos dinheiro suficiente para os dois irem, e Becca... Rebecca, minha irmã. Ele sempre foi uma estudante melhor.

— Vocês dois poderiam ter ido para a escola pública em Arlington, não poderiam?

— Mas ela conseguiu uma bolsa de estudos, se pudéssemos cobrir a hospedagem e alimentação. — Odiava estar discutindo. Ele odiava ter que defender sua escolha de sair da escola novamente; ele já tinha quebrado os óculos de alguém naquela noite por causa da mesma pergunta. Estava cansado de ser tratado como se fosse novo demais para tomar suas próprias decisões. E se aquele inglês tivesse conhecido sua irmã, entenderia quem claramente tinha o cérebro melhor. Rebecca era uma enciclopédia ambulante, levando livros para todos os lados como outras garotas levavam bolsas. — Eu já sabia o que queria. E isso não precisa de uma escola.

— E o que é que você quer, Senhor Barnes? — perguntou o Senhor Outrora.

— Eu quero ser um soldado — disse Bucky. — Crescer aqui realmente pareceu o melhor lugar para isso.

Ele esperou o Senhor Outrora levantar-se, colocar seu chapéu de volta, agradecer a Bucky pelo seu tempo, explicar que estava procurando por alguém que pudesse ao menos trabalhar com matemática do nono ano. Mas ao invés disso, ele fez outra anotação.

— Você fala outro idioma?

Bucky tentou não encarar o caderno. O homem não escrevia por tempo o suficiente para que tivesse sido uma palavra — ele estava com uma lista de coisas? E a falta de escolaridade de Bucky tinha sido a resposta *certa*, ou simplesmente um fator que não era desqualificante?

— Russo e alemão — disse ele.

O Senhor Outrora levantou os olhos do caderno com surpresa. Crawford, que esmagava o rosto contra o lado da geladeira, olhou-o também.

— Onde diabos você aprendeu alemão? — perguntou, incrédulo.

— Eu tenho a mesma pergunta — disse o Senhor Outrora, balançando o lápis na direção de Crawford. — Mas quanto ao russo.

— A família da minha mãe era russa — disse Bucky. — Minha avó emigrou de lá para viver conosco. Minha mãe ensinou russo para mim e para Becca quando éramos crianças para podermos conversar com ela.

Ele não falava havia anos, e sempre teve dificuldade de escrever, mas aquela não parecia ser a hora para mencionar nenhuma daquelas coisas.

— E um dos motoristas dos caminhões de entrega é suíço — disse a Crawford. — Ele tem me ensinado alemão.

— Francês? — perguntou o Senhor Outrora.

— Tenho certeza de que poderia aprender. E eu sei, é uma pergunta de sim ou não — acrescentou.

O Senhor Outrora riu, fazendo outra marca em seu caderno.

— Você trabalha com esse entregador que está te ensinando alemão?

— Bucky esteve criando seu próprio emprego na base — disse Crawford. — Vendendo revistas masculinas para os soldados.

O lápis do Senhor Outrora quebrou contra o papel.

— Bom, não *apenas* revistas — disse Bucky rapidamente, percebendo que tinha sido um erro quando falou.

Nenhum dos outros vícios que ele ajudava a serem mantidos fariam com que ele parecesse mais honesto. Olhou para Crawford; por que mencionara aquilo?

— Bebidas e doces e pós-barba e preservat... coisas que eles não conseguem na base.

— Coisas que não são *permitidas* na base. — Crawford puxou um lenço de sua jaqueta e enxugou o rosto.

— Isso eleva a moral — argumentou Bucky. Ele conseguia fazer aquilo parecer correto se precisasse. Podia até falar cinco coisas boas sobre o Capitão América se o pressionassem bastante.

O Senhor Outrora olhou para seu caderno, como se não tivesse certeza do que escrever, ou como escrever já que seu lápis quebrara. O coração de Bucky afundou. Para o que quer que ele estivesse sendo considerado, suspeitava que contrabandear objetos proibidos para dentro de uma base do Exército estadunidense seria um fator desqualificante.

Crawford parecia concordar, já que estava se aproximando novamente, para pegar Bucky pelo braço, tirando-o da cadeira e arremessando-o contra a noite, para longe daquele inglês estranho e da agulha que ele estava procurando naquele palheiro. Mas o Senhor Outrora levantou uma mão para impedi-lo. Crawford fechou a mão no encosto da cadeira de Bucky.

— Como você trouxe esses itens para os soldados sem ser detectado pelos oficiais? — perguntou o Senhor Outrora.

— Eu... — Bucky olhou para Crawford. Se mentisse, o comandante o corrigiria. Então ele seria um contrabandista *e* um mentiroso. — Eu armei um sistema na biblioteca do acampamento.

Ele esperava que pudesse parar por aí, mas o Senhor Outrora levantou uma sobrancelha peluda. Quase não saiu de trás da armação de seus óculos. Bucky suspirou.

— Todos os garotos tinham um livro, e eles me deixavam dinheiro em uma página que correspondia ao que eles queriam que eu pegasse. Então colocavam os livros no carrinho para que eu soubesse que devia pegá-los, eu colocava de volta na prateleira quando conseguisse o que eles queriam.

O Senhor Outrora inclinou a cabeça.

— Interessante.

É? Bucky pensou, desesperado. *Ou é traição?* Talvez não uma traição tão profunda, porém uma mais leve. Ajudando e encorajando, ao menos. Poderia ser considerado uma sabotagem militar? Deveria mencionar a moto? Estava planejando pilotá-la ilegalmente, mas aquilo poderia ressaltar ainda mais de forma desnecessária a natureza clandestina de sua operação.

— Há quanto tempo você comanda esse negócio? — perguntou o Senhor Outrora.

Bucky quase conseguia sentir o calor do olhar de Crawford atrás de sua cabeça. Em qualquer momento, seu cabelo pegaria fogo.

— Um ano mês que vem.

— Por Deus, Buck — murmurou Crawford baixinho, e Bucky percebeu que ele achou que seu negócio estava nos estágios iniciais quando o descobriu.

— Um ano inteiro você escapou de ser detectado — perguntou o Senhor Outrora. — bem debaixo do nariz de seu comandante?

Bucky olhou para Crawford.

— Pois é, e é um nariz enorme.

O Senhor Outrora folheou seu caderno no sentido contrário, então colocou a fita no meio e fechou ao redor do lápis.

— Nicholas, estou desapontado com você.

A mandíbula de Crawford se flexionou.

— Eu não acho que tenha sido um ano, provavelmente começou...

— Não sobre isso — interrompeu o Senhor Outrora. — Tenho certeza de que há violações muito mais sérias do código militar dos Estados Unidos acontecendo em seus sacrossantos salões. Não, estou desapontado que você estava escondendo este jovem excepcional de mim. Ele é exatamente o que estamos procurando.

Crawford apertou os dedos contra as pálpebras. Ele não parecia ser capaz de decidir se queria lutar ou ceder enquanto caía para trás, contra o balcão.

— Eu sei — disse ele.

— Francamente, ele é perfeito — disse o Senhor Outrora.

Crawford limpou a testa novamente.

— Eu sei.

Bucky olhou para eles. Ele apertou o cotovelo contra seu joelho, tentando impedi-lo de balançar a mesa inteira.

— Do que vocês estão falando? Para que eu sou perfeito?

O Senhor Outrora devolveu o caderno para seu bolso.

— Senhor Barnes. Eu estou com a Executiva de Operações Especiais Britânica. Você está familiarizado com a natureza de nosso trabalho?

Se acalme, Bucky lembrou a si mesmo, apesar de seu coração martelando de animação.

— São coisas de espião, não é?

— Podemos chamar assim — respondeu o Senhor Outrora. — Nosso propósito é conduzir espionagem, sabotagem e missões de reconhecimento na Europa, assim como prestar auxílio a grupos de resistência em territórios ocupados. Com base em nossas informações, estimamos que essa guerra não será breve. É muito provável que sentiremos essas repercussões nas próximas décadas. E para nos antecipar, começamos a preparar a próxima geração de agentes especiais. Aqueles que vão terminar a guerra que começamos. Portanto, a EOE está treinando operativos jovens para se infiltrarem em universidades e escolas em territórios ocupados, viverem e estudarem sob identidades falsas enquanto coletam e passam informações políticas para nós. Já colocamos dois agentes através desse programa, de dezoito e vinte anos, respectivamente, apesar de terem começado a treinar conosco quando tinham dezesseis. Quantos anos o senhor tem, Senhor Barnes?

— Dezesseis — interferiu Crawford. — Ele tem dezesseis.

— Dezessete mês que vem — argumentou Bucky. Crawford o olhou.

— Estivemos trabalhando com o Departamento de Estado dos EUA na esperança de adicionar estadunidenses ao nosso programa — continuou o Senhor Outrora. — Já que os Estados Unidos ainda estão para entrar na guerra, alunos estadunidenses vão atrair menos atenção nas cidades controladas pelos alemães que nos britânicos. Seu Comandante Crawford esteve ajudando-nos em nossa busca.

Bucky se virou na cadeira em direção a Crawford.

— Você é um espião? — perguntou.

— Não. Não exatamente. — Crawford ajustou seu próprio colarinho. Se estivesse usando uma gravata, Bucky tinha certeza de que ele a teria folgado. — Eu estou na... folha de pagamentos do Departamento de Estado. Quando temos bons homens com potencial subindo na hierarquia, eu os aponto. Só isso. Para esse trabalho, queriam recrutar alguém perto de Washington, mas não na cidade propriamente dita, por isso vieram até mim.

— Você nunca me disse!

— Isso teria sido contraproducente — disse o Senhor Outrora com suavidade.

Bucky ficou boquiaberto.

— Você era um espião esse tempo todo...

— Eu não sou um espião — disse Crawford. — Só estou encabeçando um braço estadunidense de uma operação secreta que envolve o exército dos Estados Unidos.

— Me parece espionagem — murmurou Bucky.

— Podemos continuar? — interrompeu o Senhor Outrora. — Ainda temos muito a fazer, e eu não tenho tempo para perder com tecnicidades.

Bucky formou a palavra *espião!* com a boca para Crawford, então levantou os polegares antes de virar-se novamente para o Senhor Outrora. Crawford revirou os olhos.

— Senhor Barnes — disse o Senhor Outrora. — Se você tem algum interesse em fazer parte desse projeto...

— Sim — disse Bucky.

O Senhor Outrora levantou um dedo.

— Permita-me terminar.

— Desculpa. — Bucky se sentou nas mãos. — Mas sim. Eu provavelmente ainda vou dizer sim.

— Você será enviado para Londres — continuou o Senhor Outrora. — Então será levado a uma instalação segura onde passará de seis meses a um ano treinando técnicas de espionagem, idiomas etc. Talvez dezoito meses em seu caso — precisaremos te matricular em algumas aulas de ensino médio para que possa evoluir academicamente. E ver como estão seus idiomas. Ao fim desse período, te avaliaremos para missões em campo.

Bucky, que se segurava durante todo o discurso, deixou escapar:

— Ótimo. Sim. Com certeza.

— Ainda não terminei. — O Senhor Outrora empurrou uma ervilha descongelada que escapara do pacote para fora da mesa com o polegar. — Antes de prosseguirmos, preciso saber que o senhor entende os riscos associados a este trabalho. Nem todos os candidatos vão a campo. Alguns desistem. Alguns são considerados inadequados após alguns meses. Alguns chegam até o fim do treinamento antes de serem postos para fora.

Bucky apertou os dentes para se impedir de interromper o Senhor Outrora. Ele faria tudo aquilo— ele faria qualquer coisa. Ele daria anos de sua vida. Ele falaria um alemão perfeito. Ele falaria alemão de trás para frente. Ele nadaria até Londres.

— E se te colocarmos em campo, o trabalho é perigoso, para dizer o mínimo. — O Senhor Outrora tirou os óculos e os limpou novamente, dessa vez no punho do casaco. — Te digo isso porque eu sei que se eu não o fizer, seu comandante vai: a maioria de nossos agentes disfarçados na França não duram mais que duas semanas em campo. O trabalho à distância é bem diferente do que você fará, mas assim que estiver lá, não vai haver extração. Se você se revelar ou for capturado, o governo britânico vai negar qualquer associação com você. Não poderemos te enviar ajuda. Nem os Estados Unidos. Você será treinado para aguentar interrogatórios. Achamos que é uma habilidade que será útil. A expectativa é a de que você morra pela causa. Você não pode entrar nesse trabalho sem nada menos que um entendimento perfeito desse fato. Não há exceções. Assim que entrar em campo, você estará sozinho.

Bucky engoliu em seco. Seu entusiasmo inicial começava a sumir como um balão furado.

— Eu entendo.

— Não entende — respondeu o Senhor Outrora de maneira curta. — Você não consegue entender. Ninguém consegue até ter carregado uma pílula de cianureto no bolso que considerou usar. Eu não digo isso para te afastar do trabalho, mas para garantir que tem noção da gravidade de sua escolha. Não é como nos filmes e nos livros de aventura. E não é como em nenhuma das brincadeiras de guerra que você brincou no quintal enquanto criança, que terminava quando te chamavam para o jantar.

— Eu não estou assustado — disse Bucky.

— Vamos resolver isso. — O Senhor Outrora pegou seu chapéu e tirou seu casaco do fundo da cadeira. — Sugiro que tome seu tempo para pensar sobre isso. Talvez discutir as coisas com seu comandante. Não é uma decisão pequena, nem uma que se pode tomar de qualquer jeito, em um rompante.

Ele tirou um cartão de uma caixa prata e o passou para Bucky por cima da mesa.

— Esse é o número de meu escritório, caso você precise. Pergunte à secretária sobre o clima na Ilha de Wight e vão te transferir para mim.

Não havia nome ou endereço no cartão, apenas um número grande demais em uma fonte com relevo.

— Alguma pergunta, Senhor Barnes? — perguntou ele.

Bucky levantou os olhos do cartão.

— Eu vou ganhar uma arma?

— Certo, já foi o bastante para uma noite — interrompeu Crawford. — Eu acho que seu carro chegou, senhor.

O Senhor Outrora levantou-se, abotoando o paletó.

— Muito bem. Sempre um prazer, Comandante. — Ofereceu a mão para Crawford, então disse: — Eu não acho que será necessário continuar com aqueles garotos do ensino médio.

Crawford fez uma careta.

— Tem certeza?

— Bastante. Acredito que tenhamos encontrado nosso homem. — O Senhor Outrora se virou para Bucky. — Pense em minha oferta, Senhor Barnes.

— Sim, com certeza eu vou pensar. — Apesar do alerta sombrio, ele sabia que não precisaria. Ele teria assinado qualquer coisa que o Senhor Outrora lhe desse no mesmo momento. Seu corpo inteiro formigava, um motor adormecido dentro dele subitamente ligado.

Assim que o Senhor Outrora desapareceu, Crawford virou-se para Bucky.

— Definitivamente não.

— Definitivamente sim! — Bucky pulou para ficar de pé, levantando o cartão. — Isso é exatamente o que eu quero fazer.

— Então espere alguns anos antes de fazer.

— Vai ser tarde demais.

Crawford cruzou os braços.

— Tarde demais para quê?

— Para entrar nessa missão!

— Não é uma missão — corrigiu Crawford. — É um programa de treinamento perigoso, secreto e ainda está sendo testado.

Bucky girou o cartão entre os dedos, como um mágico.

— O que você teria feito, quando tinha a minha idade, se alguém te oferecesse uma chance dessas? Uma chance real de fazer alguma coisa importante? — Ele sabia que era seu único às na manga, e o usou com cuidado. — Meu pai me contou histórias sobre você quando jovem. Ele disse que você o ajudou a mentir nos formulários de alistamento, para que pudessem servir juntos antes de terem a idade certa.

Crawford não pareceu ter sido atingido.

— Isso não quer dizer que ele gostaria que você fizesse o mesmo.

— Mas ele teria entendido! — disse Bucky. — E eu acho que você entende também. Você sabe o quão maluco eu fico de sentar aqui, sem fazer nada.

— Espere até ter dezoito — respondeu Crawford. — Então ao menos eu não serei legalmente responsável por suas decisões impulsivas.

— Então você prefere que eu espere até ser convocado para ser bucha de canhão?

— Não tem convo...

— Vai ter — disse Bucky. — Os EUA vão se envolver mais para frente, e você deve achar isso também se está ajudando a encontrar recrutas para esse projeto. Você não pode me proteger disso para sempre. Não tem isso de *todo mundo faz sua parte a não ser o filho de meu melhor amigo que seria um ótimo agente secreto em treinamento mas eu estou com muito medo de tirar meus olhos dele*. Você sabe que eu seria incrível nesse trabalho. Me impedir de ir seria, francamente, antipatriótico.

Eles se encararam. Crawford ainda era alguns centímetros mais alto que Bucky, mas a diferença diminuíra no último ano. Se seu pai ainda fosse vivo, Bucky seria mais alto que ele. Seu pai, que, entre os dois, sempre era o que se jogava nos problemas enquanto Crawford lhe dava cobertura, reclamando o tempo todo, mas nunca o deixando na mão. Seu pai, que sempre era o primeiro a se levantar e se voluntariar, a ajudar um estranho e se posicionar a favor do que era certo. Eles dois lembravam dele daquele jeito, e Bucky tinha certeza de que a única razão de Crawford estar segurando-o era porque ele via o mesmo brilho no seu olhar.

Crawford esfregou os olhos com a mão e soltou um suspiro alto.

— Você — disse ele, balançando a cabeça — é um pé no você-sabe-onde.

Bucky o saudou.

— Aprendi com o melhor.

— Isso não é um sim.

— Também não é um não.

— Isso é um *vamos conversar bastante sobre isso*. Não discuta. — Ele levantou uma mão. — Isso é tudo que você vai conseguir agora. Já passei por poucas e boas essa noite, por sua causa.

Ele deu um empurrão de brincadeira em Bucky, abraçando-o pelo pescoço e bagunçando seu cabelo.

— Seu pai ficaria orgulhoso de você.

Bucky o empurrou de volta, disparando um soco lento em Crawford, que o segurou com a mão.

— Eu acho que é você que vai ter que ficar orgulhoso, então.

Capítulo 5

1954

O bar do Hotel Metrópole é feito de painéis de madeira escura, com pisos pontilhados de bolinhas e painéis de teto de cobre polido, uma relíquia da decadência do velho mundo, milagrosamente preservada por entre o concreto cinza e linhas claras das construções soviéticas que o cercam. Janelas com toques dourados revestem os estandes, dando aos usuários uma visão para a avenida em Riga. O vidro está marcado pela chuva da tempestade da manhã, cada gota iluminada pelos faróis de táxis e carros que passam. As poucas lâmpadas se pintam com uma sombra âmbar, dando à luz tons quentes e cores de xarope, como se o bar descansasse no fundo de uma garrafa de uísque.

V alisa as lapelas de seu terno, sentindo-se mais chamativo do que sabe que está. Ele não consegue se lembrar de quando foi a última vez que vestiu algo que não fosse um traje de combate ou roupas respiráveis e atléticas para os treinamentos com Rostova. Com o cabelo puxado para trás e as luvas de couro para esconder a mão de metal, ele se sente tão lustroso quanto uma lontra molhada pelo mar. Certamente alguém olhará ao redor e perceberá que ele não é parte daquela paisagem. Quando foi a última vez que esteve em um bar? Quando foi a última vez que esteve em algum lugar que não fosse à prova de som e abaixo da terra, com o frio penetrando as paredes e ralos no chão de cada sala?

O voo até ali tinha sido igualmente estranho. Rostova pilotou um bombardeiro aposentado que sobrou da guerra, rindo toda vez que o percebia apertando as bordas do assento, dentes cerrados.

— Eu nunca voei antes — gritou para ela, sua voz quase apagada pelo barulho do motor.

Ela sorriu, olhos no para-brisa.

— Na verdade, já sim.

— Eu não lembro.

— São duas coisas bem diferentes, não são?

O ponto que ele usa chia de repente, e ele sente a estática em seu tímpano como uma mosca presa ali.

— Não derrame nada nesse terno — a voz de Rostova está distante. — É mais caro que seu braço.

Ele resiste ao impulso de olhar ao redor, como se pudesse vê-la da porta do bar do hotel, apesar de saber que ela está onde a deixou: empoleirada atrás de um fuzil de precisão no teto de um dos apartamentos atravessando a rua, vendo-o pela mira. *Ela está aqui para te proteger*, ele lembra a si mesmo, mas sua nuca formiga.

Eu não fui comprometido. Ele quase diz em voz alta. Esteve querendo falar aquilo para ela desde antes de partirem. Ele quer olhá-la nos olhos e saber que ela acredita. Se achassem que foi comprometido, não o teriam enviado. Karpov teria atirado nele no bunker ou misturado arsênico em seu medicamento intravenoso. Havia maneiras mais fáceis de matá-lo que trazê-lo até Riga só para Rostova atirar em sua cabeça. Não precisavam de um espetáculo público para criar uma narrativa falsa. Não há ninguém para sentir sua falta. E mesmo que houvesse, pessoas desaparecem todos os dias.

— Pare com isso — diz Rostova em seu ouvido, e ele percebe que está inconscientemente abrindo e fechando seu paletó. O ponto chia novamente. — Tente parecer uma pessoa real e não um robô que não sabe o que é alfaiataria.

Ele se sente como um nervo exposto, muito sensível para um mundo tão desconhecido e novo — o som de gelo batendo nos copos atrás do bar, a risada suave de uma mulher algumas mesas de distância, o cheiro do polimento do piso, e o brilho de faróis passando através das janelas pretas. As buzinas na rua. A música no rádio. O mundo está muito mais vivo e cru e exuberante do que ele esperava.

— Posso te ajudar? — pergunta alguém em russo, e ele olha para cima. Um maître vestido em preto e branco parou na frente dele, uma bandeja vazia presa debaixo de um braço. Quando V não responde, ele continua: — Você tem reserva?

— Fedorov — diz ele. — Meu nome é Alexandre Fedorov. Vou me encontrar com um hóspede para uma bebida.

— Muito bem, senhor. — O maître confere a lista de nomes no estande do anfitrião, e então diz: — Sinta-se à vontade para sentar-se até sua companhia chegar.

Quando o maître desaparece na cozinha, V puxa suas luvas como se pudessem cair, então alisa a frente de seu terno novamente antes de seguir para o bar. Ele nunca teve trabalhos disfarçado antes, e sua existência enquanto uma criatura da escuridão parece estar escrita em seu rosto. O jeito que ele se porta. Respira. Anda. É tudo um teatro. O que deveria fazer com as mãos? Colocá-las nos bolsos? Deveria olhar nos olhos das pessoas? Elas não sentem o cheiro do sangue dos homens que matou?

Mas ninguém se atenta a ele enquanto puxa um dos bancos altos e senta-se. Observa o lugar. As mesas estão cheias, mas o bar propriamente dito está quase vazio. Há um casal em uma ponta sentados com as cabeças encostadas uma na outra, o homem tocando a coxa da mulher por baixo do vestido, e um segundo homem bebendo sozinho, o rosto vermelho de tanta vodca.

V se força a respirar fundo. *Isso vai ser fácil. Entregas são fáceis.* O outro agente — qualquer figurão do MI5 que ele vai encontrar — provavelmente nunca teve treinamento de combate, muito menos um treinamento comparável ao de V. Ele nem estará armado. *Entregas não são perigosas.* Entregas são jornais, um saco de papel marrom jogado em uma lixeira no parque, a diferença entre uma placa de ALUGO ou VENDO em uma janela de um apartamento.

Então por que ele se sente sendo enforcado lentamente por uma corda de piano? A sala está quente demais. Ele está suando — como esse terno é mais pesado do que o equipamento tático que ele usa?

Um homem pega o banco dois lugares de distância de V e coloca o chapéu no bar. V olha para cima, como se procurasse o barman. O chapéu é o sinal do MI5 de que o agente não foi seguido. Se tivesse sido colocado nas costas da cadeira, quereria dizer que ele foi seguido e V teria que ir embora sem coletar o que tinha ido coletar.

Seu ponto chia novamente.

— Tudo limpo de onde consigo ver — diz Rostova, então acrescenta: — Leve o tempo que quiser.

Ele sente uma onda de gratidão repentina por ela estar ali com ele. Rostova pode ser cruel. Pode ser dura com ele. Pode ser debochada e fria. Mas ela também é sua professora e amiga. Ela já cuidou de suas costelas feridas e o ensinou as músicas russas que ele esquecera de sua juventude. Ela já contrabandeou empanadas russas, as *pirozhki*, de suas viagens para Moscou quando ele estava confinado, apesar delas não se encaixarem em suas dietas calculadas cientificamente. Ela tinha sido sua única companhia, e mesmo que não fizesse nada além de sentar-se no teto e assistir, ele estava feliz de tê-la ali. Ela não o trairia. Nem por Karpov. Nem por ninguém.

— Pare de tocar no terno — reclamou Rostova, sufocando de maneira muito eficiente qualquer sentimento caloroso que sentisse por ela.

Ele cruzou as mãos no bar, suas luvas rangendo quando o couro se arrasta em si mesmo. O homem ao seu lado chama o barman. Ele não olhou para V. Se tudo der certo, nem vai.

O barman entrega a carta de vinhos para o agente do MI5, então vira-se para V.

— Para o senhor?

— Um gimlet com gelo — pede em russo. Seu sinal de resposta ao chapéu no bar entre eles — V não foi seguido. Não foi comprometido. Ao lado dele, o agente do MI5 brinca com o canto vincado da carta de vinhos.

— Vodka ou gim? — pergunta o barman.

V para. Não esperava ter uma tréplica. Se era um código, não sabia o que queria dizer.

Querida Gina com um toque de limão.

As palavras se desenharam em sua mente, inexplicáveis, mas claras. Escritas à mão tão distintas, mesmo em sua cabeça, que ele consegue identificar as letras de forma garrafais em inglês. O frio o cobre de repente, como uma torrente de neve caindo de um telhado em cima de sua cabeça.

Ele pisca.

— Senhor? — pergunta o barman. Quando V continua em silêncio, ele questiona novamente: — Vodka ou gin?

— Pelo amor de deus. — Escuta Rostova no ouvido. — Não é uma pegadinha, só escolhe um. Você não precisa gostar.

— Gin — fala V.

— Muito bem, senhor. — Quando ele se vira, V pressiona os dedos contra as pálpebras, sem saber se quer sumir com as palavras ou chamá-las de volta. As letras e seus significados já desaparecendo como areia no deserto.

Foco.

V abre os olhos. O agente do MI5 segura a lista dos vinhos enquanto pergunta sobre os tintos, e o barman se inclina por sobre as torneiras para ouvi-lo. Os olhos do agente não saem do barman enquanto vira um porta-copos no bar com o dedo mindinho. V fixa os olhos nele. O lado para cima tem o brasão de armas do hotel impresso. Não estava lá antes, mas ele não viu o homem tirá-lo de um bolso ou deslizá-lo para fora de sua manga. Talvez o homem tenha se aproveitado da distração de V para pegá-lo.

— Gin com gelo.

V levanta os olhos. O barman voltou, copo gelado na mão. V agarra o porta-copos e o desliza para baixo da bebida antes de descansá-la.

— Obrigado — diz ele, e dá ao barman o dinheiro que Rostova deixou com ele antes de saírem do bombardeiro. V leva o copo para os lábios, o cheiro afiado de limão acertando-o atrás dos olhos.

E é isso. Está feito.

O agente do MI5 devolve a carta de vinhos para o barman enquanto pega o chapéu.

— Nada me chamou a atenção. Muito obrigado. — Ele sai do banco. Suor se concentrando no colarinho da camisa.

V beberica sua bebida. Acabou. Ele pode relaxar. Tentar afastar o frio desagradável.

— Que nem arrancar doce de bebê — diz Rostova em seu ouvido. — Termine sua bebida e vamos embora. Na próxima vez, eu fico com a bebida na conta da KGB e você pode congelar seu rabo na chuva.

Próximo a ele, o agente da MI5 bate o pé em uma das pernas do banco de V. Sem pensar, ele vira-se ao mesmo tempo em que o homem olha para ele. Suas desculpas morrem nos lábios quando seus olhos se encontram.

O homem fica pálido, a cor escapando de seu rosto como se alguém abrisse o ralo de uma pia. Seus olhos, ainda presos nos de V, estão arregalados e inundados de pânico.

— Meu Deus — sussurra o agente.

— Saia daí — diz Rostova de repente, sem mais nenhuma provocação na voz. Ao fundo, V escuta um clique de seu fuzil. — A entrega está completa.

— É você — diz o homem.

— Eu disse: saia daí — repete Rostova. Ele consegue imaginá-la deitada sobre a barriga, olhos na mira, alinhando um tiro com o cano da arma… no agente. Não nele.

V não se mexe.

— Me desculpe?

O agente fica boquiaberto. Metade de seu dente da frente está faltando, e ele parece selvagem, como um animal repuxando os lábios para rosnar.

— Meu Deus. Meu Deus, os fantasmas do inferno voltando para me assombrar.

— Me desculpe, nós... — começa V, mas o homem dispara pelo bar e puxa o porta-copos de baixo da bebida de V. O copo cai, quebrando contra a superfície do bar antes de rolar em um círculo fechado, derramando gin em cima da madeira escura.

— Abortar — diz Rostova. — Vronsky, saia daí. Agora. Esqueça a entrega.

— Espere... — Ele tenta alcançar o braço do agente, mas o homem tropeça para trás, acertando uma mesa e virando uma sopeira de molho. Os dois homens sentados lá saltam para trás, reclamando alto com ele. O homem se empurra para levantar, gaguejando desculpas em inglês antes de se controlar e mudar para russo. Ele corre para a porta, deixando pegadas gordurosas no chão.

— Espere! — V chama novamente, mas o homem já está fugindo do restaurante para o salão, a cauda manchada de sua jaqueta grudando-se em suas calças.

— Não estou brincando, V — rosna Rostova em seu ouvido. — Acabou.

O barman se aproxima para limpar a bebida derramada, pegando vários guardanapos molhados e se desculpando, oferecendo outra bebida, essa por conta da casa. Mas V não está ouvindo — está olhando através da porta para o saguão, acompanhando o agente do MI5 enquanto ele sai tropeçando pela multidão. O pé do agente acerta uma maleta e quase cai, mas um mensageiro levando um carrinho de bagagens o agarra. O homem empurra o mensageiro, vira quase descrevendo um círculo completo antes de se reorientar e começar a correr para a porta em direção à rua.

— Não siga ele — diz Rostova no ouvido de V. — Eu vou. Sente-se e tome uma outra bebida. Volto antes de você terminar.

E ele deveria. Sabe que deveria. Ele não foi comprometido e ele sabe o que deveria fazer.

Obedeça, pensa ele.

Mas o olhar do homem ao ver V foi... não de medo — ele é acostumado com medo. Medo e pânico e desesperança são velhos amigos seus; ele conhece bem a cara deles. Mas esse homem olhou para V com um medo que nada tinha a ver com seu braço biônico ou equipamento tático ou com as histórias que o precediam.

Aquele homem o reconheceu. Ele viu o rosto de V *e ele o conhecia*. Não como os sussurros de uma lenda sem rosto ou projeto secreto. Ele não reconheceu o Soldado Invernal.

Aquele homem o conhecia.

Ninguém nunca o olhara daquela forma antes.

Não deveria ser possível. Ninguém deveria conhecê-lo, principalmente não um inglês pálido fazendo uma entrega em Riga. Talvez o MI5 tivesse fotos dele — mas *como*? Havia um agente duplo no time de Karpov. *Impossível*. V não parecia com ninguém aqui — ele pode ter se destacado, algo inconsciente marcando-o como um mentiroso — *mas Rostova teria notado*.

O agente conhecia V, de antes. Alguém que ele costumava ser antes...

Antes do quê.

— Minhas desculpas, senhor. — O barman coloca outro copo no bar. — Por conta da casa.

V olha para o barman, que sorri, desculpando-se, como se V fosse qualquer outro cliente. Nessa sala, nesses trajes, V é só mais um rosto na multidão.

Mas o agente do MI5 o conhecia ainda assim.

E V precisava saber o porquê.

O barman meneia a cabeça em direção ao saguão, quando o agente se joga contra as portas do hotel em direção à rua.

— Deve ser algum tipo de lunático.

— Deve ser — responde V, então pega seu ponto.

— Não... — Ele escuta Rostova dizer, sua voz sendo cortada abruptamente enquanto ele esmaga o pequeno inseto entre seus dedos de metal, jogando-o dentro do copo de gin.

— Tenha uma ótima noite — diz ao barman, e segue o agente no saguão.

Fora do hotel, um sopro de ar gelado acerta V no rosto, e ele se sente muito mais acordado do que estava no bar. Água é arremessada da sarjeta quando um carro se afasta do meio-fio, e ele sente as gotas acertado seu rosto. Ele tira as luvas — muito apertadas e muito desajeitadas — e as enfia no bolso enquanto procura pelo homem na calçada. Um espetáculo acabava em uma casa de filmes próxima, e a multidão está amontoada do lado de fora, lenta e ruidosa.

V encontra o agente parado no meio-fio, tentando de maneira desesperada chamar um dos táxis parando na porta do hotel, mas todos passam por ele. V se dirige a ele, afastando as pessoas o mais rápido que consegue sem chamar atenção.

O agente parece que o sente, e se vira, sua face branca no brilho dos faróis passantes. Ele nota V se movendo em sua direção e abandona o ponto de táxi, correndo pela rua. V observa o porta-copo amassado em seu punho e pressionado contra o coração, como uma carta de um amante.

Uma corrida seria um impasse. V provavelmente é mais rápido, mas não conhece a cidade, e lembra que o arquivo do agente dizia que ele estava em Riga havia dois anos. Ele deve conhecer os becos para se abrigar e bares para se esconder, lugares onde a frase correta dita para um lojista abre uma sala secreta na qual se pode ficar até a ameaça inominável ir embora. Ele terá algum lugar para ir e alguém para o abrigar. Se V o perseguir vai haver uma cena. Um deles será parado. Provavelmente ele. Talvez a polícia se envolva. Vai ser tão fácil para o agente escapar.

V desvia o olhar para os apartamentos do outro lado da rua, resistindo ao impulso de ver os telhados, como se fosse capaz de encontrar Rostova. Há uma moto parada na sarjeta, o mensageiro ao qual pertence na porta, se inclinando contra a campainha enquanto espera para ter a entrada liberada. V nunca dirigiu uma moto antes. Nunca dirigiu nada, não que consiga lembrar. Mas também não consegue lembrar quem escreveu a frase *querida Gina com um toque de limão* e a enfiou tão fundo em sua memória mesmo que não soubesse que estava lá.

Ele dispara pela avenida, ignorando as buzinas dos carros que explodiam em protesto, e salta para o veículo. Ele levanta o suporte com o calcanhar — um gesto tão automático que quase não percebe que o fez.

— Ei! — Escuta o mensageiro gritar, assim que V liga a moto e mergulha no trânsito.

Vários carros têm que parar bruscamente para evitar acertá-lo, e ele escuta pneus cantando no asfalto molhado. O trânsito está muito denso para ser desviado, mesmo na moto ágil, então V faz uma curva fechada e entra nos trilhos vazios do bonde que segue na direção oposta e voa pela estrada em busca do agente do MI5.

Dirigir aquela motocicleta não é um problema. De algum modo ele sabe onde é a embreagem sem pensar. Sabe a diferença entre os medidores, e sabe o que todos significam — velocidade, combustível, óleo, água. Detecta o agente britânico na calçada, andando rápido, olhando por cima do ombro para ver se V o está seguindo a pé. As lentes de seus óculos estão molhadas da chuva, e ele as enxuga sem sucesso, a manga do casaco apenas espalhando as manchas existentes. Ele coloca a mão que não segura o porta-copo no bolso — para pegar uma arma? Uma pílula de cianureto? Um dispositivo de rastreio?

Uma buzina soa, e V olha. Um bondinho vem em sua direção, seu farol uma coluna esfumaçada no ar úmido. Ele inclina, entrando no tráfego que se aproxima sem pensar. Quase acerta a frente de um táxi e desvia no último segundo. Os raios de sua roda dianteira batem quando ele para ao longo do bonde, aproximando-se de sua lateral enquanto ele vai na direção oposta. Ele está tão perto que um dos espelhos da moto é arrancado, despedaçando-se debaixo das rodas do bonde.

V observa a calçada e vê o agente virando em uma via de pedestres que desemboca em um arco velho de pedra marcando a entrada para a cidade velha. Há uma breve pausa no trânsito, e V atravessa as três vias em direção ao meio-fio seguindo o agente, ignorando pessoas fazendo compras que saltam para longe dele, gritando e xingando. O pavimento se torna paralelepípedos ásperos sob os pneus de V, e seus dentes batem enquanto segue o homem subindo o morro. Quando o motor gagueja, muda a marcha sem perceber, levantando um jato de água presa entre as pedras.

As ruas da cidade velha são muito estreitas para carros, e quase vazia de pedestres. O agente está correndo na velocidade máxima no meio da rua de pedra, braços batendo ao seu lado. Ele vira em todas as esquinas possíveis, levando V para as ruas de trás que parecem ficar cada vez mais apertadas. V se inclina por sobre o guidão, amaldiçoando cada curva fechada que o força a diminuir a velocidade para não cair. Uma ruela é tão fina que seu guidão quase prende entre as paredes. Gotas de chuva acertam seu rosto, frias e doloridas como moedas atiradas nele.

Um bando de galinhas se espalha na rua à frente dele enquanto faz uma curva muito fechada e acerta uma pilha de cadeiras debaixo de um toldo de uma cafeteria para protegê-las do tempo. Ele tenta se aprumar, mas o pneu traseiro escorrega nas pedras molhadas. O pneu canta, e seu estômago afunda. Seu instinto é o de apertar os freios, mas ao invés disso, sem saber por que ou que parte dele sabe, ele os solta. A roda de trás balança, então se endireita, e a moto se levanta novamente. O pneu dianteiro sai do chão por um momento antes de V se inclinar para frente e colocá-la no piso.

À frente, o agente vira à esquerda de maneira súbita, desaparecendo das vistas. V o segue, só para acertar o fundo de um táxi parado em um gargalo em outra entrada para a cidade velha. A roda dianteira da moto amassa contra o parachoque, e o pneu de trás sobe, virando a moto de lado. V salta, deslizando por cima da mala do táxi e para a janela traseira com tanta força que o vidro racha. Segura-se no teto, a mão biônica amassando-o como se fosse um pano, para se impedir de cair do fundo no tráfego. As solas de seus sapatos sociais não têm tração contra o metal liso.

V se põe de pé, o teto do carro curvando-se contra seu peso. O agente agora se encontra a quase um quarteirão de distância à frente. O homem não olha para trás quando se vira em uma torre velha de guarnição e entra em um parque extenso, os caminhos escuros, desprovidos de lâmpadas, engolindo-o.

O carro estremece abaixo de V quando o motorista sai, batendo a porta e gritando frases ininteligíveis ao apontar para a janela quebrada e o machucado em sua mala. V o ignora. A moto está presa abaixo do carro, os guidões enroscados no para-choque e o motor engasgando. Seu pescoço dói, e ele o estala com uma careta.

O motorista o pega pelo calcanhar, tentando chamar sua atenção, e V o chuta. O homem tropeça para trás, segurando o nariz ensanguentado. Ao redor deles, carros desviam para evitar os pedaços da moto no chão. Os motoristas praticamente se deitam em suas buzinas. V dá um longo passo para o capô do carro, então para o chão, esquivando-se do trânsito parado. Outro homem abre a porta tão abruptamente que V a acerta, segurando-a com o braço metálico e arrancando-a das dobradiças, mas não para. Em sua frente, a torre de guarnição se aproxima.

Para além da torre, os gramados do parque encontram a água, lâminas orvalhadas brilhando na luz da lua. Os caminhos estão praticamente vazios, e V não demora para encontrar o agente correndo para o canal da cidade. Quando a rua bifurca, o agente pega a trilha mais baixa e um momento depois é engolido por um túnel levando para os caminhos ao longo da água. V corre atrás dele, mas escolhe ir pela ponte que passa por cima da trilha e salta. Quando o agente emerge do túnel, V pousa em sua frente agachado. Ele aprendeu a pular e cair, permitindo que seu braço biônico entre em contato com o chão primeiro para absorver a maior parte do impacto.

O agente dá um passo para trás com um ganido de surpresa. V chuta, enganchando um pé ao redor do calcanhar do homem e puxando-o com força. As pernas do homem desaparecem de baixo dele, que cai de costas, choramingando. Quando V se levanta, o agente remexe o bolso interno de sua roupa, o mesmo que V o viu tatear enquanto corria.

Há um *pop* súbito, o som tão inesperado e afiado que V quase olha para cima, buscando o galho de árvore que parecia ter se quebrado.

Então vê a pistola na mão do homem, pequena o suficiente para carregar em um bolso de casaco.

O homem atirou nele.

Nunca dispararam contra V antes, exceto com as armas de chumbinho que ele e Rostova usam para praticar tiro ao alvo, com as quais ela ocasionalmente gosta de atirar na cabeça dele para tirar seu foco. Ela uma vez ameaçou atirar nele com uma arma *real* depois que ele não conseguiu encontrar uma pistola escondida construída dentro do sapato de um agente duplo da KGB que eles capturaram; a única coisa que o salvou foi a incapacidade do homem de mirar com os pés. Ela disse que assim que ele descobrisse o quanto doía levar um tiro, ele seria mais cuidadoso.

Mas não dói — não em um primeiro momento. Há apenas o impacto, que o empurra para trás, e a sensação de sangue ensopando a perna de sua calça. Correndo por sua perna. Preenche seu sapato. Esses sapatos sociais idiotas. A palmilha fica molhada.

Mas nada de dor por enquanto. Ele precisa agir agora, antes que tenha chance de chegar.

Ele escuta o homem engatilhar a arma novamente, mas agora, quando ele dispara, V joga seu braço biônico para frente, impulsionando a palma, e a bala é esmagada contra ela. O homem deixa escapar um grito de choque, e então dispara novamente, mas o cão desce, caindo em uma câmara vazia.

V agarra o cano da pistola com seu braço biônico e o entorta, virando-o até que esteja apontando para cima. O agente tenta se agarrar ao cabo, mas V o arranca dele, vira-a e o acerta com a coronha na orelha, com força suficiente para derrubá-lo de lado na trilha. Cuspe e sangue espirram da boca do agente e respingam no cascalho.

Antes do agente conseguir se recuperar, V monta nele, agarrando-o pelas lapelas. O agente se contorce, choramingando, até que V desfere um soco forte na mandíbula que joga seu pescoço para trás. A metade restante de seu dente da frente quebrado se solta, deixando apenas uma lasca agarrada à gengiva.

— Por favor — balbucia o homem.

V ajusta a mão, prendendo um nervo no pescoço do agente com o polegar de seu braço biônico. O corpo do agente se contorce tal qual uma interrogação, e ele gorgoleja, olhos esbugalhados. V remexe os bolsos do casaco do homem com a mão livre, procurando pelo porta-copos que ele pegou do bar.

— Por favor — repete o homem, dessa vez em inglês. Sangue emana de seus lábios, sujando a frente da camisa. — Me perdoe. Por favor, Tenente...

V para.

— Do que você me chamou?

Muco escorre dos lábios do homem, e ele luta para conseguir respirar apesar disso.

— Tenente, por favor, por favor, me solte.

V olha para os ombros trêmulos do homem e olhos injetados. Ele deve estar mentindo. Tentando conseguir mais tempo, ou distrair V para conseguir fugir.

Mas a maneira com a qual o agente o olhou no bar…

Ele puxa o agente pela frente da jaqueta novamente, as faces quase coladas. Esse homem não é um assassino. Ele provavelmente não é treinado para nenhum tipo de trabalho em campo. Tem mãos macias e cheira a pós-barba caro. Seu terno é feito de cotelê, fino o suficiente para as lapelas rasgarem nas mãos de V.

— Você me conhece — sibila V.

— É… É claro. — O agente gagueja. Seus olhos analisam o rosto de V, como se procurasse pela resposta correta ou esperasse por algo que traísse a farsa. — É claro que lembro de você. E por Deus, você mal envelheceu...

Ele tenta alcançar o rosto de V com a mão trêmula, mas V a tira do caminho com o cotovelo. O agente estremece diante do braço biônico de V.

— Eu não ligo se você lembra de mim — interrompe V. — Você me *conhece*.

O homem funga, jogando uma mistura de sangue e muco para o fundo da garganta.

— Sim.

— Me diga quem eu sou.

O homem se encolhe dentro do traje. O tecido se acumula ao redor das axilas, jogando seus ombros para suas orelhas.

— O... o quê?

— Me diga quem eu sou.

— Eu não entendo.

— Você me conhece?

— Sim.

— Então me diga meu nome.

A pergunta é enganosamente simples. Naquela linha de trabalho, um nome é a coisa mais preciosa. Nomes são guardados e protegidos. Nomes custam vidas. V nunca teve um nome. Ou, melhor, ele teve — consegue ver nos olhos do agente agora, enquanto ele o mede de cima para baixo. Ele teve um nome, e esse homem sabe qual era.

— Me diga — rosna V.

A boca do agente abre, aquele dente da frente arrancado agarrando seu lábio.

— Seu nome é...

Há um *bang*, e o pescoço do agente vai para trás. Seu corpo tensiona, então amolece. Há um buraco de bala entre os olhos do agente, uma trilha lenta de sangue borbulhando de lá e escorrendo até seu nariz.

V solta o corpo do homem e desliza para longe dele. Alguém está aqui — alguém com uma arma. Alguém acaba de atirar neste homem. V já deveria estar longe. Ele se esforça para ficar de joelhos, sua perna ferida de repente latejando. Não tinha notado até agora. Escuta passos na trilha atrás dele, e se vira tão de repente quanto o chute pesado que se conecta ao seu flanco. Ele sente o pé de metal pegando-o abaixo das costelas, arrancando o ar dos pulmões e puxando-o como um anzol. Ele já está tonto pela perda de sangue e, sem seu equipamento tático resistente a impacto para protegê-lo, ele tomba para o lado, derrapando no cascalho. Seu rosto arde.

— Você é idiota?

Ele olha para cima, tentando respirar. Rostova está acima dele, seu fuzil nas costas e a pistola que acabou de usar para matar o agente agora apontada para ele. V não se move enquanto ela se inclina por cima do corpo do agente, revistando seus bolsos até aparecer com o porta-copos. Ela o enfia em seu próprio bolso, então aponta a pistola de volta para V.

— Levante — grita com ele.

V levanta os braços, mãos à frente. Pelo menos um deles faria algum bem se ela realmente for atirar nele.

Ela puxa o cão na pistola.

— Eu disse levante.

— Não consigo.

— Como assim não consegue?

— Ele atirou em mim.

Rostova olha para baixo, parece notar pela primeira vez o sangue escorrendo da perna de V, e pragueja. Ela enfia a pistola no cinto, então pega a carteira do agente de seu bolso do casaco. Depois de um tempo remexendo, puxa as notas e a carteira de identidade, então remove o relógio e o anel de casamento. Ela joga a carteira vazia e coloca os itens valiosos nos bolsos. V conhece aquele truque. Quando a polícia encontrá-lo de manhã, vai parecer que foi um roubo que deu errado.

Rostova agarra V pelo cotovelo e o puxa para ficar de pé. Seu corpo inteiro está latejando agora, não apenas sua perna, e seu coração pulsa em seus ouvidos. Tenta se apoiar em Rostova, mas ela o empurra, e ele quase desaba novamente antes de se segurar em um banco próximo. Sua perna ferida treme abaixo dele.

— Pode ir andando, soldado — diz Rostova de maneira grosseira, enquanto desce o caminho. — Não vou te carregar.

Ele se dobra, cotovelos no banco, implorando para sua visão parar de afundar. Aos seus pés, sangue ainda escorre do buraco de bala na testa do agente como uma pia vazando. Rostova nunca erra.

— Vronsky — chama ela, e ele levanta a cabeça.

Ele quer contar a ela. Ele quer dizer *ele me conhecia. Ele sabia meu nome.*

Eu tinha um nome. Eu tenho *um nome.*

Eu era alguém antes de me tornar isso.

Mas talvez ela já saiba disso. Talvez ela já soubesse desde que se conheceram e nunca o contou.

Com uma careta, ele alivia seu peso na perna ferida e manca pela trilha atrás dela.

Capítulo 6

1954

Rostova deixa V no escritório de controle na pista de pouso imunda onde deixaram o avião, arremessando nele um kit de primeiros-socorros antigo desenterrado de uma das gavetas enferrujadas da mesa, antes de desaparecer para concluir as verificações antes do voo.

Apesar do treino de primeiros-socorros, quando Rostova retorna, V ainda está caído no chão, pálido e trêmulo demais para conseguir fazer qualquer coisa além de abrir o buraco de bala ainda mais com as tesouras cirúrgicas sem pontas. O piso de concreto está ensopado de sangue. Rostova xinga baixinho, então agarra as tesouras de onde V largou-as. Puxa uma lâmpada da mesa pelo cordão e aponta para o ferimento, apertando os olhos por um momento antes de colocá-lo de lado.

— Não se mexa — ordena ela, então enfia a ponta redonda da tesoura no buraco de bala.

Ele grita com dor, o corpo inteiro convulsionando, e Rostova grita:

— Eu disse para você não se mexer!

— Dói!

— E você esperava o quê? — Ela se senta nos pés dele, prendendo-o no chão, e ele agarra as pernas da mesa, músculo tremendo.

Quando Rostova cava o ferimento novamente, ele morde a manga da jaqueta, tentando pensar em qualquer outra coisa que não na dor até que escuta o som suave da bala caindo no concreto. Rostova tira o peso de cima dele, permitindo-lhe rolar para ficar de costas no chão, ofegante. Sua visão está borrada.

— Aqui. — Rostova coloca uma garrafa contra seus lábios e dá um gole sem saber o que é ou onde ela arranjou. O gosto inflamável de álcool queima sua garganta seca, mas ele continua engolindo até que Rostova tira a garrafa de suas mãos.

— Só preciso por um segundo — diz ela, afastando suas mãos do gargalo.

— Por quê? — pergunta com um engasgo.

— Não temos antisséptico — diz ela, então joga vodca em seu ferimento de bala.

V grita, o som gutural e engasgado pela dor. Ele enfia o punho na boca, respirando tão forte que seu peito arde.

Rostova pega uma tira de gaze do kit e amarra a ferida, então devolve a vodca.

— Bom garoto. — Ela segura o lado de seu pescoço, dando um empurrão carinhoso em sua cabeça. — Você aguentou isso como um campeão.

Ele aperta o fundo da cabeça no piso de concreto e bebe mais um pouco, mesmo que aquele o deixe ainda mais seco. O fundo de sua garganta parece queimado, a vodca sem ajudar a tirar o gosto ferroso de sangue grudado ali. Ele quer água. Ele quer dormir. Olha para o teto de zinco, ofegando como um cachorro. Rostova limpa as mãos nas calças, então joga o kit de primeiros-socorros no fundo da gaveta da mesa de controle. A perna da mesa que V esteve segurando com a mão biônica tão amassada que quase se parte com o próprio peso.

Rostova tira seu chapéu de pele e passa uma mão pelo cabelo, afastando-o do rosto. O suor o prende no lugar como creme. Ela coloca os joelhos no peito, descansando os cotovelos neles, então fala com suavidade:

— Você não pode fazer isso de novo.

Quando ele levanta a cabeça para olhá-la, sente uma pontada no pescoço do acidente de moto.

— Fazer o quê?

— Se desviar da missão.

— Ele ainda tinha a informação.

— E eu te mandei abortar. — Ela torce o chapéu entre as mãos como se estivesse tentando secá-lo. — Não roubar uma moto e persegui-lo e tomar um tiro. Meu Deus, o que você tinha na cabeça?

V deixa a cabeça cair novamente. Uma mancha de ferrugem na parte inferior do telhado de zinco se ilumina quando uma luz na mesa de controle pisca em verde.

— Eu não sabia que ele tinha uma arma.

— Como se isso fosse mudar alguma coisa. — Rostova aperta as mãos, então vai para frente, apoiando-se nos joelhos para ficar acima dele. — Ei, olhe para mim.

Ela agarra seu queixo entre seu polegar e indicador, virando o rosto dele. Ele tenta afastá-la, mas ela senta-se nele, afastando a garrafa quase vazia de vodca quando ele tenta colocá-la na boca.

— Olhe para mim, seu psicopata.

Ele cede. O olho que ela ainda tem é de um âmbar profundo, e ela disse uma vez que seu outro olho, o que perdera na guerra, tivera sido azul como uma geleira. Ele ainda não sabe se acredita nela.

— Você não pode tirar seu ponto em campo — diz ela, apertando suas bochechas gentilmente. — Você não pode me ignorar. A razão para eu estar aqui é ver coisas que você não vê e te ajudar a tomar decisões. Eu não vou deixar que você se machuque.

Ela dá batidinhas em seu rosto, terminando em um tapa que o faz reagir com surpresa.

— Mas eu não posso te proteger se você não confiar em mim.

— Eu não preciso de proteção.

Seu tapa-olhos está escorregando para sua bochecha, e ela o coloca no lugar, prendendo o fio atrás de sua orelha.

— Claro. Você tinha tudo sob controle.

— Eu tinha.

V agarra a parte de baixo da mesa, puxando-se com uma careta. A frente de sua camisa está presa à sua pele com sangue e vodca, e ele arranca seu paletó, então sua camisa. Sua camisa de baixo fina não é o suficiente para afastar o frio, mas é melhor do que sentir suas roupas coladas nele.

— O que ele disse? — pergunta Rostova.

V levanta os olhos de uma mancha de sangue no paletó que ele estava arrancando.

— O quê?

— O agente do MI5. — Ela ainda está remexendo seu tapa-olho, a atenção em outro lugar. — O que ele disse antes de fugir?

V olha para a gaze envolvendo sua perna, avermelhada onde o sangue começa a escapar.

— Ele achou que eu fosse outra pessoa.

— Quem ele achou que você fosse?

— Como eu ia saber?

— Ele não disse um nome?

Por um momento, ele achou que ela poderia tê-lo ouvido perguntar o *próprio* nome, e tira os olhos dela muito rápido.

— Ele estava assustado — responde. — Não estava com a cabeça no lugar.

Rostova considera aquilo por um instante, passando um polegar no lábio inferior, como se limpasse alguma coisa. Então diz, de maneira abrupta:

— Você terminou a vodca?

Ele levanta a garrafa quase vazia.

— Não sobrou muito depois de você me batizar.

— Situações desesperadoras, querido. Aqui. — Ela coloca a mão no bolso do casaco e puxa uma cartela de comprimidos prateada. — Me dê sua mão.

Ele dá, e ela coloca duas pílulas em sua palma.

— Tome.

— Com vodca?

Ela dá de ombros.

— Tudo desce melhor com vodca.

Ele inclina a mão, vendo os comprimidos rolarem ao longo das linhas em sua palma. Uma vermelha, uma branca.

— O que elas são?

— Para sua dor.

Não era uma resposta. Quase ele rebate — o que ela vai fazer se ele se recusar a tomá-las? Provavelmente prendê-lo no chão, enfiá-las em sua garganta, então apertar seu nariz até que seja obrigado a engoli-las. Ele conseguiria vencê-la, mas está muito cansado para lutar. Sua perna está latejando e sua cabeça dói e sua garganta arranha como se estivesse bebendo água do mar. E ele não é treinado para lutar com *ela*. Seu trabalho é obedecer, seguir ordens dos seus superiores, não importa o que aconteça.

Então por que ele ignorou o comando dela de abortar a entrega e ficar no bar enquanto ela caçava o agente por conta própria? Por que ele estava olhando os comprimidos em sua mão? Que brecha em seu condicionamento ele havia encontrado?

— Tome, Vronsky — diz Rostova baixinho.

Ele se senta, coloca os comprimidos na língua, e os engole com a vodca. Rostova o observa engolir, os olhos seguindo o mover de sua garganta. Ele coloca a língua para fora, provando que os engoliu, e ela se afasta com uma careta.

— Você é nojento. Vamos. — Ela se levanta, esfregando as mãos nas calças, então oferece uma mão para ele. — Precisamos ir, antes do nascer do sol.

Ele permite que ela o coloque de pé. O fluxo de sangue em sua perna o tira do prumo mais do que ele esperava, e ele tropeça. Ela o pega, colocando o braço dele por cima de seu ombro.

— Não encha tanto a cara da próxima vez — diz ela, e ele a sente colocar um cotovelo em suas costelas.

— Obrigado — diz ele. — Por ter me buscado.

Ela dá um aceno ríspido de cabeça.

— Eu cuido de você, Vronsky. Mesmo se ninguém cuidar. Eu juro.

Capítulo 7

1941

A ala *Bell-Sharp* do Museu Britânico era um mar de adolescentes em trajes grandes demais e gravatas-borboleta xadrez que os faziam parecer idiotas. Em contraste, Bucky chegou em um casaco de couro que comprara em Camden Town um dia antes, o que provavelmente não era a melhor ideia para se misturar, mas sem dúvidas estava estiloso. A sutileza poderia vir depois. Seu navio vindo dos Estados Unidos chegara um dia antes do planejado, e apesar de seu futuro status de infiltrado, tirou o dia para explorar as partes da cidade que achava que não conseguiria ver enquanto fingindo ser um campeão adolescente de xadrez. Ou depois, enquanto estivesse sendo um espião de verdade.

Um aviso na frente do museu informava aos visitantes que o catálogo estava sendo guardado no caso de um ataque aéreo alemão, mas a ala onde o torneio acontecia ainda mantinha algumas espadas e capacetes nórdicos, etiquetados e solitários em seus estojos. Mesas foram colocadas entre as vitrines, cada uma com uma cadeira de cada lado e um tabuleiro de xadrez no meio. Quando Bucky chegou, partidas já estavam acontecendo. Os jogadores com os maiores níveis se sentavam no meio da sala, multidões reunidas ao redor de suas mesas. Acima de suas cabeças, grandes tabuleiros de madeira foram montados ao longo das paredes, e homens em escadas assistiam os oponentes abaixo, movendo as peças correspondentes. A sala inteira zunia com o murmúrio baixo de conversas, como um ninho de vespas.

Bucky esperou na fila na mesa de registro, tentando olhar ao redor sem se destacar, mas óbvio o bastante para, caso seu novo operador da EOE estivesse vendo, notar quão observador ele parecia. Tentou pegar detalhes para mais tarde. O jeito que a luz descia das janelas altas em quatro faixas paralelas no chão. O *click* distinto que os relógios faziam quando acionados após cada movimento. A explosão esporádica de aplausos, interrompida pelos árbitros ao lembrar aos espectadores de, por gentileza, permanecerem em silêncio enquanto as partidas aconteciam. O perfume da mulher na mesa de registro. Ela era jovem e bonita, e o decote de sua blusa de pássaro afundava toda vez que se inclinava para preencher um novo cartão.

Foco, Bucky reclamou consigo mesmo. *Seja um espião*.

Mas espiões bebiam com garotas bonitas em bares também, não bebiam? Não era parte do trabalho? Ternos elegantes e coquetéis que ele não precisava pagar e uma beldade loira em seu braço? Ele lera sobre esse tipo de espiões nos quadrinhos, e as histórias tinham que ter pelo menos alguma base na realidade.

— Perdão? Você está ouvindo?

Bucky voltou de seu devaneio. Ele estivera olhando para a mulher sem perceber que ela o chamava. Ele deu um passo à frente e sorriu.

Ela não retribuiu.

— Nome, por favor?

— Barnes. James Barnes.

Fora decepcionante descobrir que ele usaria seu nome real e não um falso. Já tinha uma lista de possibilidades pronta, mas quando suas instruções vieram da EOE, diziam que deveria se inscrever sob o nome real e passaporte, e dizer que estava ali para o Torneio de Xadrez do Memorial Oswald Shelby. O governo britânico cuidaria do resto.

A mulher folheou um arquivo com guias no meio da mesa, procurando por seu nome. Ele prendeu a respiração. Não considerara o que aconteceria se chegasse e descobrisse que alguma coisa dera errado, algum erro na linha de comunicação que o impedisse de estar na lista da EOE. Aquela oportunidade parecera perfeita para ele — de repente pareceu perfeita demais, como se alguém estivesse pregando uma peça...

A registradora puxou um cartão da pilha.

— James Barnes.

— Isso — disse ele, parecendo mais aliviado do que gostaria.

A registradora lhe deu um olhar estranho, mas não comentou.

— EUA — disse, lendo o cartão. — Dezessete anos.

Pareceu que ela tinha gritado a última parte, e Bucky se encolheu. Ele odiava ser jovem. Odiava não ser levado a sério. Com que idade seria adulto o suficiente de tal modo que dizer o número em voz alta não servisse de lembrete para todo mundo do quão pouco você sabia e do quão pouco tempo tinha para aprender?

A mulher tirou a segunda folha de papel de cópia do formulário e o furou no garfo de notas, então tirou um número da pilha em seu cotovelo e o entregou.

— Mesa vinte. A próxima rodada começa na próxima hora. Relógios na mesa. Blocos e lápis à sua direita.

Ele hesitou. Esperava ao menos que uma porta se abrisse para ele quando desse seu nome — literal ou metafórica, qualquer uma serviria. Em nenhum lugar nos papéis que a EOE mandara dizia que ele realmente teria que sentar-se e jogar xadrez. Ele esperava que alguém já o tivesse levado por um corredor secreto. Precisava ir a algum lugar? Ou fazer alguma coisa? Lera o dossiê que enviaram. Também o esquecera no Campo Lehigh acidentalmente, mas certamente lembrava da maior parte dele.

Quando continuou sem pegar o papel, a registradora perguntou, o tom ofendido:

— Precisa de mais alguma coisa?

— Tinha alguma... — Ele se esforçou para ser discreto. — Anotação em meu registro?

— Sim — respondeu.

Graças a Deus.

Mas então ela acrescentou:

— Dizia que você poderia acabar me fazendo perder tempo.

Bucky fez uma careta para ela ao pegar o cartão.

— Nossa, obrigado, você ajudou muito.

A mesa doze estava colocada no canto oposto da ala, atrás de uma caixa tão alta que devia conter lanças ou dardos ou as presas de elefantes enormes antes de ser esvaziada. Uma garota de sua idade já estava lá, sentada, curvada sobre um livro que poderia ser confundido com um tijolo. Seu cabelo era do loiro suave de mel caseiro, caindo em cascatas e escovado de forma que terminava pouco acima dos ombros. Ela usava calças, e um suéter vermelho com remendos nos cotovelos acima de uma camisa que parecia masculina.

Ela não levantou os olhos quando Bucky prendeu a jaqueta na parte de trás da cadeira oposta à ela.

— Melhor você achar algum outro lugar pra sentar — disse ele. — Tem uma partida que vai começar.

— Eu sei — disse ela, passando a folha. Seu sotaque lembrou o do Senhor Outrora, afetado, nítido e cheirando a dinheiro. — Eu vou jogar.

Ele riu, e então ela finalmente o olhou, apesar de ter sido um contato fulminante e breve.

— Fiz alguma piada? — perguntou.

— Com todo o respeito, senhorita, mas você não faz o tipo.

— E esse tipo seria? — perguntou ela.

Era óbvio por que ela não se encaixava ali — não havia outras jogadoras mulheres em nenhuma das mesas — mas falar aquilo em voz alta parecia rude. Mesmo que fosse um fato. Ela o observou como se o desafiasse a dizer, para que tivesse uma desculpa de socar seu nariz. Ele esfregou o queixo com a mão. Toda mulher na Inglaterra estaria determinada a fazê-lo se sentir idiota?

— Bom…

— Prossiga. — Ela marcou a página e fechou o livro, então se inclinou para frente, cotovelos na mesa. — O que faz você achar que não sou uma jogadora de xadrez? Sou muito baixa? Não pareço ler o suficiente? É meu cabelo? Por Deus.

Ela colocou uma mão na boca, uma expressão de horror delicado.

— Um momento, já sei, é o batom. Jogadoras sérias de xadrez nunca usariam esse tom de vermelho.

Ele a encarou.

— Você vai me fazer dizer?

— Você é estadunidense. — Ela inclinou a cabeça. — Que interessante. Eu não sabia que estavam aceitando competidores internacionais esse ano.

— Eu não sabia que garotas gostavam de xadrez.

— Sim, bom, eu aposto que você não sabe muito sobre garotas. — Ela conferiu seu relógio fino de bolso, então o girou para comparar com o relógio grande pendendo acima da mesa de registro. — Podemos começar?

— Deveríamos esperar o horário.

— Por quê?

— São as regras.

— E o que eles vão fazer? Nos expulsar? — Ela virou a primeira página no livro de registro e escreveu a data e o horário antes de apertar os olhos para ele. — Onde está seu número?

— No meu bolso.

— Você deveria usá-lo. — Ela apontou para o que estava preso em seu suéter.

Mas eu não deveria estar aqui!, ele queria dizer a ela. Aquilo e, quando a EOE resolvesse aparecer, não queria que a primeira impressão deles fosse um número de torneio de xadrez preso ao seu peito.

— Não faz muito meu estilo — respondeu ele.

Ela o olhou de cima a baixo, então fez uma anotação no caderno que de alguma forma — irracionalmente — ele sabia ser sobre ele.

— A etiqueta ainda está na sua jaqueta.

— O quê?

Ele alcançou o colarinho, se batendo para pegar a corda da etiqueta de preço enquanto a olhava. Ela desceu os olhos para seu caderno, mas ele ainda conseguiu ver um vislumbre de seu sorriso presunçoso.

— Sabe — disse ele, arrancando a etiqueta e enfiando-a no bolso. — Você seria bem bonita se não fosse tão pretensiosa assim.

— Quem disse que eu quero ser bonita? — respondeu ela.

— Não é isso que as garotas querem?

— Não, só queremos jogar xadrez.

Ela empurrou um dos peões para frente, então apertou um dos botões no topo do relógio. O tempo começou a contar, um clique alto que o fez apertar os dentes.

Ele encarou o tabuleiro, tentando parecer que estava pensando e não entrando em pânico. As instruções que recebera no escritório do Senhor Outrora incluíam uma breve aula sobre torneios e jogos de xadrez, mas ele não achara que realmente precisaria jogar. Havia algo errado? Um motivo para ainda não ter sido extraído? *Extraído* era a palavra certa? O que ele faria se ninguém viesse, além de perder vergonhosamente no xadrez? Olhou ao redor, esperando que alguém estivesse correndo para eles com um pretexto urgente que lhe daria a desculpa para abandonar o jogo.

— É sua vez — comentou a garota secamente.

Ele não sabia o que fazer, então empurrou seu peão correspondente para frente, encontrando o dela. Quando ele não mudou o relógio, ela o fez por ele com uma sobrancelha levantada.

Ela moveu seu cavalo, ele a imitou, deslizando o seu próprio antes que ela tivesse a chance de reiniciar o relógio.

Ela apertou seus olhos.

— Você está me copiando?

Ele deu de ombros.

— Estou jogando xadrez.

— Não, *eu* estou jogando xadrez — retrucou ela. — Você está me imitando. Não venha me dizer que uma defesa simétrica da minha abertura inglesa foi intencional.

Ele a encarou por um momento, então disse com o máximo de confiança que conseguia:

— Sim. Foi sim.

— Por que não uma defesa eslava? — Contra-argumentou. — Ou uma siciliana reversa? Elas fazem o centro muito mais fácil de controlar.

Ele não sabia o que nenhuma daquelas duas coisas eram — nada daquilo estava no material introdutório, então ele disse, totalmente consciente do quão idiota pareceria:

— Porque eu sou estadunidense.

— Tem um motivo pelo qual não há movimentos de xadrez com o nome de seu país. — Ela moveu seu cavalo oposto, e ele fez o mesmo. Ela apertou as bochechas, e ele se perguntou por quanto tempo conseguiria fazer aquilo antes que ela jogasse a mesa para cima.

— Com licença — disse uma voz, e os dois olharam para cima.

Um homem alto com o cabelo escuro milimetricamente penteado estava parado à mesa deles, a faixa verde presa à lapela designando-o como um dos árbitros do torneio. Ele era magro e de traços marcantes, com um nariz torto e sobrancelhas que cresceram demais penteadas com a mesma precisão que seu cabelo envernizado. Ele se curvou com confiança, como se estivesse a ponto de informar discretamente que eles tinham comida presa nos dentes.

— Perdoem-me a interrupção, mas aparentemente você está na mesa errada.

Bucky saltou de sua cadeira, aliviado, já tirando sua jaqueta. *Finalmente.*

— Eu pensei que houvesse algum tipo de erro — começou, mas o Árbitro o interrompeu.

— Não você. — Ele apontou para a garota. — Você.

Ela pareceu tão surpresa quanto Bucky, olhando ao redor como se houvesse alguma chance de ele estar falando com um espectador invisível.

— Não estou — disse ela. — Essa é a mesa doze. Me informaram que minha primeira partida seria na mesa doze.

— Então lhe apontaram a mesa errada — respondeu o Árbitro. — Você precisa vir comigo.

— Mas já começamos — disse a garota, gesticulando para o tabuleiro. — Deixe-nos terminar.

— Ele não é do seu nível.

— Claramente — respondeu ela. — Mas é contra as regras forçar os jogadores a pararem uma partida.

— Você pode desistir — disse Bucky.

— Eu não quero isso nos meus registros. — Ela olhou para ele. — Desista *você*.

— Nem pensar. — Ele não podia deixar aquela mesa. Se aquele homem estava dizendo para que ficasse ali, ele se grudaria à cadeira, de tão desesperado que estava por instruções concretas.

A garota pegou seu lápis, voltando-se para o tabuleiro.

— Então temos um jogo para terminar.

— Se vocês tivessem esperado a hora certa como foram instruídos… — O Árbitro começou, mas a garota o cortou.

— Bom, não esperamos. Não há por que sofrer pelas possibilidades. Leite derramado, águas passadas, essas coisas. Agora podemos prosseguir? Se há um problema, resolva na mesa de registro.

O Árbitro fixou os olhos nela, suas sobrancelhas centopeias se aproximando até se encontrarem no meio de sua testa.

— Eu acredito que farei isso — disse ele, virando-se para a entrada da ala. — Com licença.

Bucky quase o chamou de volta. Se essa garota obstinada se recusava a sair da cadeira, certamente havia alguma lei militar que lhes permitiria tirá-la de lá e jogá-la em alguma lixeira para que a EOE fizesse seu trabalho.

Mas então ela disse:

— Sente-se, você não vai escapar tão fácil.

O couro de sua jaqueta rangeu contra as costas da cadeira quando Bucky afundou novamente.

— Então você realmente gosta dessa mesa, não é? — perguntou enquanto ela considerava o próximo movimento.

— Não, apenas sou orgulhosa demais para negar uma vitória tão fácil. — Ela moveu outra peça, então pressionou o cronômetro com o polegar. —Xeque.

— Que xeque?

Ela levantou os olhos do caderno, cenho franzido como se não soubesse dizer se ele estava brincando.

— Seu rei está em perigo. Você tem que defendê-lo ou movê-lo.

— Claro. É óbvio.

Xeque, isso, claro, sabia daquilo. Ele estava perdendo o foco novamente. Colocou as mãos em forma de copo ao redor dos olhos, se forçando a olhar para o tabuleiro, mas não resistiu a ver o salão novamente, tentando observar a multidão sem parecer que estava...

— Você está esperando por alguém? — interrompeu ela. Braços cruzados, dedos tamborilando de maneira teatral contra o cotovelo.

Estava tão óbvio assim? *Eu sou tão ruim nisso?* se perguntou. Ou...

De repente fez sentido.

— É você, não é? — perguntou ele.

Ela levantou uma sobrancelha.

— Perdão?

Esse grupo para o qual foi recrutado — eles treinavam estudantes em idade universitária. Faria sentido que mandassem um deles para buscá-lo. Ela se encaixava perfeitamente em um torneio jovem de xadrez, mesmo que fosse uma garota, e seria um teste de pouco risco para um recruta júnior. Ele se inclinou para frente, o coração batendo animado.

— Você veio me pegar — disse ele.

Não deram nenhum código ou frase cifrada secreta — tudo o que disseram é que seu operador o encontraria — mas certamente se ela soubesse, ela *saberia.*

— Por isso você não saiu da mesa. Temos que sair daqui juntos. Você está aqui por minha causa.

A boca dela caiu.

— Você está *flertando* comigo?

— O quê? — Ele empurrou sua cadeira para trás. — Por Deus, não, não se iluda.

Suas bochechas ficaram rosa, e ela olhou ao redor, levantando a mão para chamar um dos árbitros.

— O que você está fazendo? — Bucky foi para frente e colocou sua mão na dela, prendendo-a ao livro de registro.

— Não me toque. — Ela puxou seus dedos dos dele, então empurrou a cadeira e ficou em pé, as pernas arrastando no chão polido com um barulho ensurdecedor que chamou a atenção de todas as mesas.

Ele se levantou também.

— Aonde você vai?

Ela já estava colocando as coisas em sua mochila — o livro de bolso entrou junto com o livro de registros e o toco de lápis, e então começou a jogar tudo para dentro de sua mochila, até o copo vazio com o cotovelo, descuidada por conta da pressa.

— Vou solicitar a sua remoção por fazer comentários sugestivos para mim. — Ela fechou com raiva sua bolsa, então o fitou por cima da mesa. — Se você está tentando tirar minha concentração, não vai funcionar. Acredite em mim, eu joguei contra homens muito melhores em insinuações que você. E melhores em xadrez, também.

Virou-se bruscamente e foi em direção à mesa de registro, os saltos de seus sapatos batendo no piso.

— Espere! — Bucky foi atrás dela, esquivando de multidões de jogadores esperando suas partidas começarem e quase virando uma das mesas frágeis ao acertar sua beirada com o joelho. — Ei, pare! Calma!

Ele a alcançou na entrada da ala, logo antes da mesa de registro. Uma das registradoras devia ter saído, porque a fila estava afastada. A garota observava como se em dúvida sobre esperar ou explorar outras opções para removê-lo quando ele chegou segurando seu pulso.

— Espere!

Ela se virou com brusquidão, pegando os dedos com a mão livre para se soltar.

— Se você me tocar mais uma vez, eu vou arrancar seus dentes dessa sua cara. Não me provoque.

— Para, escuta. — Ele a puxou para mais perto, o que só a fez lutar mais, então disse em voz baixa. — Eu acho que eu tenho que ir com você.

— Ah, agora você *acha*? Que cavalheiro.

— Me perdoe se for um golpe para seu ego, mas eu não estou flertando com você.

— Me deixe em paz! — Ela o chutou na canela. Forte. Ele se dobrou, sua mão perdendo força suficiente para que ela se afastasse e corresse para o banheiro feminino.

Ele parou por apenas um segundo antes de correr atrás dela, a porta de vaivém batendo na parede com mais força do que ele esperava.

— Que diabos...?

Ela parara logo na entrada da porta do lavabo, e ele a acertou. Os dois tropeçaram, e ele teve de segurá-la pelos ombros para não cair. Seu pé escorregou, o piso de alguma forma liso demais para ser de ladrilho, e ele olhou para baixo. Uma poça de sangue brilhante estava espalhada abaixo de seus sapatos.

Seu estômago se revirou, e ele levantou os olhos. Uma mulher estava caída de barriga para baixo no piso salmão, sangue escapando de sua garganta cortada. Seu cabelo estava preso no ralo no centro da sala, entupindo-o, fazendo o sangue escuro escorrer pelos sulcos dos ladrilhos, correndo em direção à porta.

Ele levou um tempo até reconhecer os pássaros em sua camisa.

A registradora estava morta.

Capítulo 8

1941

Bucky sentiu-se tonto, e se temeu por um segundo que fosse desmaiar. Ele nunca vira um corpo morto fora de um velório, e havia *muito mais sangue* do que ele poderia imaginar. Ele tateou cegamente até achar a parede e se apoiou nela. Ao lado dele, a garota estava congelada, encarando o corpo da mulher com uma mão pressionando a boca.

Houve o som de uma descarga, então uma das portas se abriu. Um homem apareceu. Sua gravata estava enfiada entre os botões de sua camisa social para mantê-la limpa, e ele tinha o paletó dobrado por cima do braço, mas mesmo assim Bucky conseguia ver a faixa verde presa à lapela. Era o Árbitro que tentou tirá-los de sua mesa.

O Árbitro olhou do corpo no chão para eles dois na porta. Seus olhos foram para o ferrolho na porta do lavabo. Ele deve tê-lo fechado, mas os parafusos estavam soltos o bastante para que a metade deles tivesse sido arrancada da parede, provavelmente quando a garota arrombou a porta para fugir de Bucky. O Árbitro praguejou baixinho, e então levou a mão para o bolso do paletó. A luz que vinha da pia refletiu em algo metálico, e Bucky imaginou tudo perfeitamente: a faca atravessando a garganta da mulher, o sangue escorrendo dela como seda solta. A sensação voltou para suas pernas, um instinto de sobrevivência que ele nunca sentira se ativando como se apertasse um botão. Ele abriu a porta do banheiro e correu, puxando a garota consigo.

Jogadores do torneio pululavam o corredor. A única registradora deixada na mesa parecia confusa enquanto alternava entre escrever nos cartões de registro e virar o pescoço em direção ao lavabo, e Bucky imaginou que ela procurava na multidão por sua parceira perdida. Bucky considerou pedir sua ajuda, mas o que ele diria? *Sua amiga registradora foi assassinada no banheiro e eu tenho quase certeza de que o assassino ainda está lá e agora ele está vindo nos pegar porque de algum modo apesar de estar aqui no máximo há uns dez minutos e sem ter a menor ideia do que está acontecendo eu já sei demais?*

Seu sapato rangeu contra a pedra, e ele olhou para baixo, percebendo tarde demais que deixara uma pegada vermelha borrada. Ele enfiou o pé nela, tentando esfregá-la, mas apenas a espalhou. Um menino que mal saíra do fundamental olhou para ele com curiosidade.

A garota agarrou seu braço, quase arrancando-o do chão enquanto o puxava para uma porta fechada.

— Por aqui! — Ele chegou a ver a palavra ZELADOR antes que ela abrisse a porta e o arrastasse para dentro.

O armário fedia a alvejante, e uma neblina de sabão em pó pairava no ar. Bucky tropeçou em uma escada que não havia sido devidamente dobrada e caiu com o pé um balde, o sapato tão preso que não sabia se conseguiria removê-lo sem intervenção cirúrgica.

A garota trancou a porta atrás dele, o que o fez se perguntar de repente se ela estava envolvida com aquilo também e se o tinha jogado naquele armário na intenção de encontrar um lugar mais discreto que o banheiro para acabar com ele. Tateou para trás na escuridão, buscando pelo que esperava ser um cabo de esfregão com uma improvável ponta afiada. Mas, na parca luz que chegava por baixo da porta, pôde ver que ela estava dobrada, boquiaberta por causa do choque. Parecia que estava chorando.

Ele se aproximou e pôs o que pensava ser uma mão cavalheiresca, apesar de trêmula, em seu ombro, mas ela lhe deu um tapa.

— O que você está fazendo?

Definitivamente nada de choro.

— Ai! — gritou Bucky, puxando sua mão de volta. — Eu não sei! Confortando você!

— Com carícias?

— Foi só seu ombro.

— Por Deus, eu não tenho tempo de te explicar anatomia também. — Ela tentou ficar ereta, mas em vez disso cambaleou, então se apoiou na parede, a mão pressionada contra o peito. — Precisamos contar para alguém.

— E pra quem seria? — perguntou Bucky.

— A polícia? O museu? Qualquer um! — Ela apontou com a mão para a porta, como se para tentar enfatizar a situação precária aguardando por eles do outro lado. — Tem uma mulher morta no banheiro público!

— Eu acho que ela estava aqui por minha causa.

— Como assim por sua casa? — perguntou. — Ela estava trabalhando. Ela veio por causa do torneio. Nem toda mulher em Londres está vindo te ver. Seu sotaque não é *tão* charmoso assim.

Bucky desistiu de tentar tirar seu pé do balde e, ao invés disso, começou a desamarrar os sapatos. Com as meias, não deixaria pegadas sangrentas marcando o caminho quando fugisse dali.

— Eu não posso explicar.

— Bom, tente.

— Não é que eu não consiga, eu não tenho permissão.

— Isso não faz o menor sentido — respondeu. — Uma mulher foi assassinada e você está dizendo que foi por sua causa...

Ele se endireitou.

— Eu não disse que foi *por minha causa...*

— Por sua causa, por você, em seu lugar, que inferno de diferença isso faz?

— Muita, na verdade — murmurou, tirando o pé do sapato preso.

— Bom, eu não vou ficar aqui para esperar sua boa vontade de se explicar. — Ela se virou, alcançando a porta do armário, mas ele segurou seu cotovelo.

— Espere.

— Se você me tocar mais uma vez, eu juro por Deus que eu miro mais em cima que sua canela.

— Desculpa, desculpa! — Ele recuou rapidamente.

Sua cabeça estava esquisita. Ele queria sentar-se. Precisava pensar. Não tinha tempo para pensar. Não sabia o que fazer. Não havia nada no material introdutório sobre o que fazer se encontrasse um corpo morto enquanto esperava pelo encontro, especialmente se parecesse que era o corpo da mulher que deveria *encontrar*.

— Só... preciso de um minuto. — Ele fechou os olhos e enfiou as mãos nos bolsos, mas tudo que conseguia ver era uma piscina de sangue escuro e coagulado.

Alguma coisa acertou uma de suas mãos forte o suficiente para tirar sangue, e ele a tirou do bolso rapidamente. Pensou que se tratasse de seu número do xadrez, ou a etiqueta idiota de sua jaqueta idiota, mas quando puxou o objeto, viu que se tratava do cartão que o Senhor Outrora lhe dera para o caso e emergências. E aquilo certamente se tratava de uma.

— Eu tenho que ligar para alguém — disse.

— Eu também — disse a garota. — A polícia.

— Você não pode ligar para a polícia! — Ele respirou tão fundo quanto seu peito apertado permitia, e tomou uma decisão. — Eu estou com a EOE — disse ele, as palavras se confundindo. — Tenho que encontrar minha operadora aqui e eu acho que era ela.

Houve um *click* alto e uma lâmpada acima inundou o quarto com luz amarela. Bucky se encolheu — parecia um foco jogado nele atrás de alguma confissão, e por um momento insano, se perguntou se aquilo fazia parte do treinamento.

A garota estava se segurando na corrente da lâmpada, examinando-o. Sua respiração começava a se equilibrar, e quando falou novamente, pareceu ter voltado à mesa de xadrez. Ou seja, mandona e irritante.

— Seu maldito mentiroso.

— Eu não estou mentindo!

— Estão recrutando crianças do ensino fundamental nos Estados Unidos agora? Você deve ter uns doze anos.

Bucky fitou-a.

— Não tenho, não.

— Suas meias não combinam.

Ele resistiu à vontade de enfiar os pés debaixo de um esfregão.

— Tenho vinte. — Uma pausa, longa demais, enquanto tentava mensurar o quanto conseguiria mentir. — E cinco.

Ela já estava balançando a cabeça, mas a emenda a fez bufar.

— E eu sou a rainha da porcaria do Sabá.

— Eu não ligo se você não acredita em mim. Aquele homem viu nossos rostos e vai nos procurar. Precisamos sair daqui. Eu posso contatar meus operadores. — Ele levantou o cartão. — Eu tenho um número de telefone. Alguém para ligar se eu tiver problemas.

Ela arrancou o cartão dele e o estudou, colocando e tirando-o da luz enquanto corria os dedos ao longo da gravação.

Bucky bufou, impaciente.

— Certo, devolve, para de fingir que você está tentando ver se é falso.

Ele esticou uma mão, mas ela afastou-se, segurando o cartão acima da cabeça.

— Você realmente é um espião estadunidense? — perguntou ela.

Não havia tempo para tecnicidades, então ele só confirmou com a cabeça.

— E você trabalha com inteligência para os Estados Unidos?

De novo, sem tempo. Confirmou.

Ela mordeu a parte interna das bochechas, então devolveu o cartão.

— Eu vi um telefone quando entrei. Eu posso te mostrar.

— Certo. Certo, isso é bom. Vou começar por aí. — Ele considerou colocar os sapatos novamente, mas as solas ainda estavam pegajosas de sangue. Ao invés disso, arrancou as meias e as jogou no balde junto com o sapato preso. O armário não tinha nada que pudesse servir como arma e ser levado de maneira discreta, então ele deu a ela uma lata de spray para proteção.

— Fique aqui.

— O quê? Certamente que não. — Ela tentou devolver a lata para ele, como se quem quer que a levasse seria a pessoa deixada para trás. — Eu não vou me esconder em um armário de vassouras enquanto um assassino está me procurando.

— Bom, tecnicamente ele está *me* procurando.

— Ele nem te viu!

— Eu sou o espião!

— Supostamente.

Estamos discutindo sobre quem está mais em perigo? Ele estava pronto para enfrentar o Árbitro só para sair daquele lugar com ela.

— Certo — disse ele. — Mas não me atrase.

— Sério? Essa é sua preocupação? — Ela tirou a lata das mãos dele e a enfiou na bolsa. — Você é quem está sem sapatos.

Ele olhou para baixo, pronto para comentar sobre seus saltos, mas ela calçava um par de sapatos sociais com cadarços de nós duplos — claramente pouco feminino, mas ideal para escapar de assassinos. Provavelmente mais práticos que seus mocassins de sola lisa.

Bucky passou por ela para pegar a maçaneta, mas ela ficou em seu caminho.

— Espere! Como eu te chamo?

— Meu nome é...

— Não me diga seu nome! — Ela tapou a boca dele. — Você é a porcaria de um agente do governo, você não pode me dar sua identidade real! Você não tem um codinome? Alguma coisa assim?

— Eles, hm... — Ele queria ter sido mais rápido com a porta. Ou ignorado os protestos dela para não ser abandonada. Ou, melhor ainda, nunca ter sentado na mesa doze para começo de conversa. — Eles ainda não me deram um codinome.

— Bom, você pode me chamar de Gimlet — disse ela.

— Gimlet? Que nem a bebida?

Ela acenou com a cabeça.

— Você inventou isso rápido.

— Ah, sério? Como se você já não tivesse uma lista pronta.

Ele tinha. Mas, em sua defesa, ele tinha uma razão para isso. Alguma coisa sexy e legal seria preferível. Uma referência aos Estados Unidos. Águia, talvez, ou *Hale* — ele lera a biografia de Nathan Hale uma vez — metade dela — o primeiro capítulo e então pulou o resto. Tinha sido para a escola. Mas Nathan Hale fora um patriota, e Bucky gostava de pensar que seu serviço para seu país era baseado primeiramente em patriotismo...

— Pode se apressar, por gentileza? — retrucou a garota. — Antes que ele nos encontre.

— Tá bom — jogou as mãos para cima. A coisa já estava feia o suficiente sem um nome falso para deixá-la pior. — Só me chame de Bucky.

— Bucky? — repetiu, e ele acenou com a cabeça, então acrescentou rapidamente:

— Não é meu nome real.

Ela apertou a mão contra o peito.

— Graças a Deus.

Ele achou que ela estava preocupada que tivera se comprometido, mas então ela disse:

— Isso teria sido uma ideia terrivelmente cruel de seus pais. Bucky? — repetiu, franzindo o nariz. — Sério? Você usa isso?

— E qual o problema? — perguntou ele, carrancudo.

Ela deu de ombros.

— Talvez você queira melhorar isso um pouquinho, só isso. Bucky — testou o som na boca. — Perdão, eu não gostei. Parece o nome de um esquilo de desenho animado.

— Bom, seu sotaque faz parecer um nome idiota — retrucou ele. De repente parecia estar muito quente dentro daquele armário pequeno, e ele puxou a frente da camisa.

— Espere para ver quando estiver marcado em sua Medalha de Honra — respondeu ela. — Você vai se arrepender.

Ela se esticou e segurou a corrente da lâmpada, puxando-os para a escuridão novamente.

— Agora vamos.

— Você não está no comando aqui.

— Estou, até você se provar capaz de liderar.

Ela se aproximou dele, soltou uma trava que ele não havia notado, e o empurrou para fora da porta.

O saguão ainda estava amontoado de competidores esperando serem encaminhados para uma mesa. O registro parecia ter sido interrompido completamente — um pequeno grupo de oficiais, todos com faixas verdes, estavam reunidos ao redor da mesa, discutindo sobre algo. Bucky olhou para todos os lados do salão, procurando pelo Árbitro que viram no lavabo, mas ele desaparecera. Quando se virou novamente, a garota — *Gimlet*, pensou, apesar de se sentir um idiota chamando-a assim, mesmo em sua cabeça — já estava virando uma esquina e desaparecia de vista. Bucky andou mais rápido, sofrendo para alcançá-la.

Você não precisa ajudá-la, pensou. *Você poderia ir para o outro lado agora e deixá-la por conta própria.*

Mas ele não sabia onde os telefones públicos estavam.

Bucky a alcançou na porta no fim do corredor com uma placa SOMENTE PESSOAL AUTORIZADO.

— Você sabe aonde está indo? — sibilou enquanto a seguia.

Ela virou-se, empurrando a porta com o ombro e segurando--a para ele.

— Tem um caminho por trás. Não se preocupe, não vamos nos perder.

Ele cerrou a mandíbula, tentando ignorar o quanto odiava que havia um *nós* naquela operação.

Atrás da porta, um escritório com pé direito alto se abria em corredores largos que serpenteavam entre pilhas de gavetas, como um catálogo gigante de pastas em uma biblioteca.

— Tem uma escada aqui — disse Gimlet, seus passos muito altos para alguém que estava tentando não ser encontrada.

— Como você sabe?

— Porque tinha um fotógrafo na entrada principal essa manhã, e eu não queria que tirassem minha foto, então achei outro jeito de subir. Eles fazem todo mundo posar aqui e repetem quando estão entrando — você segura um troféu e finge que é o campeão.

— E por que você não queria que tirassem foto sua? — perguntou. — O que colocariam nos jornais se você vencesse?

— Bom, agora nem há chances disso, graças a...

Eles haviam alcançado o fim da fila de estantes, e, com Bucky logo atrás, Gimlet virou a esquina...

E trombou no Árbitro.

Gimlet recuou, pisando dolorosamente no pé descalço de Bucky. O Árbitro pareceu tão chocado em encontrá-los quando Bucky. Ele deve ter ouvido suas vozes, mas não sabia exatamente de onde na sala, até que caíram em seu colo — quase literalmente.

O Árbitro se recuperou mais rápido que eles. Já estava com a faca para fora, e cortou o ar na direção deles. Sem pensar, Bucky agarrou Gimlet pelo fundo do cardigã, tirando-a do caminho. O Árbitro atacou novamente, a lâmina passando tão perto do rosto de Bucky que conseguiu ver a marca de sangue na curvatura.

— Saia daqui! — gritou Bucky por cima do ombro para Gimlet. Ele esperava que ela protestasse ou chorasse um *eu não vou te deixar aqui!*, mas ela correu na mesma hora, indo de volta pelo corredor e para fora das vistas.

O que não tinha problema. Tudo estava bem. Ele estaria ótimo sozinho.

Bucky encarou o Árbitro, levantando os punhos como se fosse uma luta de adolescentes atrás da Arlington High. Já se arrependia do momento de heroísmo. Com Gimlet atrás dele, pelo menos tinham a vantagem numérica contra o Árbitro. Mas ali Bucky estava sozinho, encarando um homem que provavelmente era um assassino profissional, ou espião, ou ao menos um soldado — com nada além de seus punhos nus.

O Árbitro girou a faca na mão, então projetou-a contra Bucky, que pulou para trás, julgando mal a distância e acertando a prateleira atrás dele. Um grupo de enciclopédias pesadas caiu por cima deles e Bucky botou as mãos acima da cabeça. O Árbitro avançou novamente, mas pisou em um dos livros e escorregou. Ele cambaleou, um joelho acertando o chão e se dobrando por debaixo dele. Bucky aproveitou a distração momentânea e disparou um soco, mas, mesmo naquele meio segundo, o Árbitro conseguiu segurar o pulso de Bucky e dobrá-lo. Bucky gritou de dor, seu ombro estalando.

Um livro voou de repente da estante, caindo entre eles.

— Ei!

O Árbitro virou-se. Através do buraco que fizera, Gimlet levantou o spray e espirrou-o no rosto dele. O Árbitro cambaleou para trás, a força com que segurava Bucky diminuindo enquanto coçava os próprios olhos. Seu pé prendeu no canto da estante de livros, e ele balançou, tentando agarrar algo para se segurar. Antes que conseguisse, Bucky agarrou a base de seu sapato e deu um empurrão forte. O Árbitro tombou para trás, a cabeça acertando o piso e quicando com um som doloroso. Ele se contorceu com um gemido baixo, os olhos vermelhos lacrimejando.

Bucky levantou-se cambaleando e disparou pelo corredor, quase acertando Gimlet quando os dois se viraram um para o outro no fim.

— Tudo bem? — perguntou ela antes que ele conseguisse.

Ele meneou a cabeça, balançando os braços para afastar a dor.

— Eu achei que você tivesse ido embora.

— Certamente você não formou tão rápido uma opinião terrível sobre mim.

— Eu provavelmente teria largado *você*.

— Sim, faz sentido.

Atrás deles, o Árbitro rolava no chão, apertando uma mão contra os olhos. Gimlet passou um dedo por baixo dos lábios, tirando uma mancha de batom do canto da boca.

— Rápido, antes que ele volte a ver.

Bucky a seguiu para longe das prateleiras e através de uma porta lateral, em direção a uma escadaria estreita. Seus passos saltavam de cima para baixo enquanto corriam, e Bucky continuava olhando para trás, certo de que o homem os perseguia. Seus pés descalços estavam grudando na pedra polida.

Eles irromperam da porta da escada para dentro do foyer do porão do museu. Estava quase vazio. Alguns retardatários do torneio ainda penduravam seus casacos no vestiário. Um homem aguardando por uma carona deu um olhar curioso na direção de Bucky e Gimlet quando saíram da escadaria. Do outro lado da sala uma mesa de informação do museu estava vazia, e ao lado, telefones públicos vermelhos.

Bucky abriu a porta da cabine telefônica mais próxima e se apertou para dentro, sendo seguido de perto por Gimlet. Não havia espaço suficiente para os dois, e Bucky teve de se esticar ao redor dela para puxar o receptor, que colocou entre seu ombro e seu ouvido, para ouvir uma repreensão insistindo que colocasse moedas.

— Você tem que pagar! — disse Gimlet.

— Eu não tenho dinheiro. Será que aceitam uma chamada a cobrar?

— Quem? O Departamento de Estado?

Ele deu de ombros.

— Vou tentar.

— Aqui, eu acho que tenho uns trocados — Ela virou a bolsa para colocá-la no colo e enfiou o braço até o cotovelo, remexendo lá dentro. — Segura.

Antes que ele protestasse, ela começou a despejar o conteúdo da bolsa em suas mãos: botões, grampos de cabelo, metade de um biscoito, um brinco, dois batons do mesmo tom de vermelho que ela usava, o livro das manobras de xadrez, uma moeda que acabou não sendo uma moeda, mas uma ficha para um parque de diversões...

— Que dia você planejou quando preparou essa bolsa? — perguntou Bucky enquanto ela tirava o que parecia ser um pacote de velas de aniversário e duas cartas de jogos de mais outro bolso.

— Eu não limpo isso tem anos. Ah, aqui, olhe! — Ela levantou uma moeda de cobre, e ele a agarrou, colocando-a na entrada.

Bucky não tinha a menor ideia do que enfiara no telefone — podia ser a ficha de parque de diversão, por tudo que sabia sobre moedas inglesas — mas a voz que o repreendia o obrigando a colocar dinheiro mudou para um tom claro de ligação. Ele colocou o fone por baixo do braço, pescando o cartão do Senhor Outrora do bolso de sua jaqueta.

— Como os número de telefone funcionam aqui? — Ele mostrou o cartão para Gimlet. — Por que tem um sinal de mais? O que eu aperto pra isso?

— É o código do país, você não precisa; só coloque os últimos oito dígitos. — Ela arrancou o cartão dele e começou a apertar os números com tanta força que a cabine inteira balançou.

— Vá com calma.

— Você me deve um centavo.

— Você me deve um par de sapatos.

— Como isso...

Teve um clique do outro lado da linha, e Bucky pôs uma mão em cima da boca de Gimlet. Uma pausa; então uma voz feminina perguntou com sotaque inglês:

— Aqui é Jane, como posso ajudar?

Ele foi inundado por alívio, e se apoiou contra a parede da cabine, quase colocando a mão em uma goma mastigada que alguém grudara em um dos vidros.

— Graças a Deus. Oi, estou no Museu Britânico — gaguejou, olhando para Gimlet atrás de confirmação, e ela meneou a cabeça vigorosamente. — E tem uma mulher morta no banheiro e um homem com uma faca nos perseguindo. Alguém me deu esse número e me pediu para ligar se eu tivesse problemas...

— Você tem hora marcada? — interrompeu Jane.

Bucky parou.

— Se eu... o quê?

A mulher repetiu com mais ênfase:

— Você tem hora marcada?

Ele olhou para Gimlet, mas ela só abriu mais os olhos para ele, mexendo a boca no que parecia um *o que você está esperando?*

— Não, eu preciso de ajuda! — Sua mão estava tão escorregadia por causa do suor que quase derruba o receptor. — Eu sou estadunidense, eu fui mandado...

— Não fale! — sussurrou Gimlet. — Ninguém te explicou o significado de *secreto* para você?

Ele cobriu o receptor.

— Ela quer que eu marque uma hora.

— Então marque!

— Você digitou o número correto?

— Eu acho que sim — Ela virou o cartão, mas o fundo era branco. — A não ser que isso seja um código secreto...

— Meu Deus, o código. — Ele quase acertou a própria testa, um gesto de desenho animado ao cair a ficha.

Ele encostou o receptor em sua boca novamente, esperando que a mulher já tivesse desligado. Aquilo certamente parecia o começo de uma pegadinha.

— Preciso falar com o Senhor Outrora. Ele me pediu para perguntar sobre o clima em...

Onde era? Ele não achava que precisaria usar aquele código. A noite no escritório do comandante, sua mente povoada por espiões e segredos e a possibilidade de ir para fora do país, pareceu ter acontecido com outra pessoa.

Pense.

— Acredito que eu não possa... — começou Jane.

E então ele lembrou.

— Wight! — Praticamente gritou no telefone. — A Ilha de Wight! Como está o clima na Ilha de Wight?

Na cabine, Gimlet fez uma cara de *mas que diabos?*

Houve uma longa pausa do outro lado da linha, então um clique. Por um momento, Bucky acreditou ter sido desconectado, mas então uma outra voz feminina disse:

— Obrigada por esperar. Meu nome é Jane. De onde você necessita extração?

— Do Museu Britânico. Estamos… Eu estou no porão. Há dois de nós… ela não está comigo.

— Mas eu vou com você — sibilou Gimlet. — Você não vai me largar aqui.

Ele balançou a mão para silenciá-la.

— Mas ela...

— Mandaremos um carro — interrompeu a nova Jane. — Por agora, fiquem onde estão.

Para além do foyer, a porta da escada por onde entraram foi aberta de maneira brusca, e os dois saltaram. Bucky teve a rápida visão do Árbitro emergindo da escadaria, olhando ao redor com raiva. Seus olhos estavam vermelhos e deles ainda escorriam lágrimas.

Gimlet e Bucky se agacharam abaixo do receptor enquanto o Árbitro desviava para o vestiário agora vazio e começava a mexer nos casacos. Ele tinha que parar de tempos em tempos para enxugar os olhos.

— Ficar aqui não é uma opção — sibilou Bucky, sua mão em forma de concha ao redor do receptor.

— Então vá para seu próximo ponto de encontro — respondeu Jane.

— Você não entendeu, eu não… — Olhou para Gimlet, então silvou para o telefone. — Eu não sou um agente de verdade. — Ele sentiu o rosto avermelhar. — Ainda. Eu deveria encontrar alguém aqui e começar a treinar. Um operador. Alguém que deveria me buscar. Eu nunca… eu nunca fiz isso antes.

Gimlet deixou escapar um suspiro tenso pelo nariz e Bucky olhou para outro lugar. Ele teve a sensação de que, quando desligasse — *se* desligasse antes do Árbitro encontrá-los — as primeiras palavras dela seriam *eu sabia*.

Outra pausa. Muitas pausas para uma chamada tão urgente. Do outro lado, ouviu alguma coisa ser rasgada, então o roçar de uma caneta no papel. Então Jane disse:

— Me encontre no Red Lion Pub, em Westminster, ao sul de sua localização. Diga ao barman que você está com o Senhor Outrora. Alguém vai te buscar lá.

— Ótimo. Fantástico, muito obrigado.

— Como saímos daqui? — sussurrou Gimlet enquanto Bucky devolvia o telefone para o gancho.

Bucky olhou através da porta da cabine. Assim que o Árbitro descobrisse que eles não estavam escondidos nas prateleiras de roupas, olharia para os telefones e os viria fitando-o através da porta de vidro como retratos em uma galeria.

— Do mesmo jeito que entramos.

— Eu não acredito que você não tem dinheiro.

— Vou pedir ao governo que separe cinquenta centavos de meu salário para você.

— *Primeiro* salário — corrigiu ela.

— Isso — murmurou.

Bucky abriu com cuidado a porta, sabendo que não haveria momento melhor, mas as dobradiças rangeram alto. Ele congelou. O Árbitro virou. Seus olhos travaram nos de Bucky.

Então, do outro lado da sala, alguém gritou:

— Ei! O que você está fazendo aqui?

Um homem em um uniforme da segurança do museu se aproximou do Árbitro, carrancudo.

— Tá achando que vai pegar umas carteiras aqui? Ei, tô falando com você! Senhor!

Enquanto o segurança se colocava entre eles e o Árbitro, Bucky empurrou a porta pelo espaço restante. Seus pés descalços gemeram contra o piso enquanto lutava para se levantar. Atrás dele, Gimlet jogava sua bolsa por cima do ombro, acertando-o a nuca. Foi forte demais para ter sido acidental.

Juntos, fugiram do porão e correram para o saguão principal do museu. Uma cortina havia sido montada em uma moldura frágil, o selo do torneio costurado. Um grupo de repórteres se amontoava ao redor, se atentando a um monólogo em russo por um garoto que parecia ter doze anos, então repassado por um tradutor que parecia resumir significativamente o que o garoto estava falando.

Tinham quase cruzado o saguão quando um dos repórteres entrou em seu caminho, apontando para o número ainda preso no cardigã de Gimlet.

— Você é a vencedora?

Gimlet balançou a cabeça.

— Não, não, só saindo para uma...

Mas os repórteres já estavam cercando-os. Um flash estourou muito perto do rosto de Bucky, e estrelas piscaram nos cantos de sua visão. Gimlet pegou seu braço, tentando esconder seu rosto no ombro enquanto os repórteres enchiam-nos de perguntas.

— Pode nos dizer seu nome, docinho, e soletrar certinho e alto?

— Seu namorado aqui ganhou e deixou você usar o número dele?

— Eu não sabia que meninas eram aceitas no circuito.

— Por que você não está calçando sapatos? Tem a ver com seu estilo de jogo?

— Ei, vocês são um casal muito lindo! Olhem para cá!

Outro flash. Gimlet estava praticamente subindo no braço de Bucky, tentando se esconder atrás dele. Ela parecia mais assustada com os repórteres do que com o Árbitro armado com uma faca.

— Ei, saiam da frente. Saiam! — Bucky jogou os braços, tentando proteger Gimlet e seguir em frente. Essa não era a saída discreta que estava esperando. — Se mexam!

— Ele é estadunidense! — Ouviu um dos repórteres gritar.
— Sua namorada também, amigo?

— Ela não... — Ponto desimportante para ser corrigido. — Podem sair da frente, por favor?

Os repórteres seguiram-nos para fora do saguão, finalmente começando a dispersar enquanto Gimlet e Bucky desciam as escadas do museu. O vento estava frio, e a luz do sol refletindo no asfalto parecia cinza e sem graça. A calçada estava lotada com pedestres. Homens em sobretudos e fedoras caminhavam com pressa até a estação do metrô, enquanto mulheres trocavam turnos em uma loja de departamento e maquiavam o nariz no reflexo da janela da frente, seus rostos alinhados com os manequins brancos apresentando novos chapéus. Carros engarrafavam o cruzamento, e uma linha de táxis pretos esperava no meio-fio.

Bucky guiou Gimlet para o primeiro táxi da fila, e eles escorregaram juntos para os bancos traseiros. Por um momento desorientador, Bucky pensou que o carro não tinha um motorista, então percebeu que ele sentava onde o banco do passageiro deveria ser. É claro. Bucky lera sobre aquilo. Ele vira o trânsito no dia anterior. Ele tinha que colocar a cabeça no lugar, mesmo com tudo que estava acontecendo. Ele respirava mais pesado do que achava que deveria.

O motorista dobrou o jornal e olhou para os dois pelo retrovisor.

— Tudo bem aí?

Bucky se curvou por cima de Gimlet e fechou a porta:

— Aham, tudo perfeito — respondeu sem convicção. — Você conhece algum lugar chamado Red Lion?

— O bar? — perguntou o motorista. Seu bigode cheio abafava as palavras. — Em Westminster?

— Isso, esse daí! Pode ir rápido, por favor? Precisamos sair daqui. — Bucky balançou a mão, tentando gesticular para o motorista sair o quanto antes, mas o homem de repente virou-se, uma mão presa no banco oposto ao dele.

— Tudo bem com você, amor? — perguntou ele, empurrando a aba de seu boné para olhar para Gimlet. Ela estava cabisbaixa, joelhos empurrados contra o banco em frente a ela, e cardigã amarrotado ao tentar sair da linha visão da janela.

— Ela está ótima — disse Bucky.

— Não falei com você — disse o motorista, e Bucky foi para a outra porta, para longe de Gimlet. — Esse rapaz machucou você?

O motorista perguntou com seriedade, se inclinando entre ela e Bucky como se houvesse algum tipo de privacidade em um lugar tão pequeno.

— Você está sendo levada a algum lugar contra sua vontade?

— Estou ótima — disse Gimlet, parecendo sufocada. Seu cardigã tinha sido puxado até quase cobrir sua boca, um dos botões entre seus dentes. — De verdade. Por favor, só dirija.

O motorista não parecia convencido, mas ligou o carro e foi para a rua. Ele continuava olhando pelo retrovisor para Gimlet, suas sobrancelhas se contraindo.

Enquanto eram engolidos pelo trânsito, Bucky inclinou a cabeça contra o banco, tentando recuperar a respiração. Ao lado dele, Gimlet esticava as mangas para além das mãos e as pressionava contra o rosto. O cardigã era muito grande para ela, e começava a se desfazer no pescoço.

— Tudo bem? — perguntou Bucky baixinho. Quando Gimlet não respondeu, ele tocou em seu braço de leve. — Ei.

Ela se assustou como se ele a tivesse segurado, e ele puxou a mão de volta.

— Me desculpe. — Bucky engoliu em seco. — Posso...

— Não fale comigo — retrucou ela.

— Tá bom. — Jogou as mãos para cima. — Desculpe por tentar ajudar.

— Eu não preciso de sua ajuda — respondeu ela, as palavras entrecortadas pelo fato de que ela ainda mastigava o botão de seu cardigã como se quisesse comê-lo.

Uma pausa. Ele sabia que devia ficar quieto, mas Bucky não conseguia resistir à vontade de acrescentar, em um tom baixo:

— Você estaria morta sem minha ajuda.

— Eu nem estaria nessa confusão, em primeiro lugar, se não fosse por você — disse, direta. — Você que estaria com a garganta cortada no chão do banheiro, porque não sabia nem usar um maldito telefone público.

Silêncio novamente. Então o motorista ligou o rádio.

Capítulo 9

1954

V espera em uma sala com um ralo no chão e uma cadeira aparafusada.

É aqui que acontece, pensa ele, observando as mechas de cabelo escuro secas no rejunte. É aqui que eles me matam.

Ele não sabe quanto tempo faz desde Riga. O tempo foi distorcido por drogas e dor. O que quer que o tenha feito arrancar o ponto e perseguir o agente do MI5 afundou tanto nos espaços de sua memória que quase parece que a ordem de perseguição veio de outra pessoa e ele só estava fazendo o que tinha sido ensinado a fazer — obedecer.

Eles podiam matá-lo por isso. *Deveriam.* Já os viu matarem outros por menos. Ele mesmo cuidou disso. Seu braço biônico foi removido em algum momento depois que retornaram, enquanto seu ferimento de bala estava sendo cuidado e ele estava embriagado de um coquetel entorpecente de opiáceos e narcóticos. Ainda não o devolveram. Talvez estejam com medo de que o use contra quem quer que mandem matá-lo. Ou talvez não queiram danificar seu investimento real.

Quando escuta a fechadura pesada sendo aberta — *eles o trancaram aqui* —, levanta-se. Não vai lutar, mas tampouco quer morrer sentado. Podem forçá-lo a se ajoelhar, mas não vai esperar por eles ali, cabeça curvada como um penitente.

É Rostova.

Ela está sem seu chapéu de pele, e suas duas botas estão desamarradas. O tapa-olho descansa levemente torto, e ele pode ver a marca vermelha em sua testa onde ela deve tê-lo colocado ao invés de em seu olho. Parece que não dormiu. Sua pele tem um aspecto pálido, quase como cera.

Ela arqueia uma sobrancelha quando o vê inclinado por sobre os calcanhares, com um punho fechado em seu lado.

— O que você está fazendo?

— Não sei.

— Vamos lutar? Calma, deixa eu colocar minhas outras calças. — Ela afunda para o chão em frente à cadeira, ou ignorante quanto às manchas ali, ou apático. — Sente-se, seu maluco.

Ela acena com a cabeça para a cadeira.

— Você está me deixando nervosa.

Ele se empoleira no canto, mas não consegue se deixar relaxar. Uma sirene toca no fundo de sua cabeça, e não consegue desligar. Rostova o observa, suas pernas esticadas a sua frente, mastigando suas unhas.

— Como está a perna? — pergunta.

— Ótimas. — Ele coloca o polegar em sua palma.

— Você está operacional?

— Eu... — Ele deve tê-la ouvido errado. — O quê?

— Você está pronto para voltar a campo?

— Vocês vão me colocar de volta depois do que ocorreu em Riga?

— O que ocorreu em Riga? — Ela pega um pedaço de pele em sua unha, então o morde entre os dentes da frente. — Você tomou um tiro porque o alvo entrou em pânico. Eu o eliminei. Sua morte foi reportada pela polícia local como um assalto que deu errado. Não foi o que aconteceu?

Ela arqueia uma sobrancelha, então olha deliberadamente para o canto superior acima da porta. Ele também a viu — a câmera.

Por que você está mentindo por mim? pensa. A assinatura dela deveria ser a primeira em seu certificado de morte. Ele desobedeceu a suas ordens diretas. Ele comprometeu aos dois. Ele se colocou em perigo e quase arruinou a missão inteira porque… porque o quê? Um homem em um bar achou que V parecia outra pessoa. Parecia idiota agora.

Rostova pega o canto de sua unha e arranca, deixando uma beirada irregular.

— Então. Você está pronto para sua próxima missão? Ou eu preciso ir sozinha enquanto você se recupera aqui?

— Qual a missão?

— Você sabe onde fica a Noruega?

Ela alcança o bolso e puxa o porta-copos que pegou do agente do MI5, amassado e maltratado por ter sido pego na chuva. Ela enfia um dedo entre os dois pedaços de papel pesados e os separa, mostrando-lhe os números escritos ali.

— Aí não diz Noruega.

Ela cutuca seu joelho.

— Espertinho. Isso é uma latitude e uma longitude. — Ela coloca os pedaços do porta-copos de volta. — Noruega. Bom, perto da Noruega. Afastado da costa.

— O que está afastado da costa?

— Um laboratório. Um que estivemos procurando por um bom tempo. Assim como o MI5. O agente que você conheceu em Riga estava passando as coordenadas para um de seus homens, que iria se infiltrar. Mas agora que nós temos essa informação, chegaremos lá primeiro.

— É em uma ilha?

— É em um barco. Um grande. Do tamanho de um porta-aviões. Assim que eles ficam fora do radar. Se mantém em águas internacionais remotas e o trabalho deles não pertence a nenhum governo. Não respondem a ninguém. Essas coordenadas são a última posição conhecida deles, e nos baseando em alguma matemática complicada que eu não vou explicar, porque eu não entendo, sabemos onde estarão em seguida.

— Quem são eles? — pergunta V.

Rostova aperta o nariz. Seu tapa-olho escorrega.

— Não pergunte.

— Que pesquisa nesse laboratório é tão valiosa e secreta que tem que ser escondida?

— Você não precisa saber disso.

V resiste a uma careta petulante.

— Então quando partimos?

— Karpov quer dar uma olhada em você, e fazer uma varredura cerebral para se certificar de que você está bem. Assim que ele te liberar, marcamos o voo. Alguma pergunta?

Uma dúzia, pelo menos. E mais importante, *por que você mentiu por mim?*

— Nenhuma — diz V.

— Eu tenho um presentinho para você. — Ela tira um estojo rígido do cinto e o entrega a ele. — Você pode colocar em seu equipamento tático. Como se fosse uma atualização.

Atualização. Os pelos em sua nuca levantam enquanto abre o estojo.

Dentro há um domo, curvado como o topo de uma concha de marisco. A sensação é de que é feito do mesmo material que alguns de seus equipamentos, resistente, mas respirável. Ele pega, correndo seu polegar ao longo da malha macia nos lados.

Rostova morde suas unhas novamente. Um fio fino de sangue sobe da parte de baixo dela, e ela o suga.

— Assim ninguém vai ver seu rosto e pensar que você é alguém diferente.

Ele percebe, então, o que é aquele item e o segura em seu rosto. A máscara encaixa perfeitamente acima do nariz e corre ao longo da linha de sua mandíbula como se tivesse sido feita para ele — *e foi.*

— Proteção, também. — Ele escuta Rostova dizer. — Tem um filtro de ar, e é resistente a fogo. Aqui.

Ela se aproxima e a amarra para ele, duas tiras na parte de trás da cabeça para cobrir seu rosto abaixo dos olhos. Ele consegue respirar por ela, mas não consegue. Parece uma focinheira. Seu peito se contrai, algum alarme ativado dentro dele por causa da sensação da máscara contra sua pele — *lute*. Ele quer tirá-la, e mal a colocou.

— Ficou ótimo em você — diz Rostova, mas ele já está com as mãos nela, removendo-a e ofegando como se tivesse sido segurado pela garganta. — Você vai se acostumar.

Ele tenta devolver a máscara, protestos presos na garganta, mas ela balança a cabeça. Os olhos dela brincam com a câmera novamente.

— Não lute — diz baixinho.

Lute.

Mas ele deve a ela. Rostova o salvou — duas vezes. Uma vez em Riga, e de novo quando voltaram. Qualquer paz de espírito que aquela máscara vai oferecer, garantindo que ele não vai sair do roteiro novamente, ele pode dar a ela.

Rostova se levanta e se alonga com as mãos atrás da cabeça. Suas costas estalam.

— Prepare seu cérebro para Karpov. Eu não gostaria de dar nenhuma razão para ele te manter aqui. — Ela vira-se para a porta, mas para no batente. Um sorriso tímido cruza seu rosto, ela o olho de cima a baixo. — Não acredito que você tomou um tiro.

V bufa.

— Não enche.

— É tão vergonhoso para você. Eu estive na linha de frente por dez meses e nunca fui baleada.

— Mas aí você arrancou seu próprio olho.

Ela balança um pedaço quebrado de unha para ele.

— O vento mudou. Não contei essa história antes?

Contou? Ele não consegue lembrar.

— Eu contei — diz ela. — Você que não me escuta.

— Talvez você não tenha dito nada que valha a pena lembrar.

Ela prende os dedos nos bolsos traseiros e inclina a cabeça para o lado, observando-o. Ele troca de posição, o calor de seu olhar fazendo-o sentir que está sob a mira de seu fuzil.

— Por que você está me olhando assim?

— Estou pensando.

— Em quê?

Ela descansa o lado de sua cabeça contra a moldura da porta.

— Algum dia eu vou perder você.

— Quanta morbidez. — Ele deixa a cabeça cair com um suspiro exasperado. — Foi um tiro na perna...

— Não é o que quis dizer. — Ela coloca a unha sangrenta na boca novamente. — Eles vão nos separar algum dia. Sempre fazem isso. Você fica muito confortável com um parceiro, se torna complacente. Você se apega, e faz coisas idiotas. Erra os tiros. Ou nem atira.

— Bom, isso não vai acontecer amanhã, então pare de me olhar como se eu fosse ser assassinado enquanto eu durmo.

— Se alguém te matar enquanto você dorme, serei eu — Ela levanta seu polegar e os dois primeiros dedos na forma de uma arma, apontando-os para a cabeça dele. — Bang.

— Quando te mandarem me matar — diz ele — pelo menos me acorde para se despedir.

Ela ri novamente.

— Acredite, Vronsky, se eu atirar em você, não vai nem perceber.

Está muito quente.

Não, está muito frio.

Quando você parou de ser capaz de diferenciar?

Talvez os dois — os dois pontos pulsantes em suas têmporas estão tão quentes que todo o resto parece frio. Mas não é o frio para o qual seu corpo se preparou. Não é o gelo.

Uma mão em seu rosto. Algo preso entre seus dentes.

Está quente de novo, e alguém grita. Parece com dor.

Você respira pelo nariz, o mais profundamente que consegue, mas alguma coisa contrai seu peito, o prendendo no lugar, como se achassem que você pode tentar correr.

Os fantasmas se juntam. Um vestido de branco, outro de preto, peças opostas no tabuleiro de xadrez.

— Estou confiando em você — diz o rei branco, e a dama preta responde:

— Não precisamos da tábula rasa. Não o faça começar de novo.

— Isso dá abertura a sacrifícios muito maiores do que você parece acreditar — responde o rei.

Abertura para sacrifícios, *você pensa,* o gambito da dama. *Mas um gambito da dama não é um sacrifício real. Alguém te ensinou isso uma vez. Há muito tempo. Talvez em outra vida. Talvez em um sonho.*

— Ela deve estar morta — diz a dama. Os ingleses não estariam planejando o bombardeio se não estivesse.

Você deve estar sonhando. Há uma mulher, e um rio, e quando uma música começa a tocar, ela ri com o rosto virado para o céu. Ela lhe oferece a mão, e diz que lhe mostrará a Estrela do Norte.

— Tomarei precauções — diz a dama.

— Garanta que serão tomadas — diz o rei. Enquanto some de sua visão, você o escuta falar: — Você vai precisar de uma voltagem maior ou ficaremos aqui a noite inteira.

E então o calor retorna. Os gritos começam novamente.

Você fecha os olhos e espera pelo frio.

Capítulo 10

1941

O Red Lion era um bar coberto de painéis de carvalho, com cadeiras bambas amontoadas entre pequenas mesas. O lugar inteiro parecia escorregadio como óleo, uma resina grossa disfarçando anos de manchas de gordura e cervejas derramadas que nunca foram limpas. Bucky ficou no bar, Gimlet perto dele. Os dois se remexiam nervosos enquanto esperavam os homens em frente a eles terminarem sua discussão com o barman. Não se falaram desde o táxi. A corrida não tinha sido longa, e Gimlet pagou o motorista com mais moedas tiradas da escavação arqueológica que era sua bolsa. Bucky esperou por mais algum comentário espertinho dela sobre garantir que o Presidente Roosevelt aprovasse um relatório sobre seus gastos com o táxi bem como com o telefone público. Mas ela deixara cair o troco em sua bolsa — sem nem olhar onde pousara, ele notou, o que explicava o estado dela — e abriu sua própria porta antes que ele pudesse dar a volta para fazê-lo por ela.

Os homens se deram por satisfeitos e partiram, deixando Bucky e Gimlet olhando para o barman irritado. Ele tinha a mão enrolada em um pano cinza e estava secando de maneira agressiva uma jarra vazia, esfregando manchas que não pareciam sair do lugar.

— O que é que vocês querem, hein? — perguntou a eles.

— Estamos aqui para ver o Senhor Outrora — disse Bucky com o máximo de confiança falsa que conseguiu reunir.

O barman levantou os olhos, estudando-os por um momento, antes de deixar escapar um suspiro cansado.

— Que inferno, sério?

Bucky fitou Gimlet, mas ela olhava para seus sapatos.

— Sim? — disse, em dúvida, mas então limpou a garganta e repetiu com mais confiança: — Sim. É sério.

Bucky esperava por algum ar de segredo — ou, ao menos, exclusividade. Certamente agentes britânicos não chegavam diariamente buscando por asilo em uma birosca onde toda superfície estava grudenta. Dois agentes disfarçados ali deveriam ser como estrelas de cena chegando a um restaurante lotado, levados às melhores mesas com uma só palavra. Mas ao invés disso, o barman largou a jarra suja no bar, então jogou o pano atrás dela com uma chateação teatral.

— Tá certo. Venham logo.

Bucky e Gimlet o seguiram até uma sala com iluminação fraca, as paredes alinhadas com barris esperando terem suas torneiras colocadas e estantes de garrafas de vinho cobertas de poeira. O ar parecia fermentado e almiscarado. O barman tirou um dos barris do caminho, grunhindo com esforço.

— Nem precisa me ajudar não— murmurou ele. Nenhum dos dois se mexeu.

O barman empurrou um segundo barril, revelando uma moldura quadrada e um gancho pesado de meta; assumiu uma postura ampla antes de segurá-lo, então o levantou. O alçapão se abriu com um estalo, e a escuridão expeliu uma lufada de ar viciado.

— Andem logo — disse ele, acenando para as escadas. — Se mexam.

Gimlet foi primeiro, Bucky logo atrás dela.

— Tem alguma luz? — perguntou ele, sentindo o caminho com uma mão ao longo da parede.

— Caixa de energia — respondeu o barman, sem ajudar nada.

— Onde...

Bucky começou a perguntar, mas foi interrompido pelo baque do alçapão se fechando acima deles. Bucky cerrou a mandíbula. Debaixo de seus pés descalços, conseguia sentir uma camada de poeira nas escadas de concreto, e ele se arrepiou com a possibilidade de pisar em alguma coisa afiada. Diminuiu a velocidade, parando para sentir cada degrau cuidadosamente com os dedos dos pés antes de transferir o peso. Teias de aranha grudentas se agarravam a seus dedos enquanto os arrastava pela parede.

Abaixo dele, ouviu um arrastar, então um barulho que o fez escorregar com o susto, forçando-o a segurar o corrimão com as duas mãos.

— Achei a caixa de energia — disse Gimlet.

Sua voz trêmula denunciou que ela encontrou sem querer. Houve uma pausa, então o *clack* de um interruptor pesado sendo puxado. Uma luz doentia iluminava uma mesa com um aparelho sem fio de um lado e um telefone do outro. Uma caixa de gelo estava enfiada sob prateleiras baixas empilhadas com caixas de jogos e um conjunto de pratos manchados.

— Isso é bem nojento para um esconderijo secreto — comentou Bucky, se tranquilizando para o resto do caminho descendo as escadas. O chão estava coberto com uma poeira fina, tão macia que pareciam penas.

— Não é um esconderijo secreto. — Gimlet deixou-se cair em um catre empurrado contra a parede, a distância maior do que deve ter imaginado, pois caiu com um *uff*. — É um abrigo antiaéreo. Ou porão que virou abrigo antiaéreo quando os alemães começaram a jogar bombas. Eu suspeito que a diferença é que esse daqui consegue dinheiro por baixo dos panos por estar disponível para quaisquer agentes que precisem de ajuda em Londres.

— Ainda assim. Não é bem como imaginava. — Bucky empurrou com o pé uma ratoeira que havia sido ativada há muito tempo com a barra enferrujada e sangue seco.

— Da próxima vez é só lembrar de pedir o Ritz. — Gimlet deixou a cabeça cair entre os joelhos, esfregando a nuca.

Bucky fez um rápido inventário da sala, preferindo fingir que não podia ver o desespero dela a admitir que não sabia o que fazer. A caixa de gelo cuspiu uma lufada de ar rançoso quando a abriu, e um dos pratos estava dividido em dois. O pacote de cartas era feito de tantos decks diferentes que parecia improvável haver um conjunto completo.

— Ei. — Bucky levantou uma caixa de jogos e o balançou. As peças dentro chacoalharam como latas amarradas a um carro nupcial. Gimlet pulou. — Perdão. Tem xadrez. Eu só queria… desculpa, isso foi idiota.

Ele colocou a caixa com cuidado na mesa, para que não fizesse barulho.

— Eu achei que podia… você tá bem?

— Eu vou ficar. — Gimlet respirou fundo, então ajeitou a frente de seu cardigã. Um dos remendos do cotovelo estava descosturando. Ela se inclinou para trás no catre, então se empertigou rapidamente quando a coberta fina amassou sob sua mão. — Quanto tempo você acha que vamos ter que esperar?

Bucky deu de ombros.

— Não me disseram exatamente um horário.

— Mas seu grupo sabe que estamos aqui? — perguntou. — Eles vão vir para nos buscar? Nós dois?

— Pelo que eu saiba, sim.

— Mas você não sabe muito, não é? — Ela mexeu com as pontas de seu cabelo com os dedos, o fantasma de um sorriso formando uma covinha. — Já que é sua primeira missão.

— Talvez eu tenha deixado alguns detalhes escaparem. — Bucky enfiou as mãos nos bolsos. — Foi mais fácil do que explicar.

— O quê? — Ela pôs uma mão no peito, fingindo surpresa. — Daqui a pouco você vai me dizer que não tem vinte e cinco anos!

Bucky revirou os olhos e Gimlet riu.

— Quantos anos você tem, *de verdade*? Você pode dirigir? Votar? Como são essas regras nos Estados Unidos? — Ela passou um dedo no canto da boca, consertando seu batom. — E quanto a beber? Você sabe o que é um gimlet?

Bucky apertou os dentes. Ele já estava se arrependendo de tê-la trazido.

— Eu sei que é uma bebida.

Ela bateu palmas.

— Você faz com gin — disse ele, resistindo ao impulso de finalizar com um *eu acho*. Duvidou das palavras assim que deixaram sua boca.

Gimlet sorriu.

— Parabéns, Sherlock.

— Meu Deus, você é insuportável. — Bucky deu as costas para ela, tentando ver algo que possa ter perdido... talvez uma porta para uma sala secundária para que não precisasse ficar preso ali com ela até que a EOE decidisse aparecer.

A adrenalina do museu estava indo embora, mas ainda se sentia nervoso e inquieto, como um gato solto em um lugar novo. Ele queria se grudar no chão, desconfiado e em alerta.

— Bom — disse ele, finalmente. — O que faremos enquanto esperamos?

— Podíamos jogar xadrez.

— Ah, ha-ha.

— É sério.

— Você me esmagaria.

— Eu sei. Isso me faria sentir melhor. — Ela se levantou do catre, pegou a caixa, e jogou as peças na mesa. Quando ele não se mexeu para ajudar, arqueou uma sobrancelha. — Você ao menos sabe jogar?

— Eu sei o básico.

— E isso quer dizer...?

— Eu sei como mover as peças — disse ele, então acrescentou, com medo do que ela diria em seguida: — Algumas das peças.

— Eles realmente deviam ter te preparado melhor se seu disfarce seria um torneio de xadrez.

— Eu não deveria jogar.

— Claramente.

— Então me ensine — puxou a cadeira oposta à dela e sentou-se.

Ao tabuleiro faltavam dois peões e um cavalo, os quais Gimlet substituiu com um de seus batons e duas moedas pratas. Ela tirou o cabelo do colarinho de sua camisa, então balançou as mãos, observando o tabuleiro como se nunca o tivesse visto antes.

Bucky olhou para as peças pretas de xadrez postas em frente a ele.

— Quando jogamos no museu...

Ela bufou.

— Eu dificilmente consideraria aquilo um *jogo*.

— Certo, bom, quando nos encontramos no museu, o que eu deveria ter feito ao invés do que quer que tenha acontecido? — Ela levantou os olhos do tabuleiro e ele acrescentou: — Eu preciso saber para a próxima vez que estiver disfarçado em um torneio de xadrez. Considere seu dever cívico me ensinar.

O canto da boca de Gimlet estremeceu.

— Você realmente quer aprender?

Ele deu de ombros.

— Não temos mais nada pra fazer, não é? A não ser que você goste de buraco ou truco.

— Certo — suspirou ela. — Pelo rei e pelo meu país.

Ela girou o tabuleiro para que as peças brancas ficassem na frente dele.

— Brancas começam.

— Por quê?

— Quem sabe? Talvez imperialismo. Normalmente começo com a abertura inglesa. Peão da c2 para c4. — Ela se esticou para o lado dele, movendo um peão para dois quadrados à frente. — É uma abertura lateral para lutar pelo controle central do tabuleiro. E se você se mover para lá, eu vou me mover aqui.

Ela empurrou seu próprio peão.

— Sua vez.

Ele hesitou, olhando para o tabuleiro como se tivesse aprendido o suficiente em um movimento para tomar uma decisão inteligente, então empurrou outro peão para frente.

Gimlet meneou com a cabeça.

— O gambito da dama.

— Isso — disse ele, como se significasse alguma coisa. Ela levantou as sobrancelhas e ele acrescentou: — Não. O que é isso? Está certo?

— Não há certo ou errado no xadrez — respondeu ela. — Só escolhas diferentes.

— Certo. Certo. — Ele colocou um dedo no topo do peão, com tanta força que a peça balançou. — O que é um gambito?

Ele se preparou para uma risada ou outro comentário ácido, mas ela respondeu com um tom de professora:

— Um gambito é uma abertura na qual você sacrifica uma peça por uma posição vantajosa. O gambito da dama não é um sacrifício real, porque as pretas não conseguem segurar o peão. Mas se você se mover ali, eu vou jogar uma defesa eslava. O que quer dizer que as pretas, que sou eu, aceitam o gambito. — Ela colocou os dedos ao redor da cabeça do peão e o tirou do tabuleiro, recolocando o seu próprio no lugar.

— Ei, não! — Ele tentou recuperar sua peça capturada, mas ela a segurou acima da cabeça, longe de seu alcance. — Você não pode fazer isso.

— Posso sim. Estou tomando sua peça

— Então eu não quero me mover pra lá.

— Tarde demais, você já jogou.

— Você não me disse que ia pegar meu peão se eu fizesse isso.

— Eu *acabei* de te dizer o que um gambito é. Você não me escutou?

— Mais ou menos? — Ele massageou as têmporas. — É muita coisa.

— Um gambito é um sacrifício. Você está sacrificando seu peão — Ela levantou a peça —, mas agora você tem controle do centro do tabuleiro.

Bucky afundou em seu assento, a jaqueta de couro rangendo contra a cadeira.

— Eu odeio esse jogo.

— Não odeia, não. Você apenas não entende. Aqui, veja. — Ela colocou o peão de volta na mesa, então moveu as outras peças para a configuração inicial novamente. — Comece de novo. Eu não vou pegar seu peão dessa vez. Vá.

Ele empurrou o mesmo peão para frente, o que ela imitou. Ele não sabia mais o que fazer, então empurrou o que estava do lado para frente também.

— Você gostou do gambito — disse ela com um sorriso.

— Você disse que não pegaria meu peão.

— Então é um gambito educado. — Ela moveu o peão em frente ao rei um quadrado. — Gambito recusado. Ou — Ela o moveu um quadrado a mais para frente — o contragambito Albin. O que você vai fazer?

Ela colocou as mãos na mesa e o fitou com um olhar frio, queixo abaixado para vê-lo através dos cílios.

Ele imitou sua postura e devolveu o olhar. Seus olhos eram de um verde acinzentado, como ramos novos de um pinheiro, e seus cílios eram longos o suficiente para jogarem uma sombra em suas bochechas. Ela não era bonita, não do jeito das meninas que encontrava na fonte de refrigerante em Arlington, mas era interessante de se olhar. Menos óbvia e mais masculina que a maioria das garotas que ele conhecia, com sobrancelhas grossas e uma fenda no queixo. Ela não era pequena, mas suas roupas pareciam grandes demais nela, o cardigã e as calças largas de modo a não desenharem sua silhueta. A fuga do museu havia despenteado seus cachos, e sua franja estava presa em um lado do rosto. Mas seu batom continuava lá, e ele pensou nos cosméticos borrados que Linda usava na fonte de refrigerante na noite que socou Johnny. Ele não a vira desde aquele dia. Ele nunca mais retornara à loja de Molokov, e ela nunca retornara suas ligações. Parecia ter sido o melhor, mas ali, pensar nela abriu uma veia de solidão dentro dele. Ele sabia que estaria sozinho naquele trabalho, mas teria sido bom ter uma garota em casa esperando, alguém para quem escrever cartas que chegariam a ela listradas com faixas censuradas como um macacão de prisão.

O telefone na mesa tocou. Bucky e Gimlet saltaram, então se olharam assustados. Bucky agarrou o receptor, sem saber o que esperar do outro lado da linha.

— Alô?

— O Senhor Outrora está ciente de sua situação — a voz do barman disse do outro lado da linha. — Ele está vindo para te buscar.

— Ah, que bom. — Bucky levantou o polegar para Gimlet. — Muito obrigado, isso é ótimo.

— Mas — continuou o barman, como se Bucky não tivesse falado — ele não sabe que horas vai poder sair do escritório. Talvez vocês tenham que passar a noite aqui.

— Ah. Tá... — Ele tentou não olhar para o único catre na sala, estreito demais para um deles, quem diria os dois — tudo bem.

É claro que estava tudo bem, por que não estaria tudo bem?

— Ele se ofereceu para pagar o jantar de vocês. Vou levar o especial. Algo mais?

— Deixa eu ver... — começou Bucky, mas o barman já tinha desligado, a pergunta aparentemente retórica. — Ah, obrigado — disse, como se tivesse sido ele quem terminou a chamada, mesmo que ao recolocar o telefone no gancho, estivesse ciente do quão alto soava o tom desconectado. — O governo britânico está nos pagando o jantar — disse para Gimlet, que se sentava com as duas mãos apertadas uma na outra.

— Uso responsável de impostos.

— O barman vai nos trazer o especial.

— Que rápido de sua parte pedir por mim.

Ele olhou para ela, que remexeu as sobrancelhas.

— O quê? Você acha que isso é um encontro?

Ela empurrou uma camada de migalhas fossilizadas no tampo da mesa formando uma pilha organizada.

— Quando a cavalaria chega? — perguntou ela.

— Ele disse que pode levar um tempo até alguém chegar para nos buscar.

— Eu me referia ao jantar.

— Ah. Com sorte antes disso.

— Ótimo. Estou esfomeada. Só percebi agora. — Ela balançou as mãos, então perguntou: — Quer terminar a partida?

— Na verdade não.

As fendas no canto de sua boca reapareceram.

— Podemos começar de novo. Não vou prender seu peão dessa vez.

Ela começou a rearrumar o tabuleiro, mas parou de repente, e passou a organizar um padrão diferente, apenas algumas peças espalhadas nos quadrados. As brancas tinham os dois cavalos e o rei, enquanto as pretas tinham apenas um rei e um peão.

— É algum tipo de variação? — perguntou Bucky, observando o tabuleiro.

— Isso — disse ela, olhando para o peão por um momento antes de movê-lo um quadrado para a esquerda — é o final da minha partida de xadrez favorita na história.

— Eu não sabia que as pessoas tinham partidas favoritas de xadrez — respondeu Bucky.

— Jogadores sérios têm — disse ela. — Então se alguém te perguntar da próxima vez, pode dizer que é essa. Pense que sou eu te ajudando com seu disfarce.

Ela contou silenciosamente os quadrados no tabuleiro, lábios se movendo, então meneou a cabeça.

— Então, isso é Kleinman contra Fleming, 1908. A partida era entre o campeão mundial Rolf Kleinman e um adolescente zé-ninguém chamado Edward Fleming. Ele era novo no circuito profissional. Então ninguém sabia o que esperar dele.

— E ele é o mocinho? — perguntou Bucky.

Gimlet lançou um olhar afiado.

— Não tem bandidos e nem mocinhos no xadrez.

— Bom, eu achei que Kleinman fosse um nome alemão, e ninguém torce para os alemães.

Ela deu um tapa nele.

— Deixa eu terminar antes de você sair por aí julgando. — Bucky levantou as mãos e Gimlet continuou. — Então, Eddie, ainda imaturo, não era o jogador de xadrez que ele se tornaria, por isso se encontrou com apenas um peão contra os dois cavalos de Kleinman.

— E essa ainda é sua favorita? — perguntou Bucky. — Mesmo que o cara inglês tenha perdido?

— Eu não disse que ele perdeu. — Gimlet começou a mover as peças, alternando cada lado do tabuleiro. — Mesmo que qualquer outro jogador nessa posição tivesse desistido. Na verdade, teriam desistido muitos movimentos antes e nunca se permitiriam chegar tão longe com nada além de um peão. Mas Eddie jogou até o fim. Ele forçou Kleinman a caçar seu rei no tabuleiro por quase duas horas.

— Que emocionante — respondeu Bucky. — Quem ganhou?

— Que pergunta mais entediante.

— Me parece crucial em uma competição.

— O que você acha que aconteceu? — perguntou, séria. — Edward perdeu.

— Que decepcionante.

— Não é, não! — Ela fechou a mão ao redor do rei preto. — Porque ele continuou! O árbitro pediu que parasse. Que desistisse e saísse. Mas Fleming se recusou. Ele claramente já tinha perdido. Kleinman ficou tão cansado que ficou descuidado. Ele perdeu um cavalo. Para o último peão!

Ela bateu na peça para tirá-la do tabuleiro.

— No fim, ele ofereceu um empate para Eddie. Um empate! Ele só queria que acabasse.

— Ele deveria ter aceitado — disse Bucky, mas Gimlet balançou a cabeça.

— Não era o tipo de jogador que Eddie Fleming era. — Ela colocou o rei preto no centro do tabuleiro, então se inclinou para trás na cadeira com a respiração pesada. — Eu sempre quis ser o tipo de pessoa que nunca para de lutar. Não importa o quanto as chances estiverem contra você.

— Então essa é sua partida favorita de xadrez? — perguntou Bucky.

Ela meneou a cabeça.

— E agora é a sua.

Capítulo 11

1941

O jantar estava frio, e a cerveja que o acompanhou, morna. Bucky nunca teve tantas experiências com o álcool, mas o sabor sempre o lembrava dos campos de trigo de Indiana onde crescera em um dia quente de agosto. A água que a torneira enferrujada no bunker cuspia estava marrom e com gosto de ferro, e ele estava com tanta sede que bebeu quase metade do copo antes de dar sua primeira mordida.

O barman esquecera de mandar utensílios, então tanto Gimlet quanto Bucky comeram com as mãos, pegando purê de batatas e passando no bife, lambendo o molho de seus dedos. Quando terminaram, pareciam exaustos, o dia longo finalizado por estômagos cheios, mas nenhum deles queria dormir. Cada vez que Bucky começava a apagar, ele despertava em um salto, certo de que alguém estava batendo na porta. Gimlet se mantinha bocejando, apesar de que, quando ele ofereceu ficar acordado para que ela pudesse dormir, ela apontou que o catre do exército tinha cheiro de queijo, e ele não ofereceu novamente. Jogaram meia partida de xadrez, então abandonaram e recomeçaram e terminaram e começaram novamente.

Gimlet desistiu quando Bucky tentou passar sua torre por cima de um peão.

— Você não pode fazer isso! — disse ela rindo, batendo em sua mão no ar.

— É claro que posso. É um movimento novo de xadrez. Você não conhece, acabou de sair.

Ela esfregou os olhos com os punhos, um sorriso sonolento brincando com seus lábios. Ela tirou o batom com as costas da mão, e sua boca parecia levemente manchada, como se estivesse comendo cerejas.

— Qual é o nome, então?

— O Salto do Sapo.

— Podemos consultar as regras? — Ela tirou o livro de jogadas de xadrez que estivera lendo no Museu Britânico de sua bolsa e abriu o glossário, olhando a página de maneira teatral. — Que curioso, não estou vendo aqui.

— Tão estranho.

— Uma exclusão totalmente irresponsável.

— Talvez seu livro seja... velho.

Bucky descansou o queixo em seu punho. Os pensamentos pareceram tão escorregadios quanto um peixe, impossíveis de serem segurados por tempo suficiente para serem expostos. Ele não tinha certeza de que estava sendo tão inteligente quanto parecia em sua mente. Não tinha certeza nem de que estava colocando as palavras na ordem correta. Mas não tinha ninguém ali para impressionar.

— Tem um novo conjunto de movimentos de xadrez baseados em sapos que acabaram de ser aprovados pelo conselho oficial.

— O conselho oficial? — repetiu ela.

Ele engoliu um arroto.

— O Conselho Oficial de Xadrez.

Ela deixou sua cabeça cair por cima do fundo de sua cadeira, cantarolando de um jeito suave.

— Eu tinha sapos quando era mais jovem.

— É uma gíria nova?

Ela o chutou por baixo da mesa.

— Não, sapos! Sapos reais, como bichinhos de estimação! Eu e meu pai os pegávamos juntos.

— São bichinhos legais? — perguntou ele. Implorara a seus pais por um cachorro quando era mais jovem, mas sua mãe já estava doente naquela época. Sua energia limitada tinha se exaurido perseguindo ele e sua irmã por todo lugar. — Carinhosos? Dengosos? Gostam de correr atrás de bolinhas?

— Eu não os tinha para afeto — respondeu ela com um revirar de olhos. — Se eu quiser afeto, arranjo um namorado. Sabia que...

— Provavelmente não — interrompeu ele, então sorriu para sua careta. — Eu não sei um monte de coisas que você sabe.

Ela revirou os olhos.

— Eu não sei um monte de coisas.

— Sabe, sim. Você é muito inteligente.

— Saber coisas e ser inteligente é bem diferente. Mas você sabia — Ela se inclinou para frente e deu tapa nas costas da mão dele — que tem um tipo de sapo na tundra ártica que se congela no inverno e então derrete na primavera e continua vivo?

Ele colocou as duas mãos abertas na mesa e fez uma expressão exagerada de espanto.

— Não brinca.

— Não brinquei! — Ela bateu as mãos na mesa para imitá-lo e então riu. — Eu sei que você está me perturbando, mas eu não ligo. É fascinante. Eles aumentam seus níveis de glicose o suficiente para impedir que suas células quebrem e para substituir a água em seus corpos.

— Eu não estou te perturbando — disse ele. — Isso é bem legal. É legal que você saiba disso.

— E — Ela bateu na mesa — há um tipo de sapo venenoso na... em algum lugar na América do Sul. Eu não consigo lembrar. Mas eles ingerem plantas venenosas na floresta de propósito porque seus corpos são capazes de sintetizar toxinas e transformá-las em armas. Os sapos são imunes ao veneno por causa de uma única mutação de aminoácido em seus canais iônicos de sódio. Isso não é incrível?

— Eu só entendi umas três palavras nessa frase — disse ele, e ela voltou para a cadeira com outra risada, pegando a caneca de cerveja que já secara horas atrás. — Seu pai ainda pega sapos?

— Não, ele morreu — respondeu ela.

— Meu Deus. Me perdoe. — Engoliu em seco. Apesar dos anos estando do lado oposto dessas conversas com estranhos bem-intencionados, ele se viu seguindo o mesmo caminho que aprendeu a odiar depois que seus pais morreram. — Tem... muito tempo?

— Algumas semanas, na verdade.

— Caramba. Eu... Você quer falar sobre isso? Ou... não? Não sei o que dizer?

Ela deu de ombros, colocando o copo de cerveja contra a bochecha.

— Não tem muito o que dizer. Ele me mandou para um internato quando eu era mais jovem, então eu nunca o vi muito. Ele era um cientista. Um químico, especificamente. O trabalho dele o deixava longe.

— Minha mãe morreu, quando eu era bem pequeno — disse Bucky. — E então meu pai alguns anos atrás. Então eu não estou inventando historinha quando digo que sinto muito e que sei como é perder os pais.

Ela arqueou uma sobrancelha para ele.

— *Você* quer falar sobre isso?

— Na verdade, não. — Nunca falara com ninguém sobre aquilo. Mal falou com seu pai quando sua mãe morreu. O Comandante Crawford nunca oferecera muito além de um aperto no ombro e um silêncio confortável. Era tudo o que Bucky achava querer, mas de repente sentiu vontade de contar a Gimlet sobre o perfume que sua mãe usava e da veia competitiva que aparecia quando jogavam cartas. O jeito que seu pai amava levá-los ao cinema, e sempre ria tarde de todas as piadas, assim que o resto do cinema ficava em silêncio. Como Bucky tivera guardado sua solidão tão fundo que estava fadada a estourar como um paraquedas abrindo, e ele seria arrancado do chão. Ele só não esperava que aquela corda seria puxada no porão de um bar por uma estranha.

— Minha mãe estava doente — disse ele sem saber o que sairia de sua boca. — Desde que me lembro. Eu acho que ela meio que sabia que não ficaria aqui por muito tempo, e tentou preparar a mim e a minha irmã o melhor que pôde. Não que seja possível se preparar.

— E seu pai? — perguntou ela.

— Estava no Exército. Houve um acidente no acampamento onde ele estava.

— Minha nossa, isso é terrível. E você ainda quer ser um soldado?

— Claro. Por que isso mudaria alguma coisa?

Ela deu de ombros.

— Se fosse eu, acho que ficaria um pouco ressentida.

— Não foi culpa de ninguém — disse ele. Então, já que o ar na sala começava a ficar quente e pressurizado, acrescentou: — Alguns de nós são maduros o suficiente para entender isso.

Ela revirou os olhos, apesar de haver um sorriso fraco ainda dançando em sua boca.

— Você é um modelo de magnanimidade.

— Sou pra cacete — disse ele, apesar de não saber o que nenhuma daquelas palavras significava. — E seu pai? O que houve?

Ela passou um polegar por baixo do nariz.

— Foi assassinado.

— Caramba. Você não precisa falar sobre isso — disse rápido, mais por não querer ouvir do que por altruísmo.

— Não tem muito que dizer.

— Pegaram o culpado?

— Bom. — Franziu a testa. — É complicado. O perpetrador não é um segredo, mas é um agente da coroa britânica, o que torna difícil processar a pessoa.

— O governo matou seu pai? — perguntou Bucky, surpreso.

— Por aí. — Ela desenhou um padrão na poça de cerveja derramada que se juntou debaixo de seu copo.

— E o que ele fez?

Ela levantou a cabeça, olhando-o.

— O que te faz achar que ele fez alguma coisa?

— O governo não vai matar pessoas sem razão. Os Estados Unidos não fazem isso.

— Ou talvez não falem disso nas rádios.

— Olha, talvez você não saiba de tudo — argumentou Bucky. — Eu não estou dizendo que ele mereceu, nem nada, mas... talvez tenham acontecido mais coisas do que você soube?

A voz dele se tornou uma pergunta debaixo do fogo no olhar dela.

— Você realmente acredita nisso, ou é obrigado a defendê-los a qualquer custo como um agente? Essa é uma dessas técnicas de interrogatório onde você não grita nada além de *eu amo os Estados Unidos* enquanto um psicopata alemão arranca suas unhas?

— Pelo menos não somos uns idiotas fascistas tentando dominar o mundo. Não somos os bandidos nessa guerra. — Ele a viu apertar os lábios, e perguntou: — O que foi?

— Nada.

— Diga.

— Dizer o quê?

— O que quer que você esteja pensando.

— Eu acho que vou ficar quieta.

— Ah, claro. Você não consegue calar a boca.

— Que bom que minhas unhas não estão sendo arrancadas, então.

Ele sabia que estava puxando uma briga, mas o calor momentâneo que sentira por ela depois de descobrir que os dois estavam no Clube dos Pais Mortos já evaporava.

— Fale logo. Me conte tudo sobre o trabalho secreto que seu pai fez para provar como os Estados Unidos são horrendos.

— Ah, pelo amor. — Ela jogou as mãos para cima, quase virando o tabuleiro de xadrez. — Você alguma vez não mexeu em uma ferida?

— Pra quem eu vou contar?

— Você literalmente trabalha para o governo! Tudo o que eu sei é que ele trabalhava no Projeto Renascer.

— Quer dizer o Capitão América? — perguntou Bucky. — Mas isso não é confidencial.

— É, bom, é difícil manter alguma coisa confidencial quando essa coisa veste estrelas e listras em pôsteres de propaganda. — Ela tirou o cabelo de seu rosto. Ele começava a perder os cachos e pendia em ondas ao redor de seu rosto. — O Projeto Renascer era o codinome para o desenvolvimento do Soro do Super Soldado que criou o Capitão América. Depois do sucesso nos Estados Unidos, a Grã-Bretanha tentou sua própria versão. Quatro cientistas do time de Abraham Erskine, incluindo meu pai, foram trazidos para tentar duplicar o processo.

— O que houve? — perguntou Bucky.

Ela deu de ombros.

— Ele nunca me contou sobre o projeto britânico. A única razão pela qual eu sei que cancelaram e que o levaram para outro projeto é porque eu mudei de escola.

Bucky a observou por cima da mesa, vendo enquanto ela torcia as mangas de seu cardigã.

— Eu não sei dizer se você está deixando de me contar alguma coisa ou se você realmente não sabe de mais nada.

— Mesmo que não fosse confidencial, ele não... — Ela soltou as mangas, e elas voltaram para seus braços. Os punhos estavam tão esticados que ela poderia colocar os dois braços em um só. — Eu nunca fui uma de suas prioridades. A única vez em que ele foi me ver no internato foi pouco antes de morrer.

— Sério? — Bucky inclinou a cabeça. — O que ele queria?

— Queria ir comigo para o próximo torneio de xadrez. Eu não pensei muito na época. Eu só estava animada que ele estava interessado na minha vida pela primeira vez. — Ela suspirou, e sua franja balançou. — E ele me deu esse livro e me pediu para estudá-lo.

— Que livro?

— Esse. — Ela tocou no livro de movimentos de xadrez, que continuava na mesa entre eles. — É tão básico. Eu acho que ele me via como uma jogadora bem pior do que eu sou. É um pouco insultante. E olhe aqui.

Virou para as primeiras páginas, apontando.

— Ele fez essas pequenas anotações no livro inteiro, mesmo que eu não consiga entendê-las.

Bucky apertou os olhos para o livro. Ela abrira no primeiro capítulo. Meia dúzia de palavras estavam sublinhadas aleatoriamente em uma seção chamada "A Defesa Siciliana".

— Não brinca.

Bucky passou o indicador entre cada palavra marcada.

— *Mestre, imediatamente, assimétrico, esquerda, retribuição*. O que isso significa? — Quando ela não respondeu, levantou os olhos do livro. — Gimlet?

Do outro lado da mesa, Gimlet ficara rígida, sua postura inclinada de antes transformada em uma vareta reta. Ela estava com as duas mãos na mesa enquanto olhava para frente, seu olhar fixado em nada em particular, mas tão intensamente que Bucky virou-se para ter certeza de que não havia ninguém ali.

— Gim… — começou ele, mas ela o interrompeu de repente. Sua voz havia ficado neutra, como se cuspisse fatos para uma prova oral.

— As cobaias do Projeto Renascer do Reino Unido foram recrutadas de prisões. Aos prisioneiros de delitos leves se ofereceram reduções de pena caso se submetessem a testes médicos. Os contratos eram vagos e oferecidos sob falsos pretextos. Homens de comunidades de baixa-renda eram os alvos, assim como homens que tiveram poucas ou nenhuma visita enquanto presos.

— Ah, estamos falando disso de novo? — perguntou Bucky, mas Gimlet continuou como se não tivesse ouvido.

— Dos oitenta e sete prisioneiros recrutados, quarenta e três morreram.

— Gimlet?

— Adicionalmente, vinte e cinto tiveram complicações crônicas.

— Certo, você não precisar ficar falando sobre estatísticas.

— Vinte e cinco prisioneiros no total. Strangeways, Manchester. Grey, Michael Morton. Vinte e três anos. Preso no dia vinte e cinco de dezembro de 1938 por ato obsceno. O'Neill, Oliver Daniel. Vinte e nove anos. Preso no dia nove de setembro de 1935. Assalto seguido de agressão.

— Ei, já chega.

— Shepton Mallet, Somerset. Dainton, Charles Pierpont, trinta e nove anos. Preso no dia dezesseis de setembro de 1937 por delito leve de drogas. Dartmoor, Princetown, Devon. Chamberlain, Henry Owens. Preso...

— Ei. — Bucky se esticou por cima da mesa e pôs uma mão em Gimlet. Quando ela não reagiu, ele a balançou de leve. — Gimlet. Pare. Ei!

Ele apertou forte sua mão, e ela desabou de repente em sua cadeira. Ele correu, segurando-a antes que caísse e apoiando-a na mesa. Seu queixo estava em seu peito, cabelo em frente ao rosto, e quando ele tocou-a novamente, ela não respondeu. Ela parecia mole como um pano em seus braços.

Bucky não sabia o que fazer. Agachou perto de sua cadeira, tentando lembrar o pouco de primeiros-socorros que aprendeu quando tinha doze anos e se alistou aos Escoteiros por duas semanas antes de ser expulso por esmurrar outra criança no estômago.

Mas então Gimlet sentou-se de repente, as bochechas vivas e os olhos brilhantes novamente.

— O que você está fazendo? — perguntou ela, estapeando-o. — Tira a mão.

Ele cambaleou para trás, tão surpreso com o quão abrupto ela voltara que se sentou pesado. Ela o observou, como se não tivesse se transformando em um dicionário e o ignorado. De alguma forma ela ainda encontrara ousadia para encará-lo como se fosse ele quem estivesse agindo estranho. Aquilo era um teatrinho elaborado para fazê-lo parecer idiota? Mas ela realmente pareceu ter desligado, como se estivesse conversando enquanto adormecida.

— O que foi isso? — perguntou Bucky. — Tudo isso que você falou?

— O que eu disse?

Bucky olhou para ela.

Ela retornou o olhar, abrindo mais os olhos.

— Hein?

— Você tá brincando comigo?

— Do que você está falando? — Ela agarrou o livro de xadrez da mesa e o enfiou de volta na bolsa.

Bucky se recompôs, boquiaberto com Gimlet como se fosse ter uma combustão espontânea.

— O que exatamente aconteceu? — perguntou, resistindo ao impulso de dar um passo para trás. — Da sua perspectiva.

— Eu não sei qual é a pegadinha, mas não quero brincar.

— Só por um segundo.

Ela apertou o nariz e suspirou.

— Estávamos falando sobre a última vez que vi meu pai. Eu te mostrei o livro que ele me deu. Você estava lendo uma das sessões e então de repente estava me apalpando. Foi… um pouco esquisito, na verdade. — Franziu a testa. — Eu não lembro de você se levantar. Ou…

Ela colocou os dedos nas têmporas.

— Meu Deus, muita dor de cabeça. Talvez eu devesse dormir. Mesmo sabendo que lençóis não deveriam ser duros assim.

— Então, você não lembra de nada que você falou? — perguntou Bucky. — Nada sobre Renascer…

Ele tinha dificuldade para lembrar das palavras exatas, estava tão chocado.

— Dartmoor?

— A prisão?

— O que você sabe sobre ela?

— Nada. — Ela enrolou o cardigã ao redor dela, cruzando os braços por sobre o estômago. — Por favor pare de me olhar assim. Você está me deixando nervosa.

— Eu acho... — Ele pressionou os ossos da mão contra os olhos. — Eu acho que devo ter alucinado. Não sei que tipo de alucinação é essa que você escuta coisas que não existem ao invés de vê-las. Ou talvez eu só tenha apagado ou sonhei ou...

Afundou em sua cadeira, sentindo-se tonto, e pôs a cabeça na mesa. A pele grudou no tampo pegajoso.

— Você precisa deitar? — perguntou Gimlet, e ele ficou surpreso por quão cuidadosa a pergunta soou. Ele deveria estar parecendo terrível. Talvez tenha sido tudo coisa de sua cabeça. — Bucky?

— Preciso de um minuto.

Silêncio. Depois de um momento, Bucky ouviu um zumbido de estática, então os últimos compassos de um jazz de Fats Waller preencheram a sala pequena. Ele levantou a cabeça. Gimlet estava mexendo nos botões do aparelho sem fio, mas congelou quando ele se sentou, como se a tivesse pego em um ato ilícito.

— Você se importa? — perguntou ela. — Eu achei que um pouco de música ia ser legal.

— Cansada de ouvir minha voz?

— Cansada da minha, na verdade — respondeu ela com a metade de um sorriso. — E só... cansada.

— Você gosta de jazz? — perguntou ele, tentando não parecer muito aliviado pela mudança de assunto.

Ela confirmou com a cabeça.

— E você?

Ele deu de ombros.

— Eu sou mais tradicional.

— Jazz é muito moderno para você? E eu aqui achando que você não devia ter mais que quinze anos, mas aparentemente tem cinquenta.

Ele bufou.

— Só não é meu estilo.

— O que é, então?

O som no rádio mudou, e Fats Waller foi substituído por um arpeggio familiar. Bucky sorriu.

— Isso. Eu prefiro isso. — Levantou-se e ofereceu uma mão a ela. — Dance comigo.

Gimlet limpou os olhos com a manga do cardigã.

— Não, eu não danço.

— Todo mundo dança — disse ele. — Tudo o que você precisa fazer é levantar e se balançar.

— Sério? Tão fácil assim?

— Mais do que xadrez. Vem. — Ele balançou os dedos para ela. — Eu amo essa música.

Ela pegou a mão dele com relutância e o deixou guiá-la ao redor da mesa para o espaço entre a caixa de gelo putrefata e o rádio.

— Que música é essa?

— Você não conhece? — Ele pôs o braço ao redor de sua cintura, esperando que ela ficasse tensa ou tentasse empurrá-lo para longe.

Certamente ela insistiria em manter uma distância respeitosa entre eles. Mas para sua surpresa, ela se inclinou para ele, queixo descansando em seu ombro. Ele era um cantor péssimo, mas sabia ver um momento perfeito quando aparecia, e cantou a letra perto de seu ouvido. *"That certain night, the night we met..."*

— Por Deus — Gimlet pressionou sua testa no ombro dele. — É uma música de amor?

— Do melhor tipo.

— Eu não achava que você fosse tão sentimental.

— É, bom, tem muita coisa que você não sabe sobre mim. — Ele abaixou as mãos dadas e pôs um dedo debaixo do queixo dela, inclinando o rosto dela para o seu.

— Isso não parece muito uma dança.

— Como você saberia? Você não dança.

Ele cantarolou desafinado junto com a música, e para sua surpresa, Gimlet cantou o próximo verso.

— *"It was such a romantic affair"*.

— Eu achei que você não conhecesse essa música.

— Eu devo ter ouvido. — Ela cantarolou os próximos versos com ele, a voz fraca, e então os dois começaram a cantar juntos. — *"And as we kissed and said good night, a nightingale sang in Berkley Square."*

Se tivessem se conhecido em um mundo diferente, de um jeito diferente, ele a chamaria para jantar. Ou a levado para a fonte de refrigerante. Ele a teria visto do outro lado do salão em um balé do Exército e não teriam sentado a noite inteira. Eles teriam exagerado nas bebidas, brigado por causa de política, e flertado sem a menor vergonha. Talvez dividissem um táxi de volta para o apartamento dela e desabado na cama juntos. Talvez ele acordasse antes e escapado e nunca mais ligado. Talvez ela teria.

— Me diga seu nome — disse ele, percebendo o quão próxima sua boca estava da orelha dela quando um fio de cabelo tocou em seus lábios. Ela riu, e ele continuou: — Sério. Eu não sou um espião de verdade ainda.

— Então você não precisa de meu nome de verdade.

— O que isso importa? — perguntou ele.

Ela descansou o queixo em seu ombro, cantarolando baixinho.

— Sabe quando você acha um animal…

— Voltamos para os sapos?

— …e você quer ficar com ele, mas sabe que não pode?

— Claro — respondeu ele. Rebecca costumava levar gatos para casa de baixo do celeiro do vizinho, e Bucky tinha lagartos escondidos em caixas de sapato debaixo da cama quando era menor.

— Qual é a primeira regra? De encontrar animais que você não pode ficar.

— Hm, fazer buracos na caixa?

Ela se empertigou, empurrando-o, apesar de ainda se manterem se segurando.

— A primeira regra — disse ela de maneira séria — é nunca dar um nome. Assim que você dá nome para alguma coisa, você se apega.

— Eu sou o sapo nessa história? — perguntou Bucky.

— Não tem sapo algum — disse ela. — E você não é o sapo. É quem vai se apegar.

Capítulo 12

1941

— Ô!

Bucky acordou de súbito com o grito vindo do topo das escadas. Ele não percebera que havia dormido. No catre ao lado dele, Gimlet sentou-se, enxugando sua boca com as costas da mão.

— Você ouviu... — começou ela, mas foi interrompida quando a voz do barman chamou:

— Vocês tão vivos aí embaixo?

— Estamos aqui! — gritou Bucky, se desenroscando de Gimlet. Ela já buscava seus sapatos embaixo do catre.

— Chegou um carro pra vocês — disse o barman, então acrescentou: — Se limpem antes de saírem.

Gimlet olhou ao redor da sala, colocando seus sapatos novamente.

— Sim, isso vai fazer bastante diferença.

— O que foi? — perguntou o barman?

— Estamos indo! — respondeu Bucky rapidamente. — Obrigado!

Do lado de fora do bar, as nuvens do dia anterior haviam dissipado e o céu estava de um azul tão brilhante, tão nítido, que os dois tiveram de parar na escada do Red Lion, mãos levantadas enquanto piscavam para tentar tirar o sol dos olhos. Um carro preto estava estacionado perto do meio-fio, aguardando. O motorista era um homem com terno de tweed e óculos escuros, mantendo a janela aberta para ver as pessoas passando na rua.

O barman os apressou para o carro, até abrindo a porta, antes de aceitar um envelope que o motorista passou para ele através da janela.

O motorista se dirigiu para o trânsito sem dar uma palavra, acelerando tão rápido que Bucky foi jogado contra o assento. Bucky percebeu que acabara de entrar em um carro estranho com um homem estranho em um país estranho, e sentiu os cabelos em sua nuca se eriçarem. Deveria ter pedido por algum tipo de identificação ou código ou algo assim? Perguntar sobre o clima da Ilha de Wight e ver como reagia? Até onde sabia, aquele homem poderia estar trabalhando com alguém do museu e estavam sendo levados para tomar um tiro e serem jogados no Tâmisa.

Gimlet parecia pensar a mesma coisa, pois tocou em Bucky com o joelho, inclinando a cabeça em direção ao motorista.

Bucky limpou a garganta, se inclinando entre os dois assentos da frente.

— Uh, oi.

O motorista meneou a cabeça.

— Você está com o Senhor Outrora?

Mais uma vez, um meneio silencioso.

— Você... você precisa ver o cartão que ele me deu? Ou alguma coisa assim? — perguntou Bucky, então imediatamente se irritou consigo mesmo porque deveria ter pedido a identificação do *motorista*, não ao contrário. Eles eram os vulneráveis ali.

Ao lado dele, Gimlet fazia uma careta para a nuca do homem. Na luz forte que atravessava as janelas do carro, sua pele parecia pálida. Ela torcera seu cabelo em um nó pequeno mantido mais ou menos por grampos que tirara de sua bolsa. Algumas mechas escapavam e caíam em seu rosto em ondas oleosas.

— Quem é esse homem que vamos encontrar? — sussurrou Gimlet para ele enquanto Bucky afundava no assento ao lado dela. — Esse tal de Senhor Outrora.

— Ele me recrutou — disse Bucky. — Lá na Virgínia.

— Então ele é seu chefe.

— Eu acho que sim.

— E ele deve ser importante no governo dos Estados Unidos.

— Bom, na EOE, mas sim, eu acho.

Gimlet brincava com o punho de sua manga, mas parou de repente, como um coelho após ouvir um galho se quebrando.

— A EOE? — repetiu ela. — Não a…

Suas sobrancelhas franziram.

— Mas você é estadunidense.

— Sim, mas ele não — respondeu Bucky. — Ele é inglês. Britânico. Você pode explicar a diferença para mim?

Mas ele não ouvia. Seus olhos corriam pelo carro, como se procurasse uma saída.

— Qual o problema?

Ela curvou a cabeça para ele, mais algumas mechas do cabelo se soltaram, caindo em frente a seu rosto.

— Você disse que foi recrutado.

— Eu fui.

— Nos Estados Unidos. — Ela apertou os dentes. — E que seu programa era...

— Eu acho melhor — interrompeu o motorista, e os dois pularam; sua voz era grave e forte — você não discutir os detalhes de sua missão.

Gimlet se virou para longe de Bucky, apertando a testa contra a janela do carro. Ela prendera a alça de sua bolsa tão forte na mão que seus dedos começavam a ficar brancos.

Ele pensou em tocá-la, mas apesar do fato de que dançaram juntos poucas horas antes, a bochecha dela colada em seu pescoço e o cheiro de seu perfume dominando seus sentidos, até um toque no joelho de repente parecia íntimo demais.

— Ei… — começou Bucky, assim que Gimlet se virou, dizendo:

— Posso te dar meu endereço?

— Pra quê? — perguntou Bucky.

— Porque eu quero que você me escreva cartas de amor de qualquer base secreta onde você esteja. — Mexeu na bolsa, dando a ele o mesmo batom que usaram como peça de xadrez, junto com uma quantidade de parafernália digna de uma venda de garagem. — Algo que eu possa mostrar a todas as minhas colegas da escola para deixá-las com inveja de meu namorado estadunidense espião.

— Eu sou seu namorado agora? — perguntou ele, tentando parecer legal, mas sentindo que ruborizava.

— Bom, passamos a noite juntos.

— Uma noite não quer dizer nada de onde eu venho.

— Você pagou meu jantar. Dançamos juntos.

— Tecnicamente o governo britânico pagou seu jantar.

— Anda, deixa eu te dar meu endereço. — Ela soava apressada, e ele se perguntou se talvez aquele desespero dela vinha da conclusão de que seriam afastados logo.

Ele certamente estivera pensando sobre aquilo. Não sabia aonde iam, mas cada cruzamento que cortavam era um a menos com ela. Só se conheciam havia um dia; talvez descobrissem, assim que a proximidade criada pelo trauma fosse testada, que não tinham nada onde apoiar a amizade, que dirá algo mais. Mas por que não tentar? Não tinham que ser cartas de *amor*. Podiam ser cartas de *eu pensei muito na sua boca essa manhã*.

Gimlet puxou seu livro de registros do torneio de xadrez, escreveu seu endereço na primeira página, então arrancou e passou para ele. Bucky notou os olhos do agente no retrovisor se moverem para eles, vendo-a passar o papel.

— Acha que consegue lidar com isso? — perguntou ela, olhando significativamente para o papel.

Bucky desceu os olhos. Ao invés de seu endereço, ela escrevera *o quanto o Senhor Outrora sabe sobre mim?*

— Agora me dê o seu — disse ela.

Ele pensou por um momento, então pegou o livro dela e escreveu em uma página nova, *eles só sabem que tem alguém comigo. Só isso.*

Ela leu, então o encarou. *Jura?* perguntou movimentando a boca.

Ele confirmou.

Ela voltou a seu assento, escondendo as mãos nas mangas. Quase parecia relaxada, exceto pelos polegares criando buracos nos punhos de seu cardigã.

Bucky empurrou um cotovelo contra o flanco dela.

— Como vou te escrever se não souber seu nome?

— Eu acho que vamos continuar sendo um mistério.

— Você acha que suas amigas vão acreditar que sou seu namorado se não souber *meu* nome? — Quando ela não respondeu, ele acrescentou: — Eu acho que você pode inventar alguma coisa.

— Fantástico — disse ela, olhando pela janela. — Vou dizer que você é o Capitão América.

O carro parou de repente, quase arrancando-os dos bancos. Gimlet se segurou com uma mão no banco do passageiro.

O carro parara em um portão, e o motorista se inclinou para fora da janela para mostrar ao oficial de segurança na guarita seu cartão de identificação. Gimlet olhou pela janela novamente, então se virou de repente para Bucky, pegando sua mão.

— O que quer que aconteça — sussurrou, puxando-o para perto, os rostos a poucos centímetros — não deixe ninguém tirar isso de você.

— Do que você...

— Escuta. — Ela colocou a mão em sua boca. — Não dê para ninguém, não importa o que digam sobre quem são. Ou sobre com quem estão. Me prometa que você vai guardar isso.

Ele se afastou de seu puxão.

— Guardar o quê?

O motorista voltou para o carro, guardando sua identificação no bolso do casaco. Gimlet olhou rapidamente na direção dele, então de volta para Bucky. Respirou fundo, e segurou-o pela frente da camisa, puxando-o para um beijo.

Por um momento, estava atordoado demais para se mover. Os lábios dela eram quentes, mais suaves do que ele imaginara. Não que *tivesse* imaginado. Passou por sua cabeça uma ou duas vezes durante a noite que passaram juntos. Porque ela era bonita e mal-humorada e o ensinou a jogar xadrez e dançaram e ela não ruborizou quando ele a provocou — na verdade, ela o provocou de volta. Não importava se nunca mais se vissem — ela o estava beijando, e ele colocou a mão em sua nuca e a beijou de volta. Ela respirou rápido, ficando de joelhos no assento. Sua mão escorregou pela barriga dele, por baixo da cabeça, e ele ficou tonto. Conseguia sentir seu próprio pulso martelando em seu pescoço, na ponta dos dedos, em cada lugar em que sua pele tocava a dela. *Por que*, pensou, *não fizemos isso a noite inteira?* Por que ela não dissera nada? Por que ele não dissera nada? Toda aquela teimosia rabugenta tivera sido uma tentativa maluca de flerte? Talvez fosse uma diferença cultural. Talvez ele fosse burro. Talvez...

E então sentiu alguma coisa cair dentro do bolso interno de sua jaqueta.

O motorista se inclinou contra a buzina do carro, e Gimlet se afastou de Bucky com rapidez, limpando sua boca com as costas da mão. Ele pensou em seu batom vermelho, e como deveria estar todo espalhado por seu rosto, antes de lembrar que ela o havia tirado. Ela desabou no banco, cabelo despenteado e peito arfando.

Então. Nada de flerte.

Ele conseguia sentir o peso do que quer que ela tenha colocado em seu bolso, e quase pergunta novamente seu nome. Parecia, de repente, essencial por uma razão diferente da que havia no começo da viagem.

Mas então a porta ao lado de Gimlet foi aberta e outro homem vestido com os mesmos terno e óculos do motorista apareceu. Enquanto Bucky e Gimlet estavam ocupados, o carro passara pelo portão agora aberto, e vários homens de olhares severos, vestidos em tons de cinza estavam de pé em formação no chão, como um comitê de boas-vindas de uma casa funerária.

Bucky abriu a boca para falar alguma coisa, mas antes de que pudesse, o homem que abrira a porta agarrou Gimlet pelos ombros e a arrastou para fora do carro e para o pavimento.

— Ei! — Bucky saltou atrás dela, mas um outro homem fechou a porta em sua cara. Bucky remexeu a maçaneta, jogando seu ombro contra ela, mas mesmo estando destrancada, a porta não se mexia. — Ei! — Bateu na janela com a mão aberta. — Ei! Ei, larguem ela!

— Eu deixaria pra lá, amigão — disse o motorista, baixinho.

Bucky agarrou o encosto de cabeça do banco da frente para se firmar.

— O que eles estão fazendo? O que está acontecendo com ela?

O motorista pegou uma caixa prateada e começou a remexer nela.

— Está sendo presa.

— O quê? Por quê? — Bucky puxou a manivela da janela, mas estava tão presa quanto a porta. — Vocês não podem prendê-la. Ela não fez nada.

O motorista levantou os óculos para sua testa e se virou para Bucky.

— Garoto — disse ele, em um tom que era mais uma repreensão de professor que um espião. — Aquela — Apontou pela janela em direção aos homens que pegaram Gimlet — é Imogen Fleming, e ela está com alguns dos segredos mais valiosos da Grã-Bretanha.

Bucky congelou, as mãos ainda envolvendo a maçaneta da janela.

— O quê?

Ele olhou pela janela. Dois homens haviam prendido Gimlet contra a parede, um deles segurando-a pelo pescoço enquanto outro prendia algemas ao redor de seus pulsos. Um terceiro a revistava com um vigor invasivo, agarrando-a pelas costas do cardigã e sacudindo-a como se tentasse esvaziar um cofrinho.

Seu rosto estava levantado, boca aberta como se provasse água da chuva.

O motorista mudou a marcha, e o carro disparou ao longo de uma rua curta que os levou para uma construção de tijolos. Bucky se virou em seu banco, olhando pela janela traseira até perder Gimlet de vista na nuvem que se formava a partir do escapamento do carro. Ele deslizou a mão para dentro do bolso interno de sua jaqueta, desenhando o formato do que quer que ela dera a ele. Esfregou o polegar em um canto pontiagudo, estremecendo com uma picada súbita. Ele puxou sua mão da jaqueta, e olhou para o fio de sangue escapando do novo corte de papel. Foi quando se deu conta.

Ela lhe dera seu livro de xadrez.

Capítulo 13

1954

Rostova guia o helicóptero deles por uma descida turbulenta até um heliporto em Longyearbyen, o céu escuro feito piche e a costa de Svalbard um borrão. Os ventos árticos e as lâminas do helicóptero levantam poeira de neve dos bancos de gelo que revestem a pista. Rostova desliga o motor e seu zumbido é substituído pelo som do vendaval batendo nas laterais. Gelo já começa a tomar a janela quando V acerta a porta com o braço de metal, abrindo-a o suficiente para os dois descerem.

Ao cruzarem a pista, Rostova coloca a mão sobre o chapéu de pele, prendendo-o no lugar. V puxa o capuz de seu casaco ainda mais por sobre o rosto. O forro de pele faz cócegas em sua bochecha. Ele considerou que a insistência de Rostova para que os dois colocassem pelo menos quatro camadas de roupa antes de saírem fosse paranoia vinda do campo de batalha, mas mal saíram do heliporto e ele já tem certeza de não estar vestido o suficiente para sentir-se aquecido. O vento queima seus olhos, mas a noite está clara o suficiente para que se vejam estrelas acima. Ele sente como se não visse o céu há milênios. Nunca se sentiu tão perto dele quanto hoje, sentado entre nuvens baixas no helicóptero.

— Você já voou antes — disse Rostova, rindo enquanto ele via os fiordes em neve, seu rosto tão próximo da janela que manchou o vidro.

— Eu não lembro — respondeu ele.

Rostova o guia até o fim do heliporto, onde um jipe está estacionado. Os faróis piscam em um cumprimento. Os pneus são grossos, sujos de neve lamacenta. Enquanto Rostova puxa a porta congelada do lado do passageiro, a motorista se inclina por cima do assento e a abre com um empurrão. V, preparado para que sua própria porta esteja emperrada também, quase a arranca das dobradiças com o braço biônico.

Um sopro de ar empoeirado dos aquecedores do carro envolve V enquanto ele se acomoda no fundo. Seu casaco gruda no assento de couro desgastado quando desliza por sobre ele. Na frente, Rostova tira suas luvas e coloca as costas das mãos nos exaustores.

Ao lado dela, a motorista bate a chave e o motor do jipe cospe ao ligar.

— Não tem nenhum código para trocarmos antes que eu leve vocês?

Rostova revira os olhos. "*Se algum dia precisares de minha vida*", diz ela, subindo o volume da voz para ser escutada por cima do motor.

A motorista tira o próprio capuz, revelando uma mecha de cabelos loiros encaracolados e um sorriso largo cheio de espaços.

— *Vem e busca.* Você tá com uma carinha bem melhor agora. — Ela dá tapinhas bem abaixo do seu próprio olho direito, refletindo o que falta a Rostova. — Você sempre foi vesguinha. O tapa-olho ajuda muito.

Rostova passa por cima do console, enroscando um braço ao redor do pescoço da motorista e puxando-a para um abraço.

— Bom te ver, *lapochka*.

— E como eu te chamo agora? — A motorista joga todo o seu peso na marcha e o jipe avança, a neve triturando sob os pneus. — Como foi que o Partido decidiu te batizar?

— Rostova. E você?

A mulher ri, colocando as mãos em frente aos exaustores por um momento, então soprando nelas antes de pegar o volante.

— Chega de vida de soldado para mim, minha amiga. Novamente sou a própria Oksana Solovyova. — Ela aponta com o polegar por cima do ombro para V no fundo. — Quem é esse?

— Meu recurso — responde Rostova.

— E como eu te chamo? — pergunta Oksana para ele, mas Rostova é quem responde:

— De nada. Você fala comigo.

— Ordem de silêncio. Entendido. — Oksana encontra os olhos de V no retrovisor e balança as sobrancelhas. — Você *pode* falar? — Ela bate no queixo e ele percebe que ela se refere à máscara cobrindo a parte de baixo de seu rosto. — Ou é algum tipo de equipamento para *bondage*?

— Cale-se. — Rostova bate no braço de Oksana com seu chapéu de pele. — Você ainda enche o saco.

Oksana sorri.

— Eu sabia que você sentia minha falta.

V olha pelo teto transparente do jipe. Uma fina veia verde se perfila no céu, profunda e sinuosa como um desfiladeiro.

Alguém o toca no joelho, e ele vira-se para encontrar Rostova sorrindo para ele. Ela aponta para o céu, as luvas amontoadas em torno dos dedos.

— Você sabe o que é aquilo?

— A aurora — responde ele. Não sabe como sabe, não lembra onde aprendeu, mas a informação chega. — As Luzes do Norte.

Rostova parece surpresa, e V se pergunta o que ela esperava que ele dissesse. Não deveria saber? É estranho que não lembre *por que* sabe? Ele não lembra de ninguém o ensinando. Mas então Rostova meneia a cabeça, socando com carinho seu joelho.

— Você é mais esperto do que parece.

Oksana é a capitã de um ônibus aquático desativado com uma vela frágil e um motor potente que ronrona como um gato selvagem. Quando os três partem do porto de Longyearbyen, com a proa apontada para o norte, o céu está tão escuro quanto o momento em que pousaram. A neve torna o ar nebuloso e, com o vento acertando o topo das ondas e empurrando a tempestade para a horizontal, a água escura parece fumegante.

V não diz nada para Rostova ou Oksana enquanto velejam. A máscara ainda parece como uma mão apertada contra seu rosto, sufocando-o. Ele quer arrancá-la, mas toda vez que começa a mexer com as bordas, Rostova aparece ao seu lado como um alarme ativado. Assim como foi instruída, Oksana não se dirige a ele. Toda vez que a pega olhando para ele, suspeita que ela vai desviar o olhar culpada, mas na verdade ela pisca ou toca o nariz com a língua ou fica vesga, desfazendo a careta antes de Rostova perceber.

Na primeira hora na água, V encontra três compartimentos secretos construídos no casco do barco.

— Ela é uma contrabandista — diz ele para Rostova quando os dois se sentam, enrolados em canecas de chá na cabine.

A luz vermelha piscando constantemente no painel avermelha a pele pálida de Rostova.

— Eu disse, eu tenho um monte de amigos em lugares terríveis. — Ela dá um gole no chá. — Oksana conhece a costa. Conhece as águas. Ela vai nos levar aonde precisamos estar.

— E aonde vamos?

— Já disse.

— Disse o quê?

Ela estende a mão, pegando um pedaço de carne seca de um saco no console e rasgando-o com os dentes de trás. Está tão congelado e velho, que V jura escutar como está crocante enquanto ela mastiga.

— Eu disse. Você lembra de mim contando? Pense com força.

Ele volta em suas memórias, tentando lembrar da conversa que tiveram antes de sair do bunker. Rostova o observa, o rosto cheio de expectativa, mas quando ele balança a cabeça, ela o soca no braço.

— Você nunca me escuta. O lugar aonde vamos... não é bem um lugar. É uma base na água.

— Base de quem? — pergunta V.

— De um grupo de pessoas que são quase tão ruins quanto nós. — Ela morde outro pedaço de carne seca e o esmaga entre os molares. — Eles se mantêm em águas internacionais e não param de se mover. É assim que fogem da detecção. Nunca os pegamos antes.

— Como você os encontrou dessa vez? — pergunta ele.

Rostova começa a olhar para ele, mas então esconde o rosto no capuz. Um sopro de ar entrando pelo para-brisa acerta a pele.

— Foi o MI5. Interceptamos um informante em Riga com as coordenadas antes que ele pudesse dá-las para o agente. — Ela olha para a janela escura por um momento, então busca algo em um bolso interno do casaco. — Você tomou seus remédios hoje? Se perder uma dose, vai bagunçar seu cérebro inteiro. Preciso de você atento.

Parece improvável que vai sobrar alguma coisa de seu cérebro se Karpov continuar dopando-o, ele pensa, pegando a cartela que Rostova oferece.

Para a sua dor.

Que dor?

Ela interpreta errado sua hesitação e diz:

— Pode tirar a máscara. Vou olhar para o outro lado.

V puxa a máscara e engole as duas pílulas com um pouco do chá. Elas prendem no fundo da garganta e ele quase as cospe. Faria, se Rostova não estivesse olhando.

Quase não há luz em Svalbard. Tão longe assim para o norte e tão à frente assim no ano, o dia costumeiramente começa na escuridão, então todas as vinte e quatro horas que passam na água são escuras como a noite. A neve para, e Oksana verifica os arredores com o radar, buscando pela base flutuante.

— Com certeza tem algo por aqui. — V escuta-a dizer a Rostova, as duas dentro da cabine enquanto ele se senta no deque, agachado por baixo do beiral para se proteger do vento. O único calor real a bordo vem de um fogão à lenha no deque, e ele se encolhe o mais perto que consegue sem colocar fogo em si mesmo. — Se é ou não o seu navio que não existe ainda veremos.

— Quão próximo podemos chegar sem sermos detectados? — pergunta Rostova.

— Não muito. O equipamento deles deve ser mais avançado que o meu. Se podemos vê-los, provavelmente eles podem nos ver. Nossa única vantagem é que somos muito, muito menos, e eles não estão procurando. — V escuta os rangidos metálicos de molas velhas quando Oksana afunda na cadeira da capitã. — E como você vai se infiltrar nesse lugar?

— Estou pensando em mergulhar.

Oksana ri.

— Nesse clima?

— Eu imaginei que você tivesse trajes de mergulho.

— Não há trajes de mergulho para um frio desses. Você vai congelar. E você está muito longe da costa para nadar. Você realmente veio até aqui e seu plano era nadar?

— Eu não disse que era meu único plano — murmura Rostova.

— Eu não vou ficar sentada aqui congelando minhas tetas, queimando combustível enquanto você pensa em um jeito de subir a bordo. — Uma pausa. V coloca as costas da mão não biônica na barriga fumegante do forno até que sente o calor através das luvas.

— Isso...? — Ele escuta Oksana dizer baixinho, e ele imagina que ela esteja apontando com o polegar na direção do deque onde elas duas sabem que ele está.

— Não — responde Rostova com firmeza. — Sou eu.

— Então coloque sua cabecinha no lugar. Você tem uma hora ou eu vou voltar.

Ele escuta Oksana pisar até o deque inferior, então alguns minutos depois, ela senta-se em uma caixa de munição vazia.

— Você consegue beber com essa coisa? — pergunta ela, inclinando o gargalo de sua própria garrafa para a máscara dele. — Você pode tirar, sabia? Eu não vou contar.

V não diz nada.

— E como eu te chamo? — Ela bebe sua cerveja, então coloca a garrafa entre os joelhos enquanto esfrega as mãos para cima e para baixo em seus braços. — Você é do tipo fortão e calado, então, né?

— Eu tenho ordens.

— Meu Deus. Já costuraram isso na bandeira soviética? — Ela toca o joelho dele com o seu. Ele vai para mais longe dela. — Não precisa ser seu nome. Só me diga *alguma coisa* para te chamar, então eu sei o que gritar se tivermos algum problema.

Quando ele não responde, ela solta um suspiro exasperado.

— Tá. Quando eu chamar o "idiota de Rostova", é você, certo? — Ela bebe novamente. — *Rostova.* Como se ela fosse algum tipo de intelectual. Se ela algum dia terminar de ler aquela merda daquele livro de Tolstói, eu como a porcaria do chapéu dela. Você sabe de quantos codinomes eu já tive que chamá-la, e eu ainda não sei o nome que a mãe dela escolheu?

Ela suspira, uma lufada de ar congelado subindo de seus lábios. Mechas de seu cabelo loiro caem livres de seu capuz, escuros na raiz onde o peróxido está sumindo.

— Quando foi a última vez que alguém te chamou pelo nome? — pergunta ela. — O nome *real*?

Ele não lembra se já teve um nome antes disso. É assim que deveria ser, não é? Você se perde na causa e no trabalho e na pessoa que tem que ser para sobreviver. Você esquece quem era. Sua própria identidade se torna uma responsabilidade.

Mas nunca perguntaram seu nome antes.

— Você esteve na guerra? — questiona ela. — No front?

Ele observa suas botas. A ponta de um de seus cadarços está começando a desamarrar. Deveria lembrar se esteve? Deve ter estado.

— Eu era uma atiradora de elite — diz ela. — Com Rostova, no Exército Vermelho. Ela te contou? Servimos juntas em

Odessa e Sevastopol. Eu passei duzentos e vinte e seis dias no front. Cento e dez mortes confirmadas.

V levanta as sobrancelhas, impressionado apesar de si mesmo, mas Oksana rejeita com um balançar de mãos.

— Não é tão incrível quanto parece. As atiradoras que eles tinham eram bestas. Eu era mediana, se muito. Mas Rostova. — Oksana se inclina para frente e confidencia: — Trezentas e nove. Eles deram a ela uma Ordem de Lenin depois que perdeu o olho, e ela jogou no Moskva. Disse que não queria as medalhas deles, queria voltar para o front porque nunca teve um plano depois disso. Ela não deixou espaço para quem poderia ser quando voltasse, porque nunca achou que voltaria. Tem um custo da guerra que ninguém nunca fala: aqueles que não sabiam que voltariam para casa.

Ela seca sua cerveja, então a joga em um balde de entranhas de peixes pendurado nas cordas. — Pessoas como Rostova só são felizes quando estão lutando contra alguma coisa. A guerra deu propósito a ela. Um lugar para canalizar.

— E você? — pergunta ele.

Ela bate uma mão no peito, fingindo surpresa, olhos piscando triunfantes.

— Ele fala?

V levanta a garrafa dele para ela.

Oksana ajusta seu casaco, puxando o capuz para frente.

— O primeiro ano depois que eu voltei, passei sentada em meu apartamento em Moscou, olhando para a porta com um fuzil no colo, desejando que alguém invadisse. Eu não sabia o que fazer sem uma guerra. Você acha que eu estaria escondida aqui, congelando meu rabo para contrabandear cigarros estadunidenses para os bolcheviques se eu não precisasse usar minhas mãos para alguma coisa? Tudo é tão chato. — Ela coloca os polegares contra os lábios, imitando uma reza. — Às vezes é difícil — diz ela baixinho — saber o que é uma memória e o que é um fantasma.

A neve parou, e acima deles, o verde pálido da aurora está pintado de roxo.

— Se você pudesse esquecer tudo — pergunta ele —, você esqueceria?

Ela ri.

— Se eu esquecesse da guerra, não sobraria nada de mim. — Ela se inclina para frente, observando-o. Os joelhos de suas calças estão lisos pelo uso, a pele de foca tão roxa e brilhante quanto uma berinjela. — Mas você não. Eu acho que você era algo além de um soldado.

Ela balança um dedo para ele, traçando sua silhueta no céu como se o transformasse em uma constelação.

— Dá pra ver nos seus olhos.

Ele olha por cima da amurada, para o mar atrás deles. Svalbard ainda é uma mancha no horizonte, gelo branco através da escuridão como um diamante arrancado do carvão.

— E se eu não conseguir lembrar de quem eu era?

— Você vai. — Ela pega a garrafa intocada de seus dedos e dá um gole. — Mais cedo ou mais tarde, sempre descobrimos do que somos capazes.

— Terminaram?

V e Oksana viram-se. Rostova está em pé atrás deles, braços cruzados. V olha para o outro lado, se perguntando o quanto ela ouviu. E isso importa? Ele não disse nada de errado, ele lembra a si mesmo, apesar de seu estômago começar a se revirar com uma culpa que a ele não pertence.

— Resolveu nosso probleminha de acesso? — Oksana responde com outra pergunta, garrafa contra boca.

— Que tipo de organização controla essa base? — pergunta V.

Rostova o fita, e V consegue ouvir a reprimenda. *Você tinha uma ordem.*

Oksana olha para eles.

— Você não contou?

— Ele não me escuta — responde Rostova.

— Você é cruel. — Oksana vira para V. — *Terroristas subversivos paramilitares autoritários* significa alguma coisa para você?

— Pare — retruca Rostova, virando seu olhar duro para Oksana. — Precisamos conversar.

Oksana dá um gole.

— Então converse.

— A sós.

— Eu prefiro ficar aqui. — Ela dá uma batidinha no joelho de V. — Meu amigo sem nome e eu estamos nos conhecendo melhor. Eu acho que ele pode dar contribuições muito valiosas para seu plano, se você permitir que ele tire essa coisa da cara. Você tem medo de terroristas?

Ela pergunta para V, mas é Rostova que responde.

— Não temos medo de nada.

Oksana bufa.

— Certo, vocês são valentões.

— Se não pudermos acessar a base — diz V — podemos fazê-los virem até nós?

— Isso não faz o menor sentido. — Oksana aponta a garrafa para ele. — Explique-se.

— Enviem um chamado de socorro por rádio — diz V. — Se forem inimigos da URSS, vão querer nos pegar vivos.

— Como prisioneiros — diz Rostova. — O que não é o ideal.

Mas Oksana levanta uma mão.

— Isso poderia funcionar, na verdade. Você acha que eles responderiam um chamado médico se pensassem que está vindo de um agente da KGB perdido?

Rostova dá de ombros.

— Aí o quê, eu dou um soco em sua cara e mandamos um pedido de socorro?

— Vocês enviam em russo — diz V. — Faz eles pensarem que vocês são da KGB.

— Essa ideia não é ruim, na verdade. — Oksana bebe mais uma vez, olhos em Rostova. Seus lábios permanecem no copo. — Você está perdendo sua vantagem.

Rostova a fita.

— Eles não vão levar três de nós.

— Eles provavelmente rebocariam o barco se pensassem que é da KGB — diz Oksana. — E tem lugares aqui para se esconder. Um de nós finge uma emergência médica, os outros dois se escondem e escapam quando nos atracarem. Pelo menos me deixe mandar um chamado e ver se alguém responde.

— Aí denunciamos nossa posição — diz Rostova.

— E? Se responderem, vamos ter que dar nossas coordenadas. Se não, abortamos. — Ela aperta os olhos para Rostova. — Qual seu problema? Eu nunca vi você com tanto medo.

— Não estou com medo — murmura Rostova. — Eu só não acho que eles vão acreditar.

— Deixa eu mandar um pedido de socorro— diz Oksana. — Vou usar o VHF. Ninguém está perto o bastante para receber a não ser eles. Vou fazer algumas referências não tão sutis ao fato de sermos KGB e ao perigo grave, mortal, que nos deixou vulneráveis, e se responderem, continuamos daí.

Quando Rostova não responde, Oksana propõe:

— Pode mergulhar se quiser. Só cuidado com as orcas.

As narinas de Rostova se dilatam. Ela olha de Oksana para V. Ele não sabe dizer se ela está chateada com ele por ter falado, ou realmente incerta da viabilidade de seu plano. O protesto dela parece muito frágil para ser sincero. Talvez ela tenha instruções das quais ele não sabe. Mas também não é muito do feitio dela vir despreparada para um trabalho tão importante.

— Mandar um chamado em russo não vai ser o suficiente — diz Rostova. — Essas águas são cheias de pescadores russos. Vamos precisar de mais.

— Uma cifra, então — diz Oksana. — Ou alguma frase em código. Alguma coisa que nos faça parecer KGB.

— Eu não acho que só a KGB vai atraí-los — diz Rostova. Ela coloca os dedos nos lábios, olhando para V. Sua pele arrepia. — Mas se você disser que é parte do Projeto Soldado Invernal, talvez eles caiam.

Capítulo 14

1954

Oksana envia o pedido de socorro duas vezes antes de receberem uma resposta confirmando que um time de resgate está vindo. Alguns minutos depois, um pontinho no radar do barco começa a pulsar.

Enquanto faróis varrem a água na distância, Rostova manda Oksana se esconder, deixando a ela e a V sozinhos no deque.

— Tire a máscara — diz ela. — E o casaco.

— Você quer que eu congele até a morte antes deles chegarem aqui? — pergunta V, arrancando a máscara e prendendo-a na parte de dentro do casaco.

— Eles precisam ver seu braço. — Ela está tendo dificuldades com o embrulho de um par de seringas. Suas mãos estão tremendo e ela xinga baixinho quando se atrapalha.

Ele quase se oferece para fazer por ela, mas então ela pega o invólucro entre os dentes e o rasga, tirando uma delas e oferecendo a ele a outra ainda embrulhada.

— Pegue — diz ela. — Se não conseguir respirar, injete em sua coxa.

— O que é isso? — pergunta ele.

— Nada que vai te matar. Bom. — Ela hesita. — Talvez não.

— Que bom que eu não precisei me esconder — murmura ele.

Para seu assombro, ela o estapeia no rosto.

— Não se faça de espertinho pra cima de mim. Eu deixei você escapar com essa sua boca enorme. Qualquer outra operadora teria… — Ela se interrompe, colocando a mão sobre o chapéu enquanto uma rajada de vento tenta arrancá-lo. V toca a bochecha levemente. Não foi uma pancada forte, mas ainda dói.

— Assim que você entrar — diz Rostova — venha encontrar o barco. Você lembra onde vai estar?

Ela mostrou a ele e a Oksana as plantas do navio que estão invadindo, mas a margem de erro ainda era muito alta.

— E se não estiver lá? — pergunta ele.

— Então você encontra — retruca ela. — Aí você e Oksana vão achar um avião. Eu extraio vocês.

Ela abre o casaco dele, e ele treme enquanto ela levanta sua manga, expondo seu ombro para a injeção.

— Por favor, faça exatamente o que eu estou dizendo — diz ela, a voz de repente suave. — Lembre do seu propósito.

— Obedecer.

— Isso. Isso, exatamente isso. — Ele sente a pontada quando ela o injeta, então puxa sua camisa para baixo. Ele espera que ela se vire e corra para seu esconderijo, mas ao invés disso ela coloca uma mão em seu rosto, com suavidade, no mesmo lugar onde o acertara.

— Seja esperto. Não fale com ninguém. Não fuja do plano. Entendido? — Ele a saúda, e ela empurra sua cabeça. — Puxa-saco.

V está sozinho no deque, vendo as luzes do barco de salvamento se aproximando. Ele havia tirado seu casaco por um minuto antes de começar a tremer tão forte que seus dentes bateram e o colocou de volta. Estar sem luvas teria que servir. Seu braço biônico seria difícil de ignorar, mesmo se apenas os dedos fossem visíveis. Ele esfrega o ombro no lugar da injeção, como se aquilo fosse fazer o composto se espalhar mais rápido. Com as luzes dos barcos de resgate se espalhando pelo deque, ele foi de se preocupar com os químicos começarem a funcionar rápido demais a se preocupar que não começassem a funcionar antes dos barcos chegarem, e iam encontrá-lo consciente e veriam que era uma armadilha.

Então ele percebe que está tremendo de um jeito que não tem nada a ver com o frio.

No momento em que abordam o barco, V está jogado de lado, o estômago revirando. *Eu poderia ter fingido isso*, pensa de forma amarga enquanto engole bile.

Feixes de luz atravessam o deque, seguidos de ordens gritadas em alemão.

— Confiram o deque inferior — chama um homem. Um momento depois, alguém agarra V pelo colarinho de seu casaco e o coloca de costas no chão. — Você me entende? — O homem ladra.

— Sim. — V consegue se engasgar. — Sim.

— Para quem você trabalha? — Quando V não responde, o homem joga uma luz em seu rosto. V joga suas mãos para cima, e a luz reflete em seus dedos metálicos.

O homem agarra-o pelo pulso. O ombro de V estremece onde a prótese se conecta a sua pele. Ele segura a vontade de entortar o braço do homem até que seu cotovelo parta. Outra dor severa atravesse seu estômago e ele se engasga.

— Leve-o a bordo. — O homem chama dois de seus marinheiros. — Garantam que ele esteja amarrado.

Os marinheiros colocam V de pé, apoiando-o entre eles enquanto o arrastam para o convés do barco de resgate e para a cabine principal. Diferente do barco de Oksana, essa cabine é bem iluminada atrás de janelas pintadas de preto, e tão quente que quase faz a dor no estômago valer a pena. Os marinheiros jogam-no na mesa, então são substituídos por uma médica que checa os sinais vitais de V e administra uma medicação intravenosa e oxigênio suplementar. Nenhum dos homens veste uniforme, V percebe através de seus olhos turvos. Eles não são soldados.

Terroristas, a voz de Oksana diz em sua cabeça.

A seringa está escondida em um bolso interno do casaco. A médica está de costas para ele, e essa deve ser sua única oportunidade. Mas ele está se movendo muito mais lento que o normal. Ele não consegue fazer nenhuma de suas mãos obedecerem a seus comandos, e seus dedos estão trêmulos e desajeitados.

Justo quando consegue desabotoar seu bolso, o homem que jogou luz em seu rosto de repente surge na cabine.

— Cabo de reboque seguro — diz para a cabine. — Retornar para a base.

Ele se inclina por cima de V, observando seu rosto.

— KGB? — pergunta.

— Não — responde V.

— Soldado Invernal?

Ele não responde.

O homem o segura pelos ombros, balançando-o.

— De onde você está vindo? A que local você foi designado?

V não consegue respirar o suficiente. Seu peito parece afundar. Ele precisa da seringa. As pontas de seus dedos estão dormentes.

Um médico aparece.

— Sede ele — diz o homem. — Então comece a ventilação.

V tenta se sentar, tenta protestar, mas outra agulha — não aquela de que ele precisa — já está em seu pescoço. Ele afunda na mesa, a última coisa que vê é a insígnia costurada na manga do homem: uma caveira cercada por tentáculos.

Ele se levanta arfando, como se saindo da água.

Seu peito dói, mas ele percebe com alívio que consegue respirar novamente. Ele pisca e o mundo volta para o foco ao seu redor. Está em uma enfermaria em algum lugar — devem tê-lo levado para o navio principal, como planejado. Consegue sentir o balanço suave. Ou talvez ainda esteja tonto. Está deitado em uma cama de metal, seu braço direito preso à grade com uma algema. *Idiotas*, pensa, e leva seu braço biônico...

Mas ele não responde.

Está amarrado? Preso debaixo de algo. Se contorce para olhar. Ele ainda tem seu casaco, e balança a mão algemada, tentando soltá-la o suficiente para que consiga puxar a manga e ver o que está impedindo seu braço biônico de se mover. Devem tê-lo revistado procurando armas, mas quando se move, ainda consegue sentir o cilindro duro da seringa escondido no pano.

Mas que diabos fizeram com seu braço?

— Calma! — Um médico aparece de repente, correndo para a cama e virando V — Você vai vomitar?

— O que aconteceu comigo? — pergunta V, sentindo-se sufocado.

— Você teve uma reação alérgica. Te demos adrenalina.

— O que aconteceu com meu braço?

Ao invés de responder, o médico diz em russo:

— Por favor, descanse. Posso te dar algo para ajudar.

Quando ele se vira para o balcão alinhado à parede da enfermaria, V percebe um remendo costurado em sua manga: a mesma insígnia que os homens no barco estavam usando.

— Quem é você? — pergunta ele.

— Estou aqui para te ajudar.

— Isso não é uma resposta.

O médico olha para V por cima do ombro, então destranca um gabinete com uma das muitas chaves do anel em seu cinto.

— Você vai melhorar se descansar.

Enquanto o médico está de costas, V se vira, rolando para alcançar a parte interna de seu casaco com a mão algemada.

— Estou ótimo. Me solte.

— Você precisa ficar aqui. — O médico vira justo quando V consegue deslizar a seringa para dentro de sua manga.

O médico tem uma máscara de borracha em uma mão, e ele conecta o tubo pendendo dela a um tanque atrás da cama de V.

Ele se inclina para prender a máscara no rosto de V, mas V tira sua mão do caminho.

— O que é isso? Eu não quero.

— Soldado. Por favor.

— Eu não quero. — O médico se inclina novamente, e V o empurra novamente, mais forte dessa vez. — Me diga o que é isso ou não...

O médico se joga de repente, enfiando um cotovelo no peito de V, que arfa, seu corpo se contorcendo com o impacto, mas o médico joga uma perna na cama e contra o peito de V, forçando-o a ficar imóvel. V vira o rosto, tentando deixá-lo longe da máscara. Os lençóis são finos e lisos debaixo dele, e seus pés escorregam enquanto se debate. O médico tira o joelho de seu peito e o coloca em sua traqueia, pressionando apenas o suficiente para que V fique sem ar. A seringa escapa de sua mão.

Seus dedos do pé acertam um carrinho no final da cama e ele cai, jogando gaze e tesouras e garrafas de pílulas para cima. Uma jarra de hastes de algodão acerta o médico na orelha e ele ameniza a pressão no peito de V o suficiente para que ele coloque um pé na barriga do médico e o empurre para fora da cama. O médico acerta o chão, e V se levanta, sua garganta convulsionando em busca de oxigênio. Uma combinação de sangue e soro escapa de seu braço, e V percebe que a agulha intravenosa saiu de sua pele como uma costura. Ele não consegue alcançá-la com as mãos, então agarra o tubo entre seus dentes e o arranca. A agulha se solta com força suficiente para que o tubo seja arrancado da garrafa. Uma profusão de soro inunda o chão.

O médico escorrega enquanto se arrasta em direção ao balcão, e V nota um botão de alarme ali. Ele salta da cama, esquecendo que ainda está algemado e quase arranca seu ombro do lugar. Ele é puxado para trás, aterrissando com força com seu braço torcido na corrente atrás dele. O médico se segura no balcão, puxando-se para cima, mas V dispara um chute, acertando o calcanhar do médico e tirando seu pé de baixo dele. Enquanto cai, seu queixo acerta a bancada.

V desliza a seringa para sua mão algemada, tentando conseguir um ângulo melhor, mas o cotovelo do médico acerta seu rosto, errando por pouco seu nariz. V cai para trás, atordoado, e o médico pega um bisturi do conteúdo espalhado da bandeja revirada. Ele corta o ar, mas V esquiva. Ataca de novo, a lâmina se aproximando tanto que V percebe que o médico não vai estar ao alcance de sua seringa. Quando o médico tenta acertá-lo novamente, V se joga para frente, girando para que a lâmina ricocheteie em seu braço de metal. O médico perde o equilíbrio, e quando se estica para se apoiar na grade da cama, V enfia a agulha no olho dele. Empurra o êmbolo com tanta força que a seringa afunda no crânio do médico para além do cano.

O médico convulsiona, um grito de dor morrendo em sua garganta ao desabar. V cai na cama, tonto, seu pulso doendo onde a algema lhe rasga. Seu braço biônico ainda não se move.

Seus ouvidos estão zumbindo, mas não consegue escutar nada do lado de fora. Sem alarmes. Sem passos pesados no corredor. Se for rápido o suficiente, deve conseguir escapar antes que percebam que ele se foi.

A chave da algema está presa no anel no cinto do médico, e V a utiliza para liberar seu pulso; então coloca o corpo do médico na cama em seu lugar. V coloca o lençol alto o suficiente para cobrir o rosto do homem, então coloca gaze em sua boca para caso ele acorde, antes de recolocar a algema no pulso do homem, acorrentando-o à cama.

V arranca o casaco e levanta a manga da camisa, estudando seu braço biônico atrás de pistas da razão pela qual ele não responde. Encontra o problema rapidamente — um parafuso de uns dois centímetros e meio de largura que não estava lá antes, saindo da porta de diagnósticos. Ele não consegue ver como ele está conectado ao braço — parece magnetizado, mas quando o toca, dispara um choque tão forte que um gosto metálico inunda sua boca. Ele aperta os dentes.

V abre os gabinetes com outra chave do anel do médico, vasculhando-os freneticamente por algo que consiga retirar aquela coisa de seu braço — ou ao menos uma pista sobre o que seja aquilo. Ele se sente torto e muito pesado, a prótese puxando-o para o lado de uma maneira que nunca sentiu antes. Ele ainda está tonto por causa da briga e das drogas.

Não encontra nada para arrancar o parafuso, mas pega uma pistola com três balas na câmara. Ele a coloca no casaco, então vira-se para a porta, percebendo assim que alcança a maçaneta que esqueceu de colocar a máscara.

Ainda está presa por dentro do casaco. De repente consegue sentir seu formato contra as costelas, mais pesada que antes, como se tivesse sido forjada em aço,

Ele não precisa vesti-la. Rostova não está aqui, e essas pessoas já viram seu rosto. E seu rosto não importa. Ele é um ninguém. Apenas outro agente russo.

Obedeça, pensa. *Essa é sua única missão.*

Mas ele não quer.

Ele puxa a alça por sobre a cabeça, colocando-a no lugar antes de puxar seu cabelo de baixo. Só leva um momento para se acostumar a respirar através dela — as saídas feitas na frente estão abertas, mas algo sobre o item em si, o jeito que se fecha acima de sua boca e nariz, faz com que ele se sinta preso. De repente sente-se sufocar novamente, aquele homem no barco jogando luz em seu rosto. Água está preenchendo seus pulmões, o frio apertando ao redor dele. Suas costelas estão cedendo com a pressão.

V fecha o olho. Ele não tem tempo para ficar aqui, esperando seu corpo se colocar no lugar e parar de inventar perigos. *Está tudo em sua cabeça*, diz a si mesmo. *Não tem água. Não tem frio. Você consegue respirar.*

Abre os olhos novamente, de alguma forma mais tonto que antes, mas empurra a porta da enfermaria e vai para o lado de fora.

O corredor para além da enfermaria é vazio e industrial. Metade das lâmpadas ao longo da parede estão queimadas, e o resto pisca. O chão balança abaixo delas à medida em que o navio vai de um lado para outro, e as janelas do outro lado estão obscurecidas pelo oceano espumante. Formas congeladas ao redor do vidro como teias.

No fim do corredor, um número três está pintado em vermelho na parede, marcando o piso e a localização de uma escada. V para, respirando pesado, tentando lembrar das plantas que Rostova mostrou — não porque está procurando pelo barco. Ele precisa tirar aquela coisa de seu braço. Havia um laboratório de eletrônica marcado no mapa — piso cinco. Ele lembra de repente.

— Ei! Idiota!

Ele se vira, levantando a pistola. A porta da escadaria abre, e Oksana coloca a cabeça para fora.

Ele abaixa a arma.

— Onde está Rostova?

— Terminando a extração. Tudo bem? Parece que um caminhão passou por cima de você. — Quando V não responde, ela segura a porta e o chama para segui-la. — Vamos, precisamos chegar no hangar.

— Fizeram alguma coisa com meu braço.

— Você está ferido?

— Não.

— Certo. Então vem. — Ele segue Oksana para a escada e a segue, mas para quando chegam no quinto andar. Oksana para também quando percebe que ele não está atrás dela. — O que você está fazendo?

— Eu encontro você.

— Esse não é o...

— Eu encontro você!

Ele empurra a porta da escadaria com o ombro, a pistola na frente dele. O corredor à frente é branco e bem iluminado, com lâmpadas halógenas brilhando ao longo das paredes. Dois guardas estão postos no fim, os dois com fuzis automáticos largados contra seus torsos blindados.

O mais alto consegue gritar "*ei*" antes de V disparar.

A bala acerta o homem no joelho e ele cai. O segundo dispara assim que V se agacha de volta na escapa, pulando a porta atrás dele para que a bala ricocheteie no metal. Oksana já foi embora. V libera a cápsula vazia, preparado para atirar novamente, quando um segundo tiro ecoa nas escadas abaixo dele. Ele agacha, soltando a porta que bate. Espia pela amurada. No andar de baixo, um segundo guarda de armadura preta está abaixado, remexendo com algo em seu cinto. V percebe, quando o homem puxa o pino e a coisa começa a fumegar, que é uma granada, algum tipo de gás da escapando. Esse guarda tem um capacete ventilado e luvas para se proteger, mas ainda assim joga a lata para cima com pressa, quase se atrapalhando. Ela acerta o patamar aos pés de V.

Ele se vira, empurra a porta do corredor, e chuta a granada contra o guarda que está ali, então bate a porta novamente. Ele escuta o guarda esmurrando do outro lado, implorando para sair.

V gira quando o guarda sobe as escadas disparando duas vezes, a primeira bala ricocheteando na parede. A segunda acertando o ombro metálico de V. O guarda levanta a arma novamente, mas V se joga por cima da amurada e cai, os pés colidindo contra o peito do guarda, que voa para longe, a arma fazendo barulho ao atingir a parede. Ele avança para pegá-la, mas V pisa em seu pulso onde pende do degrau. O *crack* reverbera nas paredes, seguido dos gritos do homem. V acerta o nariz do homem com a mão, outro *crack*, e o guarda deixa escapar um gemido molhado.

V recupera a arma do guarda, confere o clipe, então retorna para o topo das escadas. Seu braço biônico morto, mas ainda efetivo quando acerta a porta, arrancando-a das dobradiças.

O corredor está inundado de fumaça. Quase tropeça no corpo do segundo guarda, esparramado no chão.

No fim do corredor, a porta que os guardas patrulhavam para o laboratório está marcada com uma placa amarelo-brilhante escrita em russo, com alemão e inglês abaixo. Para a surpresa de V, seus olhos vão primeiro para o inglês.

PERIGO
EQUIPAMENTO DE ALTA
VOLTAGEM EM OPERAÇÃO
PERIGO DE CHOQUE ELÉTRICO
NÃO ENTRE SEM EQUIPAMENTO
DE PROTEÇÃO

Tem um leitor de mãos piscando em azul do lado de fora da porta. V segura o soldado mais próximo e arrasta seu corpo para a porta. O gás começando a invadir a máscara de V, preenchendo seus pulmões, e ele se engasga. O guarda estremece quando V arranca sua luva e o levanta pelo pulso até o leitor. Há uma pausa; então a porta abre com um zumbido.

V sabe que deveria checar o perímetro, entrar lentamente, verificar os cantos antes de mover, mas respira o ar limpo do outro lado e tropeça pela porta como uma criança, caindo de joelhos e se segurando enquanto ofega. Seu cabelo cai em seu rosto, se enroscando nas correias que seguram sua máscara no lugar.

A porta fecha atrás dele, e escuta as fechaduras se reativarem.

Silêncio. Ele levanta os olhos. O quarto é pequeno — parece mais uma instalação médica que um laboratório de eletrônica, mas ele lembra da marca nas plantas. Ele se levanta, a pistola levantada em frente a ele enquanto caminha pelo corredor entre duas bancadas. No fim do corredor, uma cadeira está presa no chão. Cordas pendem frouxas dos apoios de braço e fios serpenteiam de um painel lateral. Atrás dela, uma câmara brilhante está na parede oposta, entrelaçada por uma rede emaranhada de mangueiras. O que quer que esteja dentro borbulha e ondula como uma sopa grossa, preenchendo a sala com um brilho azul e estranho. A luz fraca ilumina uma centrífuga e uma autoclave, e um conjunto de armários forrados com garrafas.

V tenta puxar as portas dos armários, mas todos estão trancados. Os painéis de vidros são temperados, inquebráveis sem a força de sua mão biônica. V encontra um conjunto de luvas pesadas que amortecem o choque do parafuso quando o toca.

Ele está pronto para removê-lo com os dedos quando alguém atrás dele pergunta:

— Posso ajudar?

Ele gira, removendo a trava de segurança de sua pistola, preparado para guardas ou soldados ou um grupo de cientistas prontos para derramar resíduos radioativos nele.

É uma mulher. Sozinha.

Seu cabelo loiro está cortado em um coque, e ela está vestida com calças de cintura alta e uma blusa branca larga. Ela é uma década mais velha que ele. Talvez mais. É difícil dizer naquela luz azulada. Ela quase parece tímida quando se aproxima, como se cruzasse um ginásio para chamá-lo para uma dança. Ele coloca a pistola em seu peito, e ela para.

E sorri.

— Não dá para continuarmos a nos encontrar assim.

Ele não se mexe. Não pisca. Nenhuma indicação de que não sabe do que ela está falando. Não dá uma chance para que ela pense que pode enganá-lo.

— Nunca fica menos estranho te ver — continua ela. — Faz eu perceber quão velha eu estou. Quantas já foram? Três?

Ele engatilha a arma.

— Cale a boca!

Ele odeia como ela olha para ele. Ele já foi estudado por médicos. Avaliado por sua condição física. Já foi examinado e investigado, mas nunca ninguém o olhou do jeito que ela está olhando. Como se o conhecesse.

Sua mão aperta a pistola. Ela de repente parece frágil, algumas faixas leves de metal, não é páreo para sua mão.

Ela dá um passo em sua direção.

Atire, pensa. Mas não consegue. Não consegue se mexer. Algo em seu olhar o prende no chão, músculos tremendo como se lutasse contra cordas.

— Abaixe a arma, Bucky — diz baixinho, e ela estica a mão, dois dedos no cano. — Não vamos nos machucar.

— Quem diabos — diz ele — é Bucky?

Capítulo 15

1941

Quando o Senhor Outrora entrou no escritório, Bucky já estava de pé. Ele nunca se sentaria, mesmo que uma cadeira tenha sido levada até a mesa imponente para ele. A recepcionista até oferecera chá ou café, escolha dele, ou talvez um copo d'água, como se fosse uma entrevista de emprego. Tecnicamente, na verdade, era. Poderiam simplesmente mandá-lo de volta para os Estados Unidos, e nunca saberia para onde levaram Gimlet. Imogen. Quem quer que ela fosse.

— Senhor Barnes. — O Senhor Outrora ofereceu-lhe uma mão para cumprimentá-lo. Ele parecia igual a quando estivera no escritório de Crawford. Inclusive vestia o mesmo terno cor de aveia, e Bucky imaginou um armário inteiro de vestimentas idênticas, paletó atrás de paletó pendurados em linhas precisas como soldados em treinamento.

— Peço desculpas pela confusão de ontem. Ao que parece sua chegada em Londres foi bem cheia, mas você lidou com isso de forma admirável. E não se machucou? — Olhou para Bucky de cima a baixo. — Onde diabos estão seus sapatos?

Bucky abaixou os olhos. Ele esquecera que seus pés ainda estavam descalços.

— Eu pisei em alguma coisa.

— Temos que lhe arranjar novos. Por favor, sente-se.

O Senhor Outrora puxou a cadeira do outro lado da mesa, tirando seus óculos grossos para limpá-los com a ponta da gravata.

Bucky não se mexeu.

— O que vocês estão fazendo com ela? Com Gimlet?

— Quem?

— Imogen. Senhorita Fleming. — Qualquer que fosse a porcaria do nome dela. — Ela não está envolvida com nada disso.

O Senhor Outrora franziu os lábios.

— Por favor, sente-se, eu vou explicar tudo. Bom, não tudo. Uma parte é confidencial. Gostaria de chá? Jane? — chamou ao corredor, e um momento depois, a secretária de aparência afetada reapareceu, segurando um bloco de papel. — Chá, se não se importar.

— Ah, já disse a ela que não... — começou Bucky, mas o Senhor Outrora interrompeu.

— Por gentileza, Senhor Barnes. Me dê a oportunidade de esclarecer suas circunstâncias atuais.

Com hesitação, Bucky se sentou na cadeira à frente do Senhor Outrora. Nenhum dos dois disse nada enquanto esperavam pelo chá. Bucky olhou para fora da janela. A luz do sol líquida embaçou as janelas, e daquela altura, naquele escritório, do outro lado da mesa deste homem e depois dos dias confusos que tivera desde que pousara ali, Bucky sentia como se estivesse olhando para uma maquete de cidade na vitrine de uma loja de brinquedos, pequena o suficiente para caber debaixo de uma árvore de Natal. Uma ponte que podia caber em seu bolso. Um domo de catedral do tamanho de uma xícara de chá.

Quando Jane trouxe o chá, o Senhor Outrora serviu duas xícaras sem perguntar.

— Você toma com leite? — perguntou a Bucky. — Açúcar está em falta esses dias, mas Jane sempre consegue pegar um pouco.

Bucky encarou o Senhor Outrora. Vapor espalhava-se no ar entre eles.

— Leite? — repetiu o Senhor Outrora.

— Eu não quero chá.

— Muito bem. — O Senhor Outrora pescou um cubo de açúcar do pote com um conjunto minúsculo de pinças, e a dissonância da atitude com o ambiente fez a cabeça de Bucky girar. Ele se sentia em uma peça, o único ator no palco que não sabia o texto, as falas e nem a porcaria do enredo.

O Senhor Outrora bateu com a colher na borda, então levantou a xícara para seus lábios.

— Eu mandei um telegrama para o Comandante Crawford.

— O quê? — Bucky inclinou-se para frente, quase escorregando da cadeira estreita. — Por quê?

— Ele pediu para ser informado sobre sua chegada.

Bucky mordeu a parte interna da bochecha.

— Ele vai receber atualizações sobre tudo o que eu fizer aqui?

— Deixarei que vocês dois discutam quando ele chegar.

— Ele está vindo para cá?

— Bom, isso se tornou um leve incidente internacional.

— Por minha causa? — perguntou Bucky.

— Por causa do grupo que você encontrou. — O Senhor Outrora abriu a gaveta de cima de sua mesa e puxou uma pasta de arquivos, a qual entregou para Bucky. — A jovem com a qual você foi extraído é Imogen Fleming. A Senhorita Fleming é filha de Edward Fleming, um dos químicos mais reverenciados da Grã-Bretanha. Ele foi designado para o Projeto Renascer dos EUA, com a intenção de trazer suas descobertas de volta até aqui e liderar um projeto para replicá-las.

Bucky abriu a pasta. Ali estavam uma série de fotografias pretas e brancas, a primeira de um garoto segurando um troféu. Ele levou um momento para se reconhecer ao fundo, seu rosto enfiado no colarinho de sua jaqueta, com Gimlet atrás dele. Lembrou-se dos fotógrafos nas portas da frente do museu se amontoando ao redor dele e de Gimlet enquanto tentavam ir embora. Ele afastou as fotos. A próxima era mais próxima, o menino com o troféu quase fora do enquadramento. A terceira era um close deles. Gimlet tinha seu rosto pressionado contra a manga de Bucky, e ele levantava uma mão como se a ponto de arrancar da câmera das mãos do fotógrafo.

Era óbvio por que demoraram tanto para mandar um carro para buscá-los no Red Lion. Assim que ele mencionou que estava com alguém, devem ter olhado nos negativos para descobrir quem era. Bucky e Gimlet ficaram em uma prisão sem saberem.

— Depois da morte do Doutor Erskine — continuou o Senhor Outrora —, o Doutor Fleming foi transferido para um projeto de pesquisa financiado pela EOE chamado de Projeto Fuga. Nossos cientistas estavam investigando o tratamento de choque pós-guerra. Você está familiarizado com o termo? *Fadiga de combate*, é como acredito que chamam nos Estados Unidos. — Bucky meneou a cabeça, mas o Senhor Outrora explicou ainda assim. — É uma desordem neurológica notada entre soldados que voltaram da Grande Guerra que se apresenta com sintomas tanto físicos quanto psicológicos...

— Eu sei o que é — interrompeu Bucky.

O Senhor Outrora deu mais um gole em seu chá. Bucky queria pegar sua própria xícara e jogá-la contra a parede. Seu coração martelava, e ele estava cansado de ser levado em círculos por nenhuma outra razão a não ser permitir que o Senhor Outrora pudesse provar quem segurava a coleira.

— Mas o Doutor Fleming tentou fugir com a pesquisa Fuga, pesquisa que não era dele, e desapareceu. Ele foi visto apenas recentemente quando seu trabalho foi listado em vários mercados clandestinos internacionais. Acreditamos que procurava por um comprador para a pesquisa roubada, usando os torneios de xadrez de sua filha para esses encontros clandestinos.

— Isso... Não. — A cabeça de Bucky rodava. Ele queria descansá-la na mesa e ir dormir para só acordar quando tudo aquilo estivesse acabado. — Ela me disse que o pai morreu.

— E é verdade — disse o Senhor Outrora, tão casualmente quanto perguntou se Bucky queria leite no chá. — Ele foi capturado por meus agentes. Quando tentou fugir, foi morto em uma troca de tiros. A Senhorita Fleming tem conseguido fugir de nós desde então.

Bucky colocou uma mão nos olhos. Ele estava tentando encaixar as peças daquele quebra-cabeças que só parecia crescer, mas as bordas não estavam se alinhando. Gimlet — Imogen — quem quer que fosse — não poderia estar no torneio como intermediária para os negócios ilegais de seu pai. Ela estivera tão assustada e confusa quanto ele, e ela correra também. Ou talvez tenha estado, e ficou com Bucky só para manter o disfarce. Talvez a registradora morta fosse sua compradora, não o contato de Bucky. Talvez não tivera sido Gimlet a pessoa envolvida naquela missão, mas o contrário.

— O que vai acontecer com Imogen? — perguntou Bucky.

— Vamos interrogá-la aqui, então levá-la para um centro de detenção no norte. — O Senhor Outrora colocou mais açúcar em seu chá, então perguntou: — Há algo mais que ela tenha contado enquanto vocês estavam no Red Lion?

Bucky abaixou os olhos para as fotos novamente. Na última, Gimlet estava com os dois braços envolvendo o de Bucky, as mangas de seu cardigã tão longas que cobriam suas mãos.

— Ela disse um monte de coisas.

— Algo sobre seu pai? Ou o trabalho dele?

— Falamos sobre… — Os detalhes da vida dela que compartilhara com ele piscaram em sua mente. Pais mortos e Fats Waller, bem como o momento peculiar no qual começou a recitar dados como se fosse uma enciclopédia, mas ele não queria entregá-los arbitrariamente a esse estranho colocando torrões de açúcar ao seu chá como se não houvesse uma guerra. — Sapos.

O Senhor Outrora levantou os olhos.

— Sapos?

— E música. E xadrez. — Ele deu de ombros, sentindo-se subitamente torto pelo peso do livro que ela escondera em seu bolso. — Só falamos, sabe. Pra preencher o silêncio.

— Você se envolveu em alguma outra atividade com ela? — perguntou o Senhor Outrora. Sua colher de chá balançou na borda da xícara. — Soube que vocês dois compartilharam um momento íntimo antes que ela fosse presa.

Bucky sentiu suas orelhas ficarem vermelhas. Ele queria devolver a cadeira à mesa e correr dali. Ou pelo menos pegar aquela xicara idiota de princesa e virar o conteúdo naquelas fotos. Ele odiava como *íntimo* fazia-o se sentir — envergonhado e jovem, como se tivesse sido pego se agarrando nos fundos do ginásio durante a dança do fundamental.

Ele poderia ir embora, mas não havia aonde ir. E aquele homem era seu guardião. Aquele era o seu lado.

Antes que Bucky pudesse responder, a porta do escritório se abriu, e um dos agentes que havia algemado Gimlet pôs a cabeça para dentro.

— Perdão, senhor, posso dar uma palavra?

O Senhor Outrora levantou-se abotoando seu casaco.

— Com licença, James, isso só vai levar...

— Ah, não com o senhor — interrompeu o agente rapidamente. — Senhor Barnes.

O Senhor Outrora congelou. Bucky se virou na cadeira.

— Comigo?

O agente meneou a cabeça, consultando um pequeno bloco de papel em uma das mãos.

— A Senhorita Fleming disse que apenas cooperaria com o interrogatório caso fosse conduzido pelo... bom, ela realmente disse, e eu cito aqui, "Agente Bucky".

Bucky estremeceu. Gimlet estava certa, ele pensou — naquele sotaque elegante, cercado por mogno e latão, aquilo o fazia parecer um esquilo de desenho animado.

— E o que eu deveria conversar com ela? — perguntou ele.

— Ela disse... — O agente olhou para seu bloco de notas novamente, então para o Senhor Outrora, que deu de ombros como se dissesse *fale*. O agente engoliu em seco, então terminou: — Ela disse que quer falar de xadrez.

Capítulo 16

1954

— Quem diabos é Bucky? — repete ele.

— É você — responde a mulher. — Ou era. Há cada vez menos de você todas as vezes que nos encontramos.

— E quem é você?

— Imogen Fleming. — Suas bochechas formam covinhas quando ela sorri. — Você me chamava de Gina. Você ainda pode me chamar de Gina. Ou Gimlet, apesar de que eu acho que você o fazia só para me provocar. Todas as cartas começavam com *minha querida Gimlet* ou *querida Gina com um toque de limão*. Você tinha um milhão de variações.

— Eu nunca te chamaria de nada. Eu não te conheço.

Ela enterra as mãos nos bolsos e olha para o chão. Seus cachos loiros tocam em seus ombros quando ela balança a cabeça.

— Bucky, já fizemos isso. Você sabe que eu...

Ele dispara. O painel de vidro na cabine atrás dela racha. Ela se abaixa, levantando as mãos acima da cabeça.

— Para de falar.

Imogen levanta lentamente, como se descongelasse, então leva a mão para o rosto. Ele quase toca o próprio de volta. Ele percebe que ela está olhando para sua máscara.

— Isso é novo — diz ela. Seus olhos vão para o braço de metal. — Posso te ajudar com o parafuso de contenção? Tem um botão que desliga o eletroímã. Eu acho que foi construído para que você não conseguisse alcançar por conta própria.

Ele mantém a arma apontada para ela, mas confirma com a cabeça.

— Volto já, já.

Ela se vira — *idiota*, pensa ele, *nunca dê as costas para um soldado* — e puxa uma gaveta do pequeno gabinete ao lado da cama. Ela joga um cardigã, várias meias de pares descombinando, e três escovas de dentes na cama antes de finalmente arrancar o fundo falso e retirar um alicate pesado. Ela não hesita ao se aproximar de V — não como deveria, considerando que ele está armado e vestido com um conjunto tático completo, enquanto ela está descalça e tem metade do seu tamanho.

— Aqui, vire-se para a luz.

Ela segura a base do parafuso com o alicate e o gira. Seu rosto se contorce com o esforço. Seu cabelo cai em seu rosto, e quando ela o tira do caminho, ele nota cicatrizes brancas correndo suas têmporas.

Há um som metálico, e então o parafuso se solta. Seu braço biônico torce no lugar, e ele sente o pulso elétrico quando ele liga novamente até os dedos dos pés. Gira o ombro, sentindo-se como se recolocasse uma articulação, e testa os pulsos e dedos. Há um breve atraso, mas tudo funciona.

— Pronto. — Imogen joga o alicate na cama, então alonga os dedos com a outra mão. — Agora, será que você...

Ele levanta a arma novamente, agora nas duas mãos.

— Coloque suas mãos na cabeça e vire-se para a parede.

— O quê? — Ela franze o nariz. — Não, não vou fazer isso.

Nenhum dos dois se move. Ele não sabe o que fazer com alguém que não quer lutar ou correr ao vê-lo. Ela nem parece assustada. Se muito, parece zangada.

Em algum lugar no navio, um alarme soa. Seus olhos se movem para a porta.

— Eu acho que é esperar demais que você tenha vindo para me tirar daqui? Pelos velhos tempos.

— Não temos velhos tempos. Eu não te conheço.

— Conhece, sim. Nos conhecemos na guerra.

— Não nos conhecemos, não.

— Éramos crianças — suspira de maneira teatral. — Crianças brilhantes e estúpidas. E tão lindas. Absolutamente deslumbrantes, nós dois. Nos conhecemos jogando xadrez. Bom, quase. Eu estava jogando xadrez. Você estava se alistando a um programa de espionagem Aliado. Recém-saído de um navio de... Calma, vou lembrar.

Ela pressiona os dedos contra as têmporas.

— Minha mente já não é mais a mesma. Virginia, não era?

Ele percebe de repente que estiveram falando em inglês o tempo inteiro. Ela falara com ele, e ele respondera. Não falava inglês com ninguém fora dos testes de linguagem na base.

— Você é... — Ele tem dificuldade para localizar o sotaque. — Estadunidense?

— Inglesa, na verdade, se não se importar. — Balança uma mão. — Me chame do que quiser, mas por gentileza, não me acuse de ser dos Estados Unidos.

Ela ainda está fitando-o, uma escultora lentamente removendo granito.

— Anda. Nada ainda?

— Sou russo — diz ele.

— Na verdade, não. E eu acho que você sabe disso, também. Sempre acaba voltando, como a luz do sol por entre as persianas. Você nunca consegue fechar a janela totalmente.

Ele aperta os olhos, só pelo tempo de uma respiração, como se aquilo fosse acordá-lo.

— Eu não te conheço.

— Você é estadunidense.

— Não sou.

— Um soldado estadunidense.

— Você está mentindo.

— E um agente do Departamento de Estado dos EUA e da Executiva de Operações Especiais da Grã-Bretanha. E então você foi recrutado pela Legião da Liberdade. Você lutou ao lado do Capitão América.

— Você está mentindo!

— Então atire em mim! — Ela abre os braços em um convite, e por um momento ele acha que ela pode abraçá-lo. — Atire em mim — repete, e então ri. De maneira enlouquecedora.

— Eu não lutei ao lado do Capitão América — diz ele por entre dentes cerrados. — Eu nunca colaboraria com estadunidenses.

— Eu te vi nas notícias algumas vezes. No plano de fundo. Te mantinham fora dos jornais quando podiam. Fazer a limpeza depois do Capitão América realmente não contribui para a façanha heroica que o front precisa para manter a esperança. E seu uniforme não era tão apertado quanto o dele, o que era decepcionante para as partes interessadas. — Ela sorri. — Eu te escrevi uma vez perguntando se o capitão tinha uma namorada, e se não, se você nos apresentaria. Você não achou tão engraçado quanto eu. Você sempre foi meio possessivo com ele. Ou comigo. Eu nunca tinha certeza.

Ela toca sua própria bochecha novamente.

— Posso?

Ela se aproxima lentamente, como se estendesse suas mãos entre as barras de uma gaiola de leão. Quando seus dedos tocam seu rosto, as mãos dele sobem, segurando seus pulsos. A pele dela é quente, e ele consegue sentir seu pulso martelando a palma.

E então…

Nas primeiras férias dele, se encontraram em Coney Island. Ele esperou por ela em um banco à sombra de um toldo de uma das barracas de cachorro-quente, incerto se ela viria. O uniforme parecia duro e estranho — não era o seu. Deram um para cada membro do esquadrão antes das férias.

— Pelos benefícios — dissera Steve, brincando com a aba do seu chapéu, divertido.

O frio do outono mantinha os praieiros longe. O céu estava brilhante, o ar vindo da água fresco e frio, e quando ele a viu caminhando em sua direção, levantou-se.

Ela já estava sorrindo antes de alcançá-lo, tão largo que suas bochechas formavam covinhas, e ela disse do outro lado do calçadão:

— Não é bem como o Hotel Astor, mas eu acho que serve.

Ele riu, e ela esticou o braço para tocar seu rosto — para beijá-lo? — mas ele a agarrou pelo pulso, empurrando sua mão para longe em um reflexo. Sua pegada foi forte o suficiente para deixar uma marca e ele sabia. Mas não conseguia lembrar da última vez que alguém o tocou sem querer machucá-lo, e os instintos de soldado que ele passara os últimos meses aprimorando o dominaram.

Ele soltou

Ele solta.

Ela mantém a mão ao lado do seu rosto, flutuando a poucos centímetros de sua pele antes de ir para frente e prender os dedos na beirada da máscara. Gentilmente, como se removesse um curativo, ela a remove. Ele respira, como se estivesse nadando há muito tempo.

— Oi — diz ela baixinho.

— Oi — disse ela baixinho.

— Me desculpe — disse ele. — Eu não sei o que...

— Tudo bem. Vamos sentar.

Sentam-se em pontos opostos de um banco no píer, olhando para a água. O vestido dela era verde, o casaco surrado e xadrez. Havia buracos nos punhos do seu cardigã onde ela pressionava os polegares contra a lã. Suas bochechas estavam rosadas com o frio. Seu batom ainda era o mesmo vermelho papoula.

V dá um passo para trás, se segurando no balcão, tonto, a visão embaçando. De quem eram essas memórias?

— Eu... — Sua garganta parecia inchada, e ele olha para baixo, meio que esperando ver seu uniforme salpicado de areia.

Seu uniforme estava salpicado de areia, jogada pela brisa. Música flutuava do calçadão, o calíope do carrossel era abafado pelo baque surdo da pista frágil toda vez que o Ciclone caía. Se houvesse pessoas a bordo, elas gritariam. Os dedos do pé dele curvados dentro da bota com o pensamento. Pressão em seu peito, como se tivesse dado um gole é um chá quente demais.

Quando ele começa a falar, não consegue parar. Ele contou tudo a ela. Sobre Cherburgo. A fábrica de munições em Novara e a tempestade de neve em Orleans, onde ficara em uma trincheira com Steve a noite inteira, molhado até os ossos e se perguntando se seriam as intempéries que o matariam antes que os alemães conseguissem. Steve recitara todas as estatísticas que conseguira lembrar das cartas de beisebol do Cracker Jack *para distraí-los do frio. Ele disse a ela que era o único da companhia que ainda vomitava depois de cada salto de paraquedas. Contou sobre as praias escurecidas pelo sangue. O sonho que ele continuava tendo sobre o franco atirador alemão para o qual havia se esgueirado e atirado na cabeça. A primeira vez que* realmente *achou que fosse morrer. Disse a ela todas as histórias que nunca seriam contadas fora das fileiras apertadas da legião com que viveu tudo aquilo. Ele contou sobre o sangue debaixo das unhas que nunca ia embora, e ela pegou sua mão ainda assim. Lentamente.*

Ele está arfando.

— Do que você lembra? — pergunta ela.

Eles reservaram um quarto de hotel fora do calçadão.

— O toque é um gatilho poderoso.

Quando ele acordou enroscado em lençóis ásperos, ela estava enrolada ao seu lado, respirando leve. O travesseiro manchado com seu batom.

— Vamos, Buck — sussurra ela.

Ela perguntou quanto tempo ainda tinha de férias, e ele pensou em seus planos de encontrar Steve na parte alta da cidade e dirigir juntos até Washington, pegando o caminho mais longo para que pudessem ver a folhagem em plena floração.

Ele poderia ir de trem. Ele poderia ficar mais alguns dias com ela.

— Eu… — As palavras acertam sua garganta como pílulas secas, impossíveis de serem engolidas sem dor. — Eu sou o Soldado Invernal.

— Seu nome é James Buchanan Barnes — diz ela. — Seus amigos te chamam de Bucky. Você estava em um acidente de avião, e quando não conseguiram encontrar seu corpo, você foi considerado morto pelo exército estadunidense. Mas você não tinha morrido. Você foi sequestrado por um ramo secreto da KGB comandado pelo Coronel Vasily Karpov e usado como uma cobaia nos experimentos deles com implantação de memória e obediência forçada.

Ele coloca os dedos na testa.

— Eu saberia se eu fosse um agente dos Estados Unidos.

— Os soviéticos estiveram alterando e suprimindo suas memórias há uma década. Já nos vimos antes. — A confusão pisca em seu rosto, seguida pela dor. — Você e sua operadora. Como é o nome dela?

— Rostova.

— Ah, sim, a Condessa Natalia Ilyinichna Rostova. Pelo menos, eu acho que é o nome da personagem. Faz muito tempo desde que li *Guerra e Paz*. E, como eu mencionei — Ela toca as cicatrizes nas têmporas —, minha mente também não é inteiramente minha. Eu fugi por muito tempo. Você e sua parceira me encontraram alguns anos atrás em Amsterdã. E então em Marrakesh. Meu Deus, eu odiava o calor lá. Aquilo foi... não tenho certeza. A Hidra me encontrou não muito tempo depois. Você já encontrou esse lugar antes, mas... — Ela abaixa as mãos. — Desculpa. É muito difícil acompanhar o tempo quando você passa a maior parte dele presa em um laboratório enquanto super nazistas acabam com seu cérebro.

Ele não se lembra de Amsterdã. Ou de Marrakesh — nem sabe se conseguiria encontrá-las em um mapa. Ele não conhece aquela mulher, mas de alguma forma lembra do cheiro de seu perfume.

Ela morde o lábio.

— Nunca demorou tanto para você lembrar de mim antes, e vou ser sincera, você está partindo meu coração. Mas eu sei que você ainda está aí. As drogas e os choques e o que quer que eles estejam fazendo com você não vão funcionar, porque suas memórias verdadeiras de quem você era, de quem você é, sempre voltam.

— Se eu e Rostova encontrássemos você, você estaria morta — diz ele. Seus dentes de trás estão cerrados com tanta força que suas têmporas doem.

Mas ela balança a cabeça.

— Vocês não podem quebrar os produtos, querido.

E então ele percebe:

— Estamos aqui por sua causa. Você é a extração.

Ela oferece suas mãos, pulsos pressionados juntos como se estivesse se apresentando para ser algemada.

— Nossos cérebros estão cheios de marcas de outra pessoa.

Ele pensou que Rostova estava atrás de um arquivo. Um pedaço de informação ou uma caixa lacrada cujo conteúdo ele nunca veria. Nem uma marca. Ele tinha que levá-la. Ele tinha que forçá-la a ir para o hangar onde Oksana estava esperando. Terminar o trabalho antes que Rostova tenha que se meter.

Mas então ela diz:

— Ainda bem que é você. O MI5 deve estar vindo também, e eu preferiria não ficar sob os cuidados de algum menino inglês que dormiu durante as aulas da Escola de elite da Inglaterra.

— Você tem que vir comigo — diz ele, mas ela continua falando como se não tivesse escutado-o.

— Você sabe o que é um desperado? No xadrez? Um desperado é uma peça que você sabe que não consegue salvar, então você causa a maior quantidade de dano possível antes que ela morra. Foi isso que eu te disse que eu era, em uma de nossas cartas. Você me disse que eu tinha uma opinião muito forte sobre mim mesma. O que era verdade. Você não estava errado. Mas todo gambito precisa de um sacrifício.

Algo forte acerta a porta do laboratório. V e Imogen viram-se para ela.

— Ah, aí está ela. Rostova. — Imogen meneia a cabeça, como se isso fosse mais um ponto previsível da trama, um livro que ela já leu antes. — Pode deixá-la entrar. Eu não ligo. Mas se ela souber que você se lembra de alguma coisa, vão fazer tudo de novo com você. As drogas e os choques e qualquer inferno que já fizeram você passar para garantir que não saiba quem é. Você vai começar do começo, de novo. Toda vez, eles chegam perto de se livrarem de você completamente. E isso. — Ela levanta uma mão para ele, como se o encorajasse a ficar parado antes de uma foto — Isso é o fim do jogo.

No brilho do tanque atrás deles, ele quase consegue ver outro rosto atrás do dela, alguém mais jovem, mas com a mesma sobrancelha erguida e boca vermelha.

Ele levanta a pistola novamente, apontando-a para o rosto dela.

— Eu não preciso de conselho dos inimigos da URSS.

— Eu não sou sua inimiga, Bucky.

— Não me chame assim.

— É seu nome. Seu nome é James Buchanan Barnes. Seus amigos te chamam de Bucky.

— Pare.

— Você nasceu em Shelbyville, Indiana. Você tem uma irmã chamada Rebecca. Você odiava a escola, e conseguia dormir em qualquer lugar, e você tinha esse jeito particular de amarrar os sapatos que não fazia sentido para ninguém.

— Eu disse pra você parar!

Ela dá um passo à frente, agarrando o cano da arma e pressionando-a contra sua própria testa. Ele está tão chocado com o movimento que quase deixa a pistola cair.

— Quando nos conhecemos — diz ela —, você estava vestindo a jaqueta de couro mais idiota da história. Você achava que fazia você parecer durão.

Sua outra mão está no braço dele, ele percebe, escorregando para seu ombro. Ele está segurando sua cintura, sem perceber que se mexeu.

— Você amava motos e ameixas e Coney Island.

— Cale a boca.

— Você dançava bem. Sabia os nomes das estrelas. Sempre foi tão fácil te fazer ruborizar. Você sabia as letras de todas as músicas de amor no rádio.

Ela coloca o dedo junto ao dele no gatilho.

— Você lembra daquela sobre o rouxinol? Alguma coisa sobre um beijo e um adeus. Eu não consigo lembrar mais.

Ela se inclina para ele, mantendo o cano da arma em sua testa enquanto descansa a cabeça em seu ombro. Quando ele fecha os olhos, ele lembra — *ele lembra!* — só por um momento — do gosto de sua boca. Do calor de seu beijo. *Gina com um toque de limão.*

— Mas quando a música chegar, saberei que é sua.

Capítulo 17

1954

Quando Rostova puxa a porta do laboratório, ela quase atira nele.

— Vronsky — sibila, abaixando a arma. — O que você está fazendo? Eu disse para você ficar com...

Ela para quando vê o corpo de Imogen no chão.

— Você a matou.

Ele consegue sentir o sangue dela na camisa, ainda quente e grudento, mas o material é muito escuro para Rostova ver a mancha.

— Ela se matou. Eu não consegui impedi-la.

Rostova segura Imogen pelo braço e a coloca de costas, procurando pela pulsação antes de remexer em seus bolsos.

— Ela tomou alguma coisa? — Quando ele não responde, ela grita: — Vronsky!

Ele está dobrado. Seus membros estão tremendo. A vida de outra pessoa está piscando em sua mente como uma paisagem do lado de fora de uma janela de um carro em alta velocidade.

Cerveja de raiz em um copo congelado. Água vinda da mangueira de um quintal.

Tirando discos da embalagem com o mesmo cuidado de se mexer em um gatinho.

Pneus de bicicleta no asfalto.

Um juramento feito à uma bandeira estadunidense.

— Vronsky, preste atenção! — ruge Rostov, e ele se empertiga. — Ela tomou alguma coisa? Uma pílula, uma cápsula?

— Não. Nada. — Ele a vê checar o corpo de Imogen, colocando os dedos debaixo da língua e mexendo no sutiã.

Chá amargo em uma xícara de porcelana.

Um nó ao redor do pescoço, mãos carinhosas mostrando-o como fazer. "Não acredito que ninguém nunca te ensinou antes, Buck".

— Você ia levá-la.

— O quê?

Rostova termina de verificar o corpo, então anda para o pequeno quarto. Ela arremessa os travesseiros, jogando o cardigã dobrado em cima deles para longe. V nota o remendo nos cotovelos, costurado e rasgado e remendado e remendado de novo.

Ela puxava as mangas por cima das mãos até os polegares fazerem furos. Ela mastigava os botões quando estava nervosa.

Rostova arranca os lençóis da cama e os balança, então desliza uma mão para baixo do colchão. Para, tateando entre as molas, então emerge com... um livro.

Seu rosto se contorce em um sorriso.

— Isso — diz ela, abrindo a capa. — Isso é o que queremos.

Ela mexe no livro e, como um coelho de mágico, levanta uma pequena garrafa de vidro, o adesivo ao redor da rolha sujo de poeira. Dentro há uma pílula.

Rostova joga o livro para ele.

— Segure isso. Eu acho que não é nada, mas Karpov que vai querer decidir isso.

Ela tira um estojo do cinto e, com a precisão e cuidado de alguém lidando com uma bomba, transfere a garrafa para o interior acolchoado. V baixa os olhos para o livro. A encadernação é vermelha e a ilustração na capa está tão desbotada que sumiu completamente em alguns lugares. Alguém reescreveu o título em caneta — *Cem Grandes Jogos do Xadrez Moderno*. Ele abre a capa, esperando encontrar o mecanismo que mantinha a garrafa dentro, mas ao invés disso vê que uma das páginas da introdução está marcada. A primeira seção tem um título, em negrito, "**O Gambito da Rainha, Explicado, Aceito, Recusado**".

Um gancho o pega entre as costelas e o puxa. Ele está caindo em algo que não consegue lembrar.

Cerveja quente e um assado frio.

A janela do hotel com a visão de uma parede de concreto. "Uma vista cinco estrelas," ela provocara. "Você realmente sabe como fazer uma garota se divertir."

— Acorde. — Rostova bate as mãos na frente de seu rosto, e ele se assusta. — Encontre álcool isopropílico. — Ela fala com ênfase deliberada, e ele sabe que ela já tinha dado aquelas instruções e não teve resposta. — Eles têm que ter um pouco disso aqui.

Todos os armários estão trancados, mas as portas saem fácil com seu braço biônico. Ele ainda consegue sentir o fantasma de uma corrente elétrica correndo por ele. Talvez o zumbido fraco sempre esteve lá. Talvez apenas tenha se acostumado.

Ele encontra uma garrafa de álcool e a desliza no balcão para Rostova, que está derramando pastilhas que encontrou debaixo da pia dentro de uma garrafa de vidro. Ela destampa o álcool, cheira, e acena com a cabeça.

— Pegue isso. — Ela desamarra o fuzil automático de suas costas e o entrega, então tira a pistola do coldre na perna. — Coloque sua máscara. Anda! Por que você tirou?

Ele puxa sua máscara para cima do nariz novamente enquanto Rostova arranja uma máscara cirúrgica de uma gaveta e a prende no rosto.

— Cuide da porta. Tinha guardas atrás de mim. Eles estão nos esperando.

V se posiciona em um lado da porta, Rostova do outro. Ela destampa o álcool isopropílico, o esvazia na garrafa, então recoloca a tampa. V espera, os dois observando a garrafa. A mistura borbulha por um momento, então começa a efervescer.

— Porta! — grita Rostova.

V acerta a porta com o ombro de metal e as dobradiças partem. Ele segura a maçaneta enquanto Rostova joga o explosivo no grupo de guardas reunidos no corredor e levanta a porta sobre ambos, um escudo contra a explosão.

A garrafa estoura. Cacos de vidro afundam na parede. Uma nuvem espessa de fumaça acre preenche o corredor, e os olhos de V lacrimejam. Rostova olha pela beirada da porta, então o empurra para frente.

Os guardas estão deitados de costas, ensanguentados e gemendo. Um consegue se levantar e se lança contra eles, mas V o acerta com a porta, prendendo-o na parede antes de seguir Rostova.

Eles entram na primeira escadaria que encontram marcada com ACESSO AO DEQUE DO TELHADO — ACESSO PROIBIDO. Dois vãos acima, V escuta a porta abaixo deles ser aberta com força, e um tiro ricocheteia. Ele quase tropeça nas escadas estreitas, seus próprios pés parecendo muito pesados de repente, mesmo nas botas macias.

A porta no topo das escadas está destrancada. Uma rajada de ar gelado joga Rostova um passo para trás quando ela abre. V levanta uma mão para seus olhos para protegê-los da neve, observando o deque. Eles devem ter sido alcançados por uma tempestade, ou então é o balançar do navio que está mais forte aqui. Até a sola grossa de suas botas têm dificuldade para se manterem nas tábuas geladas. Do outro lado do deque, alguns aviões menores estão alinhados, suas asas cobertas de neve. Um rastro fresco corta a pista pela metade.

— Onde… — começa Rostova, mas é interrompida por uma chuva de balas que vem do canto do telhado. V mergulha atrás de um foco de luz montado perto da porta. Do outro lado da escadaria, Rostova se protege atrás de um exaustor cuspindo vapor branco na noite. Ela se inclina para fora e atira de volta, então recua rapidamente. Ela encara V e balança a cabeça. Não vai adiantar lutar. O vento está muito forte, e estão em menor número.

O som de tiros é abafado pelo rugir de um motor, e os guardas mudam a mira para cima. Um avião mergulha baixo sobre o convés e os guardas se espalham, saltando para longe para evitarem ser atingidos pelas asas. V vislumbra Oksana na cadeira do piloto, seus cachos esmagados pelo fone.

— Ela está dando a volta — grita Rostova, e V assiste enquanto a escotilha no lado do avião é aberta e uma escada de corda cai.

Ao mergulhar novamente, Rostova e V ficam de pé em um salto e correm paralelos ao avião ao longo da beirada do telhado.

V segura o último degrau da escada com seu braço metálico e se puxa para cima. Abaixo dele, Rostova ainda está correndo, o final do deque se aproximando. Ele prende o ombro no último degrau e se inclina para o mais longe que consegue, esticando o braço metálico para ela.

— Pule! — grita, apesar de não saber se ela consegue escutá-lo.

Rostova salta de súbito na amurada do deque e se lança em direção ao avião. A mão dela segura ao redor do pulso de V, pés chutando ferozes procurando a escada, como se nadasse.

Há outra profusão de tiros, e o avião desvia enquanto balas acertam o trem de pouso. A escada balança descontroladamente e Rostova solta a mão de V, que segura o ar, tentando pegá-la, mas ela voa por um momento antes de acertar o deque novamente. Ela cai de costas no telhado de uma torre de vigia. Ao começar a deslizar, ela se debate para tentar se segurar, mas o telhado é liso e está com neve, e ela cai do beiral no telhado de zinco do abrigo abaixo. Sua cabeça acerta o metal.

O avião vira, as asas balançando. A escada balança na tempestade.

V prende o braço no último degrau da escada e desce o máximo possível antes de se soltar. Seus pés acertam o deque e ele rola, tentando compensar o impacto dos joelhos, mas ainda sente as ondas de choque através de suas canelas.

Atrás dele, um guarda balança o fuzil, mirando, mas V dispara em frente, agarrando o cano com a mão biônica antes que ele consiga atirar e dobrando-o ao meio. O homem solta o fuzil, e a troca súbita de peso faz V cambalear para o lado. O guarda dá um soco selvagem, e V bloqueia. Ele nota um brilho metálico na outra mão do atacante logo antes do guarda atacar com uma faca. V bate o antebraço no pulso do mundo, entortando-o para trás até que solte o cabo. V o agarra, gira a lâmina, então levanta-a antes de afundá-la no ombro do homem. O urro de dor do homem transforma-se em um gorgolejar molhado, e V o derruba com um chute na barriga.

V corre e salta, agarrando a beirada do telhado onde Rostova caiu. Ele se joga para cima, segurando-se tão forte com a mão de metal que os painéis se soltam. Ele segura Rostova debaixo dos braços, pondo-a no ombro antes de pular pela beirada, abaixando-se atrás do abrigo para se proteger. Rostova não se mexe.

Os tiros individuais dos fuzis morrem de súbito, trocados por um *thunk* ritmado de uma metralhadora. V aperta os dentes. Eles não vão durar muito aqui — tiros automáticos vão rasgar o abrigo de metal em minutos. Ele procura no céu, mas o avião de Oksana se foi.

Rostova pegou um fuzil de um dos guardas que incapacitaram com a bomba improvisada, e V solta as alças ao redor dela, encaixa a coronha no ombro, então inclina cuidadosamente para fora do abrigo. Os guardas metralham o deque furiosamente, girando a arma montada em um arco indiscriminado; V espera até o atirador virar, e dispara, matando-o com uma bala no pescoço. No chão ao lado de V, Rostova geme, tendo dificuldade para se levantar. Ela vomita e V segura o ombro de seu casaco, quase tirando-a do chão enquanto ele a vira para o lado para que não se afogue. Ela se engasga, cuspindo bile na neve.

— Fique aí. Não se mexa. — Ele coloca o fuzil de precisão de volta em seu ombro e se inclina para fora, apenas para recuar, cego pela luz varrendo o deque. Ele coloca uma mão nos olhos, a visão explodindo de cores, enquanto a luz de busca se move no céu procurando o avião de Oksana. V solta a cápsula vazia do fuzil, então sai novamente para atirar. O homem na luz desaba.

— Você devia ter me largado. — Rostova limpa a boca com as costas da mão.

— Você devia ter me dito isso antes. — Ele dispara novamente, e a bala quebra a superfície da luz de busca. O feixe se estilhaça no céu.

O ronronar de um motor se eleva atrás deles, e V se vira. O avião de Oksana está vindo em sua direção, longe o suficiente para que os disparos antiaéreos não consigam acertá-la, mas mergulhando em direção ao mar. Ela vai errar por pouco o deque superior, mas a escada ainda está pendurada na barriga do avião.

V agarra Rostova pela frente do casaco e a coloca numa posição sentada. Ele não tem certeza de que ela consegue aguentar, então ele tira as alças do fuzil e as prende nos pulsos dela, amarrando-os juntos antes de colocá-los no próprio pescoço. A corda arranca uma lasca de pele nua em sua garganta, onde a gola da camisa se enroscou, mas está com tanto frio que mal sente.

Uma chance.

Ele se joga para cima, cambaleando por um momento antes de se acostumar com o peso extra de Rostova, então corre para o parapeito do navio. Tiros e espalham no deque abaixo de seus pés. Enquanto o avião de Oksana mergulha, V pula, esticando o braço metálico na direção da escada.

De alguma forma, ele consegue se segurar. Seu corpo balança, e ele sente os circuitos em seu ombro reclamarem. Oksana sobre o avião logo antes de acertarem a água, tão perto que V sente os esguichos no rosto. A escada balança, e ele demora para conseguir pôr o pé no último degrau. Ele muda o peso, tentando puxar a si mesmo e Rostova, mas a sola de seu sapato está escorregadia por causa da neve. Ele perde o prumo e inclina para trás, a água escura se levantando para encontrá-lo.

Mas então Rostova joga as pernas ao redor de sua cintura e prende os joelhos na escada. A fricção diminui a velocidade de sua queda, o suficiente para colocar os cotovelos nos joelhos dela e segurar um dos degraus. Rostova geme com dor e V se puxa, pés na escada. Ele a segura na cintura e os leva para cima.

V empurra Rostova para dentro do avião, então engatinha antes de desabar. Rostova está esparramada ao lado dele, peito descendo e subindo. Da cabine, Oksana grita alguma coisa, mas os ouvidos dele estão zumbindo. Ele balança a cabeça, tentando se livrar do barulho. Oksana aponta para Rostova, então mostra o polegar, para cima e para baixo. *Viva ou morta?*

V rola e rasteja pelo porão de carga para onde Rostova está deitada. Ela está com uma perna erguida e um braço jogado por sobre a barriga. Seus olhos perderam o foco, e quando ela tosse, sangue se espalha em seus lábios. V mostra um polegar sombrio para Oksana.

À medida em que o avião voa, V coloca Rostova em um dos assentos e coloca os cintos por cima de seus ombros. Ela sibila de dor quando ele os aperta, a cabeça caindo para frente em seu peito.

— Fique acordada. — Ele estapeia sua bochecha de leve, e ela levanta a cabeça, piscando para ele.

— Qual deles é você? — Suas palavras são arrastadas, e o motor está tão alto que ele não tem certeza de conseguir ouvi-la direito. — Bolkonsky? Ou… Karenin? Eu não… Pare, fique quieto.

Ela agarra seu queixo, tentando tirar sua máscara.

Ele prende o cinto nela, mas ela se empurra para frente com uma força que surpreende ele.

— Eu não consigo lembrar… — Sua cabeça se inclina para um lado, então para outro. — Eu não consigo lembrar quem é você.

Ele pega sua mão antes que ela o segure novamente.

— Sou eu — diz, baixinho. — Sou só eu.

— Preciso ver…

— Você bateu a cabeça.

— Deixe-me ver seu rosto. Eu sempre sei quem é.

— Certo. — Ele aperta o cinto, então se agacha na frente dela, tirando a máscara para que ela possa vê-lo. Em algum lugar no deque, ela perdeu o tapa-olho, e V percebe que nunca a viu sem ele. Seu olho danificado é de um branco leitoso, com veias vermelhas qual raios correndo de maneira sinistra por onde a pupila costumava estar. A pálpebra é caída e a pele sob o olho pinga como cera derretida.

Ela segura seu rosto e o puxa para perto do céu, estudando-o com uma vista sem foco. Então ela se inclina para frente novamente, sua testa descansando em seu peito.

— Não. Ah, não, não, não.

— O que foi? — pergunta ele, alarmado. Ele se pergunta se há sangue em seu rosto, ou alguma ferida que ele não teve tempo de conferir. — O que foi? O que aconteceu?

Rostova afunda em seu assento.

— Tarde demais — murmura. — Tarde demais de novo.

Capítulo 18

1941

Quando Bucky entrou na sala de interrogatório, Gimlet já se sentava à mesa no centro, suas mãos algemadas descansando na beira do tabuleiro de xadrez. Bucky não tinha ideia onde encontraram, apesar de que este escritório parecia ser o tipo de lugar que teria exatamente o que você precisava.

Ela estava encarando a parede e não olhou para ele quando ele pegou a cadeira oposta à dela. Todos os móveis da sala, percebeu, estavam aparafusados no chão.

— Certo. Então.

Ele não tinha certeza de como começar. A secretária do Senhor Outrora lhe dera um roteiro básico, permitiu que lesse duas vezes antes de ser tirado e ele fora enfiado ali para encarar Imogen. Ele não esperara sentir-se preparado, mas também não imaginara o quão diferente Imogen pareceria da garota com quem passara a noite. Sua camiseta estava presa às suas costas, e ele resistiu à vontade de tirar sua jaqueta. Ele ainda estava sem sapatos, e o piso estava tão quente quanto asfalto de verão contra seus pés.

— Eles me pediram para dizer que a sala tem escutas — disse ele, finalmente. — E que estão assistindo.

Imogen olhou para cima, e Bucky acenou para o painel de vidro opaco na parede atrás dela.

— Então me permita mandar votos de felicidade aos homens e mulheres da EOE ouvindo. — Ela levantou as mãos algemadas e balançou os dedos acima da cabeça. — Rainha, país, e essas coisas, eu espero que vocês estejam muito orgulhosos.

Bucky pegou suas mãos, prendendo-as à mesa.

— Olha, por que você não diz o que...

— Qual é o seu nome? — perguntou ela.

— O quê?

— Você sabe o meu. — Ela se inclinou para frente sobre os cotovelos. — Me parece justo.

— Justo? — repetiu Bucky. — E desde quando você se importa com algo justo? Você me enganou?

— Ah, foi?

— Eu achei que você estivesse lá jogando xadrez e foi pega em minha bagunça, mas na verdade você era a bagunça o tempo inteiro.

— Você é quem começa. — Ela bateu o dedo no tabuleiro. — As brancas sempre começam.

— É sério que vai ser assim? — perguntou. — Jogando xadrez?

— Seus operadores lhe deram a impressão que seria diferente?

— Eles não são meus operadores — retrucou Bucky. A palavra o fazia se sentir como um cachorro de apresentações. — E isso — Apontou para o tabuleiro — é uma perda de tempo.

Um sorriso fraco mexeu os lábios dela.

— Entretenha-me. Eu não tenho outro lugar para ir.

Bucky se perguntou o que aconteceria se ele se recusasse. Ou se levantasse e fosse embora. O que o Senhor Outrora diria? Ele pegou um peão, levantou-o em frente a seu rosto, então o colocou dois quadrados para frente.

Ela sorriu.

— Sabe, uma das coisas que eu gosto no xadrez é que não tem tantas formas de se começar um jogo. A abertura inglesa, essa eu que te ensinei. — Ela pegou um peão e o moveu para combinar com o dele. — Sempre começa igual, mas com cada decisão que você toma, o potencial para seu próximo movimento se torna cada vez mais infinito. Não podemos mensurar em quantas direções diferentes nossas escolhas dividem nosso futuro. Mas então, no fim, a conclusão é sempre uma de três: você ganha, ou eu ganho, ou empatamos. É sua vez de novo.

Ele moveu seu cavalo para trás de seu peão.

Ela acenou com a cabeça.

— Então essa é uma variação holandesa na Abertura Bird. Para seu próximo movimento, se me permite, tente uma Índia do Rei, com o ataque do lado do rei preto. A aposta é, claro, que a Índia do Rei não é uma sequência específica de movimentos, mas sim um sistema que você modifica a seu critério. Claro, se você insistir na Abertura Bird, retornarei o peão para e6. O peão do d5 também é uma opção, assim como o c5. Entende o que quero dizer? — Ela se aproxima e reorganiza o tabuleiro, movendo as peças para seus lugares originais. — Lembra-se da história que te contei, sobre Edward Fleming?

— O jogador de xadrez que não desistia.

Ele moveu seu cavalo primeiro dessa vez. Ela assentiu com a cabeça, um pequeno tique que ele não notara até aquele momento — o pequeno meneio de cabeça depois de cada movimento.

— Ele nunca desistiu de um jogo. Nenhum, em toda sua carreira. Eu sempre pensei que aquilo era coragem de verdade. Um verdadeiro espírito esportivo. Continuar lutando mesmo quando você sabe que perdeu. Lutar de joelhos, com o rosto na lama. — Um pequeno vinco apareceu na pele entre suas sobrancelhas. — Quando ele tinha dezoito, Eddie foi mandado para a França. Ele era um tuneleiro. Cavava túneis para explosivos abaixo das linhas inimigos. Era um trabalho podre. Tão frio que a maioria dos homens perderam dedos dos pés. Eddie ficava doente sempre. Os túneis eram pouco mais largos que seus ombros, e às vezes precisava rastejar de barriga por quilômetros. Às vezes as paredes desmoronavam em cima dele.

Bucky moveu seu peão correspondente.

— Ele era seu pai.

O vinco ficou mais profundo.

— Bem observado.

— Eu achei que você tinha dito que ele sobreviveu na guerra.

— Ele voltou para casa. — Ela pegou seu cavalo, girando-o nos dedos enquanto observava o tabuleiro. — Não é a mesma coisa, não é? Ele podia ter sido o maior jogador de xadrez do mundo, mas no primeiro torneio que ele entrou depois da França, ele apenas sentou-se ali, encarando o tabuleiro.

— O que tinha acontecido com ele?

Ela deu de ombros.

— Nada. Nada físico, no caso. Mas em sua cabeça, a guerra não tinha acabado. — Ela colocou o cavalo em seu tabuleiro, então olhou para Bucky. — Em seu primeiro ano em casa, meu pai foi para cinco funerais de homens de sua companhia. Quando eu já era nascida, os homens com os quais ele tinha servido haviam morrido mais na Inglaterra que na França. Seu melhor amigo atirou em sua própria cabeça em um Desfile de Veteranos em Birmingham. Meu pai estava lá. Eu estava lá. É a única coisa que realmente lembro de minha infância.

— Nossa — murmurou Bucky.

Ela olhou para o tabuleiro, mas o barulho de suas algemas contra a mesa denunciava o tremor de suas mãos.

— Meu pai desistiu do xadrez. Ele foi pra faculdade estudar química. Começou a trabalhar em uma maneira de implantar memórias no cérebro e, por outro lado, como removê-las. Ele tinha esperanças de que poderia ser usado para tratar o choque pós-guerra.

— É, me disseram — interrompeu Bucky. — E então me disseram que ele fugiu de um contrato de governo e tentou usar você para vender o trabalho pra quem pagasse mais.

Ela jogou a cabeça para cima.

— O quê?

— Você não... — Ele olhou por cima dos ombros dela para a janela opaca. — Foi o que me disseram. A pesquisa de seu pai parou em um mercado clandestino internacional. A venda estava acontecendo no torneio de xadrez.

— Eu não sei de nada disso.

— Então por que você foi ao torneio? — perguntou Bucky.

— Porque meu pai me registrou para ele — disse ela. — Ele apareceu na minha escola um dia e me disse que ia me levar para Londres para o torneio, e então íamos para os Estados Unidos. Quando ele foi assassinado, eu achei que era isso que ele gostaria que eu fizesse, com ou sem ele.

De repente fazia sentido que ela tivesse ficado grudada com ele, no caminho até o Red Lion e até o carro preto, até se dar conta de que, apesar do sotaque dele, ele estava em Londres com a EOE. Ela queria uma intervenção estadunidense. O pai dela poderia ter contado com um pagamento ilícito para financiar a viagem, mas talvez ela realmente não soubesse de nada além do destino deles.

— Você tem certeza de que ele não estava tentando te colocar lá como um disfarce para que ele pudesse conseguir a venda? — perguntou Bucky.

— Ele não faria isso.

— Então quem está vendendo o trabalho dele? Quem mais teria acesso a isso? — Quando ela não respondeu, Bucky disse: — Eu posso proteger você.

Ela bufou.

— Não, não pode.

— Não posso — admitiu —, mas eu posso ajudar. Eu posso facilitar. Só me diga…

— Dizer o quê? — Ela se curvou por cima do tabuleiro em direção a ele. Seu cotovelo jogou uma torre longe. — Você nem sabe o que está me pedindo, não é? Você não passa de um menino de recado. Que belo agente você vai ser. Você vai aonde querem e diz o que querem e se deixa ser enfiado dentro de uma sala trancada com a filha de um cientista maluco que eles acabaram de assassinar para que você possa reclamar com ela sobre *você* ter sido enganado. — Ela se jogou contra a cadeira, então derrubou seu rei, fazendo-o rolar até a beira do tabuleiro e para o chão. — Deus salve os EUA.

— Eu não sou menino de recado de ninguém.

— Aquele homem... como você chama ele? — Ela apontou para a porta, suas mãos algemadas presas juntas de uma forma que o fazia pensar em um punho de pistola. — Senhor Outrora? Ele te contou que atirou em meu pai desarmado na cabeça? Eu sei que foi isso que aconteceu.

Ela se virou para a janela, gritando:

— Eu sei o que você fez! Melhor fechar as cortinas da próxima vez que você não quiser que ninguém te veja assassinar um civil, seu covarde, chorão, filho de uma—

A porta da sala de interrogatório foi aberta de repente com força, e dois agentes invadiram a sala, o Senhor Outrora logo atrás deles. Um agarrou Imogen pelo colarinho e a arremessou na mesa, seu rosto amassado contra o tabuleiro de xadrez. As peças saíram voando. Ela se contorceu, gritos furiosos se transformando em respiração ofegante. O outro agente segurou Bucky pelo braço, puxando-o da cadeira com tanta força que um de seus pés descalços acertou uma das pernas aparafusadas. Ele gritou, a dor se espalhando pelo dedo.

O Senhor Outrora aproximou-se de Imogen, se curvando por sobre a mesa para que seu rosto ficasse próximo ao dela.

— Como você ousa? Não há buraco no qual os Flemings não vão se afundar. Eu deveria ter previsto, depois que seu pai deu as costas para seu país.

Por um momento, Bucky pensou que Imogen ia cuspir no rosto dele. Ao invés disso, ela relaxou o suficiente para que o agente segurando-a suavizasse o aperto. Então ela se soltou e deu uma cabeçada no Senhor Outrora. A testa dela acertou o queixo, e ele caiu para trás com um grito de dor. Um jorro de sangue escorreu de sua boca para o chão.

O agente bateu o rosto de Imogen na mesa novamente. As algemas escorregaram até seus antebraços, e Bucky conseguiu ver as marcas vermelhas que deixaram em seus pulsos.

O Senhor Outrora pressionou o canto da mão nos lábios.

— Tirem-no daqui — vociferou.

O agente segurando Bucky pelo braço o arrastou até a porta.

— Ei, espere! — Bucky se virou, querendo que Imogen o visse. Foi tomado pela vontade súbita, maior que tudo, de dizer seu nome. Por que não dissera quando ela perguntara?

No corredor fora da sala de interrogatório, o agente jogou Bucky contra a parede com mais força que ele achava necessário, já que tecnicamente ainda estavam do mesmo lado. Seu queixo atingiu o gesso. Ele tentou se virar, mas o agente pressionou um cotovelo contra suas costas, forte o suficiente para que sua coluna estalasse.

— Por favor, sem showzinho. — Uma voz familiar disse em seu ouvido.

Bucky congelou. Toda sua indignação justificada contra os capangas do Senhor Outrora esfriou como uma xícara esquecida de café.

Era o Árbitro.

Em um escritório do governo, no mesmo terno indefinido. Ele trabalhava para a EOE. Ou pensavam que trabalhasse. Ele estava apalpando a jaqueta de Bucky, como se procurasse por uma arma ou escuta ou…

O livro de xadrez ainda estava em seu bolso.

O Árbitro o encontraria — estava no bolso interno de Bucky, mas era volumoso o suficiente para que mal estivesse escondido. Bucky se debateu, tentando afastar o Árbitro dele.

— Quem é você? — perguntou, a distração era sua única arma. — Para quem você trabalha?

— E por que eu te diria isso?

— Para que eu não dê um showzinho.

— Eu suponho que sua palavra não vá ter tanto peso quanto a minha nesse escritório. — Seu sotaque de repente soou muito certinho para ser real. — Deixe ela comigo, e eu te deixo fora disso.

— Do que você está falando?

— Imogen Fleming é minha. Ela me pertence.

— Isso é tão esquisito.

O Árbitro girou Bucky, prendendo-o à parede com o antebraço contra seu peito.

— Vá embora agora. Saia da Inglaterra. Não tente contactá-la, e eu não vou te meter nessa história.

Bucky tentou acotovelar o Árbitro, mas o homem segurou seu braço e o entortou. Bucky sentiu sua jaqueta abrir. O canto do livro acertou suas costelas, equilibrando-se por pouco entre o couro pesado e seu flanco. Se respirasse, cairia.

— O que diabos você acha que está fazendo? Solte-o!

O Árbitro seu um passo para trás no mesmo momento. Bucky prendeu o cotovelo ao seu flanco, mantendo o livro no lugar justo antes de cair, então se apoiou contra a parede, ofegando. Ele se dobrou, então, fora da vista do Árbitro, e enfiou o livro de volta ao bolso.

— Mil desculpas, senhor. — Ele ouviu o Árbitro dizer. — Eu entendi mal.

O Senhor Outrora de repente estava ao lado de Bucky, uma mão envolvendo seu braço.

— Me perdoe, Senhor Barnes, sinto muito. Você está bem.

— Estou bem — disse Bucky, a frase quebrada por um chiado. Ele não percebera o quão forte o Árbitro pressionara seu tórax. — De verdade.

O Senhor Outrora pôs um dedo no rosto do Árbitro.

— Volte para sua mesa — vociferou. — E espere por mim. Senhor Barnes, por favor, por aqui.

Braço ainda preso ao seu lado, Bucky seguiu o Senhor Outrora pelo corredor. Quando alcançaram a porta do escritório, ele olhou por cima do ombro. O Árbitro ainda estava onde o deixaram. Seus olhos encontraram os de Bucky, e ele pôs um dedo nos lábios.

Dentro do escritório do Senhor Outrora, Bucky se deixou cair no sofá encostado na parede. Ele pôs a cabeça entre as pernas, se esforçando para controlar a respiração. O Árbitro estava ali — o homem que deixara um corpo no banheiro e os perseguiu pelo museu. O Árbitro estava *ali* — o Árbitro trabalhava para a EOE. O Árbitro estava ali, e Imogen estava ali, e ele precisava contar para alguém.

O Senhor Outrora se agachou na frente de Bucky, observando seu rosto.

— Você está machucado?

— Acho que não.

— Peço perdão; aquilo foi totalmente inesperado.

Ele precisava contar a alguém.

Levantou o olhar. A boca do Senhor Outrora ainda sangrava. Um de seus dentes da frente quebrara ao meio, onde a testa de Gimlet acertara. O fragmento deixado ali pendurado por pouco em sua gengiva.

Ele não podia contar ao Senhor Outrora.

Bucky sabia. O Árbitro estava certo — não havia nada além da palavra de Bucky contra a sua. Um rebelde adolescente contra um provável agente condecorado do governo seria muito pouco justo. Imogen deixaria tudo ainda pior. Ele nem tinha certeza de para quem o Árbitro trabalhava, e era difícil acusar alguém de traição sem saber com quem a pessoa traía.

Ele não podia contar a ninguém. Ainda não. Não sem provas reais. Se ele tinha apenas uma chance de fazer uma acusação e ser levado a sério, faria valer a pena.

— Suponho que precise de um dentista. — Fungou o Senhor Outrora, o som úmido e profundo em sua garganta. — Um de meus homens vai te levar para o Hotel Aglionby por essa noite. Temos um acordo com eles. Você estará seguro e será bem-tratado. Por favor, não saia de seu quarto. Se precisar de alguma coisa, a recepção ficará feliz em levar para o senhor. Alguém te buscará para o café da manhã.

— O que vai acontecer no café da manhã? — perguntou Bucky.

— O Comandante Crawford chega de Washington hoje. Ele te encontrará às sete da manhã. — Ele tirou um lenço do bolso e cuspiu um delicado chumaço ensanguentado nele. — Estamos entendidos?

Nada estava sendo entendido, mas o dente quebrado do Senhor Outrora ficava cada vez mais perturbador quanto mais ele encarava, e Bucky temia que um deles desmaiasse por causa disso.

— Claro, entendi.

— Há algo de errado com seu braço?

— O quê? — Ele percebeu que ainda mantinha um de seus cotovelos apertados ao seu lado, mantendo o livro no lugar. — Ah. Não, só...

Ele tremeu de maneira teatral.

— Frio.

O quarto de hotel era algo tirado de um castelo de contos de fadas — papéis de paredes agressivos, filigranas de ouro em excesso, e grande o suficiente para que coubesse todo o primeiro andar da casa dos Crawford. Bucky tomou apenas um momento para admirá-lo antes de cair na cama tal qual uma árvore cortada. Ele quase dormiu na mesma hora, mas acordou com um salto no que pareceu ser apenas alguns segundos depois com a sensação de que alguém colocava uma arma contra seu tórax. Ele pulou da cama, ofegante, e então percebeu que dormira com a jaqueta, e o livro de xadrez estava apertando seu flanco. Ele teve que tirá-lo do bolso — suor grudara a capa ao couro — então jogou tanto o livro quanto a jaqueta no edredom.

Pensou em deitar-se novamente e tentar voltar a dormir — talvez daquela vez debaixo das cobertas e sem suas roupas imundas — mas ele já estava totalmente desperto, seu coração ainda apressado. Esfregou uma mão em seu cabelo, estremecendo quando os dedos voltaram oleosos. Havia manchas escuras debaixo dos braços de sua camisa, e um pequeno ponto de sangue no colarinho. Ele a arrancou e a jogou no chão, apesar de sua camisa de baixo estava igualmente imunda.

O Senhor Outrora dissera que ele poderia ligar para a recepção caso precisasse de alguma coisa. Não tinha certeza se era aquilo que ele queria dizer, mas pegou o telefone ainda assim.

Houve um momento de silêncio, e então uma voz de mulher surgiu.

— Boa noite, Senhor Barnes, aqui é Jane. Como posso te ajudar?

— Oh. Oi… Jane. — A secretaria do Senhor Outrora também não se chamava Jane? Ele falara com ela no telefone. Olhou para o relógio ao lado e percebeu, com surpresa, que já era quase meia-noite. — Desculpa, não vi a hora.

— Não se preocupe. Há algo que posso fazer para o senhor?

— Queria saber se vocês têm roupas que posso pegar emprestado. Só uma calça e uma camiseta seriam ótimos. Eu tenho uma jaqueta. Desculpa, pode ser amanhã.

— Que tamanho de calças você veste? — interrompeu Jane.

Bucky hesitou.

— Sério?

— Vou mandar uma fita métrica para seu quarto. Ligo de volta com suas medidas, e teremos uma seleção de roupas só para você, bem como camisetas e sapatos. Algo mais que deseja?

Entender que diabos está acontecendo, considerou dizer, mas pensou que compartilhar segredos nacionais coma recepcionista poderia ser algo não muito bem-visto. Mesmo se a recepcionista estivesse na folha de pagamentos da EOE e provavelmente soubesse mais que ele. Todo mundo provavelmente sabia mais que ele.

Depois que desligaram, Bucky arrancou o resto de suas roupas e correu para o banho. À medida em que o quarto se inundava de vapor, pegou o livro de xadrez de Gimlet de baixo de sua jaqueta. *Cem Grandes Jogos do Xadrez Moderno* estava gravado na lombada.

As páginas estavam cheias de anotação em tinta vermelha, todas sem sentido como a que lera em voz alta no bunker.

Analisou a tabela de conteúdo até encontrar o que procurava: "Kleinman vs Fleming, 1908". Correu pelos cantos, procurando a página correspondente, para descobrir que todas as páginas da segunda metade estavam grudadas. Parecia que alguém tinha grudado um livro em um bloco. Folheou até encontrar o ponto em que o livro se tornava um tijolo, e percebeu com um sobressalto que o centro havia sido esvaziado, deixando um pequeno compartimento secreto no meio das páginas lacradas.

Dentro, havia uma pequena garrafa de vidro contendo uma pílula branca.

Capítulo 19

1941

Quando Bucky seguiu Jane, a recepcionista, para dentro da sala de jantar na manhã seguinte, Crawford já estava lá, sentado sozinho em uma cabine, conferindo o relógio atrás do balcão de café. Quando viu Bucky, saltou e correu pelo restaurante. Bucky quase foi derrubado quando Crawford o envolveu em um abraço esmagador.

— Por Deus, Buck.

— Estou bem — murmurou Bucky.

Um dos broches no uniforme de Crawford estava cutucando seu rosto, mas ele não se mexeu. Não percebera o quanto sentia falta de Crawford — sentia falta de ter alguém que sabia que podia confiar — até ver o comandante. O primeiro rosto realmente familiar em semanas.

— Eu achei que fôssemos ter um pouco mais de tempo para nos acostumarmos com a ideia de você em perigo ativo, e parece que você se meteu em problema no seu primeiro dia aqui. — Crawford se afastou, olhando para o rosto de Bucky com uma mão enganchada em sua nuca. — Você está bem? De verdade?

— Eu juro. — Bucky afastou os braços como prova de que estava intacto.

As calças e camisas de botão que encontrara em uma sacola de roupas do lado de fora do quarto naquela manhã couberam perfeitamente. Ele até tinha sapatos, depois de tanto tempo. Deixaram pijamas também, o que não notou até não serem mais necessários. Quase os coloca ainda assim — o material de seda parecia tão luxuoso. Com essas roupas emprestadas e o cabelo ainda úmido do banho, se sentia como uma nova pessoa. Os dias anteriores podiam muito bem terem sido um sonho.

Exceto por Crawford ainda olhando para Bucky como se ele tivesse sido arrancado de uma casa em chamas, e que descobriu um pequeno machucado no tórax de quando o Árbitro o jogara contra a parede. O livro de Imogen ainda estava em seu bolso.

Crawford bateu uma mão no ombro de Bucky, levando-o à cabine que ele deixara.

— Venha e sente-se comigo, tome um café. Chá, eu acho; chá é o que eles bebem aqui.

Bucky sentou-se do outro lado de Crawford na cabine. Não percebera quão esfomeado estava até sentir o cheiro de uma bandeja que passava repleta de feijões cozidos brilhantes e tomates torrados, fumegantes.

— A comida já está vindo — disse Crawford, como se pudesse ouvir o estômago de Bucky roncar. — Espero que esteja tudo bem pedir por você, temos horário.

— Você não precisava ter vindo até aqui — disse Bucky enquanto Crawford enchia sua xícara de água quente. As palavras HOTEL AGLIONBY estavam pintadas em uma fonte azul e delicada na borda.

— Precisava, na verdade. — Crawford abriu a tampa em uma caixa de saquinhos de chá, escolhendo como se fossem um catálogo de cartas. — Se nossos agentes em treinamento estão se tornando alvos quando chegam na Inglaterra, é um problema para o Departamento de Estado.

— Poderia ter sido uma ligação.

Crawford levantou uma sobrancelha, então riu.

— Poderia. — Ele deslizou um saquinho de chá para Bucky, mas quando Bucky esticou o braço para pegá-lo, Crawford o tirou de seu alcance. — Mas você está bem, não é? — perguntou, inclinando a cabeça para que Bucky pudesse olhá-lo nos olhos. — De verdade?

— Eu estou bem. Um pouco… — Bucky soltou os ombros; estava tensionando-os há tanto tempo que já começavam a doer — mexido.

— É o esperado. Por Deus, eu ficaria mais preocupado se você não estivesse. — Crawford entregou o saquinho de chá e pegou o seu próprio. — Você chegou a dormir?

Bucky deu de ombros.

— Um pouco.

Ele passara a maior parte da noite olhando as páginas do livro de xadrez que não estavam grudadas, procurando por alguma pista sobre do que se tratava e da razão pela qual Imogen deixara-o com ele. Estivera muito nervoso para abrir a garrafa, mas a colocara na beirada da mesa do quarto, onde descansava, iluminada pelo nascer do céu, enquanto ele observava a pequena pílula branca na parte de dentro. Não havia nada de interessante nela. Poderia ser uma aspirina. Ouvira histórias de espiões que carregavam pílulas de cianureto caso fossem pegos, mas Imogen não era uma espiã. Não até onde Bucky sabia, na verdade. E caso *fosse* uma pílula para o suicídio e a morte antes de revelar alguma informação fosse parte de seu grande plano, ela não teria deixado-a com ele *antes* de ser levada para interrogatório. Não fazia sentido.

Crawford saberia o que era aquela pílula. Ou ao menos o que fazer com ela. Ele podia contar a Crawford sobre Imogen, e o livro, e o Árbitro, e Crawford diria ao Senhor Outrora, e finalmente, parecia que tudo realmente ficaria bem.

Bucky levou a mão até a jaqueta procurando o livro assim que a garçonete chegou à mesa deles para entregar um prato de ovos na torrada, acompanhados de bacon gorduroso e laranjas cortadas ao meio e batatas fingerling com raminhos de alecrim. Bucky sentiu uma nuvem de vapor quente, com toques de ervas, umedecerem seu rosto. Crawford agradeceu com um sorriso, então empurrou todos os pratos em direção a Bucky.

— Coma alguma coisa — disse Crawford. — Você deve estar faminto. — Enquanto Bucky comia as batatas, Crawford deu um gole em seu chá e estremeceu. — Eu sempre esqueço o quão horrível chá preto é. Tem gosto de meia. Quando eu estava no hospital aqui, nos faziam beber litros dessa porcaria. Tomávamos os remédios com chá, não água. Eu tentava me convencer de que me acostumaria com o gosto.

— Quando foi isso? — perguntou Bucky.

— Depois da guerra — respondeu Crawford. — Não te contei?

Bucky balançou a cabeça.

— É uma história um tanto entediante se formos falar de feridas de guerra. Eu peguei um resfriado que se tornou uma pneumonia, e eles me mandaram de volta para a Inglaterra por um tempo. — Deu outro gole e deu de ombros. — Eles nos deram esses comprimidos horríveis de peixe. Pareciam que eram feitos para cavalos. Desse tamanho.

Ele levantou o polegar e o indicador.

— Sempre falavam sobre como soldados não tinham ferro suficiente no sangue.

Bucky enfiou o garfo no centro do ovo até que a gema começou a escorrer.

— Você teve choque pós-guerra? — perguntou ele. — Depois que voltou?

Crawford descansou a xícara.

— Eu não diria isso — falou depois de um momento pensativo. — Não do jeito que alguns homens têm. Demorei um tempo para afastar as memórias, mas não me afetaram como aos outros.

— Como meu pai? — perguntou Bucky.

— Seu pai... — Crawford coçou a nuca, franzindo o cenho para seu próprio reflexo no chão. — É, eu acho que foi mais pesado para ele. Ele teve pesadelos por algum tempo. Insônia. Costumava me ligar às três, quatro da manhã. Eu tive que começar a desligar o telefone. Não porque não me importasse — acrescentou, apressado —, mas Marcy e eu estávamos com um bebê, e você não pode estar presente para todo mundo o tempo inteiro. Eu fiz o que pude. E então ele conheceu sua mãe e começou a ligar para ela no meio da noite.

— Ele melhorou? — perguntou Bucky.

Crawford pegou um pedaço de bacon, mas não se mexeu para comê-lo.

— Acho que sim. Nunca conversamos sobre isso. Eu sei que ele estava indo a um psicólogo militar quando ele e sua mãe se casaram. Alguma coisa experimental. Uma droga que supostamente conseguiria suprimir memórias do front.

Bucky sentiu os pelos na nuca eriçarem.

— Era parte do Projeto Fuga?

— O quê? Não, era... — Crawford olhou ao redor, como se estivesse preocupado de alguém ouvir, então se inclinou por cima da mesa e perguntou, em tom de segredo: — Quem te contou sobre isso?

— O Senhor Outrora.

— É claro que foi. — Crawford limpou os cantos da boca com seu guardanapo. — Fuga é outra coisa. Pesquisa parecida, mas uma aplicação diferente.

— Então funcionou? — perguntou Bucky. — As drogas que meu pai estava tomando? Ajudaram ele?

— Não exatamente. Ele saiu antes de conseguirem fazer efeito. As drogas o deixavam paranoico.

— Paranoico como?

— Ele se fixou em uma ideia estranha de que estavam usando ele e outros soldados para testar alguma porcaria de controle da mente que queriam usar em prisioneiros de guerra. Uma coisa pesada. Ele se estabeleceu bem rápido, apesar disso.

— Prisioneiros de guerra de outros países? — perguntou Bucky, e Crawford assentiu. A mente de Bucky repassava o momento no porão do bar quando Gimlet girou uma chave e começou a recitar fatos sobre prisioneiros roubados e testes ilícitos. — O que ele achava que queria fazer com eles?

— Alguma coisa sobre apagar memórias e então condicioná-los para serem leais aos Estados Unidos.

Bucky deixou cair o garfo.

— Isso é real?

— Não funciona assim. E foi logo depois da guerra. Todo mundo estava um pouco doido. Um monte de ideias malucas estavam se espalhando.

— Mas o governo consegue… — Bucky engoliu em seco. A única mordida que dera na torrada presa na garganta. — Tem algum jeito de mudar as memórias de alguém? Ou alterar suas mentes?

A sobrancelha de Crawford franziu.

— O que você quer me perguntar, exatamente?

— Não estou perguntando nada — disse Bucky. — Mas se você conseguir com o cérebro de alguém...

— Não alguém, combatentes inimigos capturados — corrigiu Crawford. — Não é como se estivessem envenenando um suprimento de água suburbano.

— Então, realmente estava acontecendo? — perguntou Bucky.

— Eu não disse isso.

— Mesmo que sejam prisioneiros inimigos, alterar a mente de alguém é… — *Antiético* parecia uma palavra muito fraca. Assim como *repreensível* — maldade.

— É, bom, tem uma guerra acontecendo, Buck. Boas maneiras não são bem uma prioridade.

— Não são boas maneiras, é bom senso — disse Bucky, assombrado. — Especialmente se estiver fazendo isso sem o consentimento deles. Se querem ser nossos inimigos, é escolha deles, mas tirar isso...

— Você acha que seu pai não queria aquelas memórias da França fora de sua cabeça? Que diabos, eu teria escolhido isso, se tivessem me perguntado. Desgraça de pesadelo, aquela porcaria inteira.

— Não é isso que eu estou… — disse Bucky, mas Crawford agarrou seu pulso, puxando-o por cima da mesa. Um saleiro tombou quando seu cotovelo o acertou.

— Você não deveria estar dizendo nada. — A voz de Crawford subitamente se tornou baixa e afiada, como o rosnado de um cachorro cujos pelos se eriçaram. — Esse não é seu trabalho, e essa não é uma preocupação sua, e se as pessoas erradas escutarem você, te meteriam até o pescoço em problemas. Por Deus, por que Outrora deu com a língua nos dentes sobre o Fuga com você?

Bucky puxou sua mão do aperto de Crawford. Os talheres chacoalharam quando seu cotovelo atingiu a mesa.

— Como pode ser errado falar que não deveríamos mexer com a cabeça das pessoas?

— Porque se seu governo quisesse que você fizesse isso, você faria sem questionar. É seu trabalho. Se vai trabalhar com isso, tem que sacrificar quem você é por uma causa muito maior que você. Caso não consiga entender isso, nem deveria estar aqui. — Crawford secou sua xícara, então jogou seu guardanapo na mesa. — Vou pegar o primeiro avião de amanhã de volta para os Estados Unidos. Quero que venha comigo.

Bucky o olhou surpreso.

— Você quer que eu volte?

— Você quer ficar? — perguntou Crawford, igualmente incrédulo. — Depois do inferno que acabou de passar? Você podia ter sido morto. Você entende isso, não é? Não vou te dizer o que fazer. Se quiser ficar aqui e tentar isso com a EOE, não vou te parar. Mas se abrir essa boca com os britânicos como fez comigo, vão te mandar embora, e eu não vou poder te ajudar. Eu não quero te ver morrer na praia. Você tem muito o que oferecer.

Crawford passou uma mão pelo cabelo. Estava mais cinza nas têmporas do que no ano anterior.

— Volte para casa um pouco. Deixe eles testarem o programa com outra pessoa. E dê um tempo para que as coisas se acalmem.

Bucky baixou os olhos para o ovo. A gema estava se solidificando, borrachuda e fria, ao longo da borda de seu prato. Ele queria ficar? O Árbitro o avisara que deveria ir embora —

esquecer Imogen e ir para casa. Ele lutara tanto para chegar ali que não percebera poder simplesmente ir embora. Nunca pensou que era o tipo de pessoa para quem uma cláusula de fuga se aplicaria. Não havia um universo no qual se imaginava sem conseguir se encaixar em um trabalho daqueles. Mas se, depois de apenas dois dias, ele já estava se batendo em questões de moralidade, ele talvez tivesse julgado muito mal o quanto seus próprios valores se alinhavam aos das forças de inteligência. Esse trabalho não deveria ser complicado — havia um bem universal e um mal universal. Não deveria estar discutindo a ética de controle mental com Crawford depois de conhecer a filha de um cientista vira-casaca pronto para vender segredos perigosos para quem pagasse mais.

O pensamento de ir embora e deixar esse problema nas mãos de outra pessoa... era um alívio. Ele nem queria admitir, nem para si mesmo, que Crawford poderia ter estado certo ao interceptar seus formulários de alistamento e dizer a ele para esperar até ficar mais velho, mas talvez estivesse. Talvez Bucky tenha estado errado sobre si mesmo todo esse tempo.

Crawford pegou seu chapéu do banco da cabine ao lado dele, e levantou-se.

— Tenho que ir. O Senhor Outrora está esperando.

— Posso ir também? — perguntou Bucky, mas Crawford negou com a cabeça.

— Perdão, garoto. Eu poderia dizer que é confidencial, mas a maior parte é só chata. — Ele parou, então acrescentou: — E confidencial.

— Principalmente a parte chata.

Crawford lhe deu um cafuné carinhoso.

— Volte para Virgínia. Dê um ano. Te colocaremos de volta no ensino médio. Arranjamos um emprego para você, algo que não seja vender pornô para soldados na biblioteca.

Bucky olhou para a mesa.

— Vou pensar.

Crawford apertou os lábios, e Bucky suspeitou que ele quisesse falar mais, mas apenas assentiu.

— Vá com calma no resto do dia. A recepção pode te conseguir qualquer coisa. Só ligue para eles. Comece com alguma bebida que não seja chá.

Crawford piscou um olho, então bateu de leve no ombro de Bucky uma vez mais antes de colocar seu chapéu novamente.

— Vou arranjar um carro para te levar ao avião amanhã de manhã. A recepção vai te dar os detalhes.

Então estava decidido, Bucky pensou enquanto assistia a Crawford sair do hotel, parando por apenas um momento na recepção. Sua grande entrada no serviço militar e heroísmo, findado antes de sequer começar. O que deveria fazer, então? Voltar para os Estados Unidos e esquecer que teve uma chance e a estragou? Tentar a escola novamente, apesar do pensamento de sentar-se na aula de pré-álgebra com crianças quatro anos mais novas e quarenta centímetros mais baixas que ele o fazer querer enfiar a colher no olho? E então o quê? Se os EUA entrassem na guerra, haveria um recrutamento. Ele se alistaria. Passaria pelo treinamento básico como qualquer cadete, pegar um navio para a Europa ou Japão ou qualquer outro lugar para onde o mandassem. Acabar como mais um corpo em meio a milhares, ninguém para lembrar seu nome. Mas de novo, uma morte heroica realmente importaria se você morresse de qualquer forma? A única diferença entre uma trincheira e uma cova era o nome que você chamava na sua própria cabeça.

— Senhor Barnes?

Levantou os olhos. Jane estava parada no fim da mesa. Ou — não Jane. Uma mulher com o mesmo cabelo escuro preso no mesmo coque severo de Jane, *e* o mesmo uniforme impecável que Jane. Elas se pareciam tanto que, por um momento, Bucky achou que sua mente lhe pregava peças.

— Você é... Jane? — perguntou ele.

Jane sorriu.

— Sim, Senhor Barnes.
— A Jane que me conseguiu essas calças?
— Não tenho a liberdade para comentar a origem de suas roupas íntimas.
Um garçom passando por sua mesa deu a eles um olhar alarmado.
Bucky olhou para o saguão por cima do ombro de Jane.
— E a mulher na mesa da recepção? — perguntou ele, apontando. — Ela também se chama Jane?
O sorriso de Jane não se alterou.
— Posso te levar de volta ao seu quarto, Senhor Barnes?
— Na verdade, você se importa de sentar rapidinho?
Jane se empoleirou na borda da cabine.
— Há algo com o qual eu possa lhe ajudar, Senhor Barnes?
— Talvez. Mais ou menos. Não tenho certeza... — Bucky coçou a nuca. — Para quem você trabalha, exatamente?
— Estou à sua disposição, Senhor Barnes.
— Sim, é, você deixou isso claro. Mas se eu pedisse sua ajuda com algo... você teria que contar a alguém?
— Não se o senhor requisitar minha discrição, Senhor Barnes.
— Você não precisa ficar dizendo meu nome. Ou. Você pode me chamar de Bucky.
Jane piscou.
— É claro, Senhor Barnes. Algo mais?
Ninguém mais estava do seu lado. Ele poderia muito bem estar por conta própria.
— Aham — disse Bucky. — Você sabe alguma coisa de química?

A lavanderia do hotel era longa e estreita, as paredes forradas de cubas de porcelana. Canos de latão desciam do teto, e o ladrilho estava sujo de sabão em pó derramado.

Bucky sentou-se na beira de uma das cubas, assistindo a Jane — uma Jane diferente, aparentemente a Jane que sabia de química — estudar a pílula branca que Bucky lhe dera com um microscópio. O equipamento de laboratório parecia fora do lugar, posto na borda de uma pia entre um conjunto de ferros de passar e garrafas de alvejante. Ao lado, um rádio sem fio balbuciava em volume baixo. A única condição de Jane para ajudar-lhe seria manter o rádio ligado no caso de uma chamada mais importante chegar para ela. ("Não que você não seja importante, Senhor Barnes, mas se me abstiver de meu posto por um período extenso, a discrição quanto a natureza de nosso trabalho pode se dificultar").Do outro lado da sala, um aquecedor de água gorgolejava.

Bucky acidentalmente desfez uma costura em sua camisa e perdeu dois botões para seu remexer nervoso quando Jane finalmente se levantou.

— Descobriu? — perguntou ele, quase caindo para trás na cuba de animação.

— Eu identifiquei o composto químico do comprimido — disse Jane, consultando o recibo de serviço de quarto no qual vinha fazendo anotações. — Mas receio que não seja um que eu reconheça.

— O que isso quer dizer?

Jane deslizou um par de pinças sob a lente do microscópio, removendo a pílula da lâmina e colocando-a de volta no frasco.

— Não é um composto que deveria existir, cientificamente falando. Baseando-me em minhas deduções, suspeito que se trata de um inibidor de proteínas.

Bucky devolveu seu olhar, sem expressão.

— Vou precisar de um pouquinho mais de informação.

— É um composto que depende das diferenças entre as estruturas ribossomais procarióticas e eucarióticas para interromper a geração de novas proteínas.

— É, isso não... — Bucky esfregou suas têmporas, desejando pela primeira vez em sua vida não ter dormido durante a única aula de química que ele tivera. — Lembre-me, o que proteínas fazem, exatamente.

— Ah, toda a sorte de coisas — respondeu Jane. — Metabolismo, replicação celular, oxigenação do sangue, formação de memórias de longo prazo...

— Espere — interrompeu ele. — Isso pode mexer com suas memórias?

— Teoricamente — respondeu Jane.

— Então se você bloqueia as coisas que fazem as memórias, isso poderia alterar as memórias de alguém?

— De novo, teoricamente, sim. — Ela devolveu a garrafa para o livro de xadrez no balcão, então entregou-o a Bucky. — Mas, como eu disse, não estou familiarizada com este composto em particular.

— Você sabe alguma coisa sobre o Projeto Fuga? — perguntou Bucky.

— Se soubesse — respondeu Jane — seria esperado de mim exercer a mesma discrição que você requisitou nessa ocasião.

— Entendi.

Atrás de Jane, o rádio estalou.

— Solicita-se agente disponível — disse uma voz feminina metálica que Bucky teve quase certeza de pertencer à mesma Jane com a qual falara no telefone na noite anterior. — Solicita-se agente disponível. Transferência de prisioneiros para o norte interrompida por acidente de carro. Dois agentes masculinos, uma prisioneira desparecida Norte na...

Transferência de prisioneiros. Ele sabia que era Imogen. Tinha que ser. Qual outra transferência de prisioneira teria sido interrompida vinda de Londres?

Bucky viu enquanto Jane anotava o endereço no recibo de serviço de quarto.

— Tenho que ir.

— Espere. — Bucky saltou da beira da cuba. — Você vai para o acidente? Pode me levar junto?

— Não vou — respondeu Jane. — Preciso estar na recepção.

— Eu poderia ir? — perguntou ele.

— Não poderia fazer nada para te impedir.

— Mas poderia me ajudar a chegar lá — disse ele. — Poderia desenhar um mapa para mim.

— Isso seria ilegal — respondeu ela, e ele sentiu seus ombros afundando, mas então Jane acrescentou: — No entanto, ficaria feliz em te oferecer direcionamento verbal.

— Parece ótimo. Só mais uma coisa. Poderia me conseguir uma moto?

Bucky já dirigira uma moto antes. Pelo menos uma dúzia de vezes.

Talvez meia dúzia.

Ou duas. Ele esteve duas vezes em uma motocicleta.

Uma quando outra pessoa estava dirigindo.

Mas *nunca* dirigira do lado esquerdo da via, em uma das maiores cidades do mundo, estradas desviadas e bloqueadas, tentando encontrar um carro que bateu no meio do nada antes que os espiões profissionais conseguissem. Jane o assegurou que assim que saísse de Londres para o interior, havia apenas uma estrada para o norte. E já que ela encontrara uma moto para ele em tempo recorde, estava inclinado para acreditar nela.

— Se alguém perguntar — dissera a ela enquanto recebia um capacete —, não diga onde estou.

— Seu próximo compromisso não é antes das seis da manhã de amanhã — respondera ela, esticando a mão para consertar a alça que ele prendera incorretamente. — Um carro vai chegar para te levar ao Campo Stuart. Desde que você tenha retornado até lá, sua ausência não será notada.

Assim que montara na moto, que era um pouco mais instável do que esperava, Jane comentara:

— Senhor Barnes, você necessita de aulas de direção também?

— Isso é baixo, Jane.

Ela assentira em concordância.

— Apenas uma oferta.

Quando ele finalmente viu marcas de pneus adentrando a mata que margeava a estrada, estacionou a moto no acostamento e seguiu-as a pé. O cheiro de escapamento pairava no ar.

Um pouco para dentro da floresta, um carro preto estava envolvendo uma árvore, capô amassado e fumegante. Um homem estava enfiado no banco do passageiro, a cabeça contra o painel e uma trilha escura de sangue pingando de seu crânio. O estômago de Bucky revirou. Considerou verificar o pulso do homem para ver se ainda estava vivo, mas preocupou-se em aproximar-se mais e acabar vomitando. Especialmente se não houvesse. O rádio disse que havia três passageiros, mas não conseguia ver ninguém mais. Andou ao redor do carro, afastando-se bastante do homem dentro, e percebeu que a grama levando para mais fundo na mata estava esmagada, como se por pisadas fortes.

Ele seguiu a trilha para tão longe que começou a se perguntar se estivera errado e na verdade seguia um veado de passos pesados em uma floresta inglesa. Então uma torre de pedra apareceu, solitária e coberta de mato entre as árvores. Ramos de hera serpenteavam entre as pedras e o telhado desabara, deixando um sorriso irregular no topo das paredes. Ele fez uma pausa, escutando, e acima do sussurro do vento na grama alta, escutou o zumbido de um transmissor.

Bucky se esgueirou ao redor da torre, espiando através de uma das janelas vazias. O Árbitro estava de costas para Bucky, mas Bucky conseguia ver que o homem preparara um transmissor sem fio. O fone de ouvido estava preso contra seu ombro enquanto ele digitava uma mensagem com uma mão, a outra apontando uma arma para Imogen. Ela estava sentada no chão, costas na parede, aparentemente sem ferimentos a não ser por um arranhão ensanguentado na testa. Suas mãos estavam amarradas atrás dela, e havia uma mordaça em sua boca, que ela parecia tentar mastigar pelo tanto que suas mandíbulas estavam cerradas.

O Árbitro pausou a transmissão, e Bucky se afastou, começando a correr assim que teve certeza de que estava fora do alcance de ser escutado. A estrada onde deixara sua moto ainda estava vazia. Não era exatamente a arma que esperava ter enquanto enfrentava um agente duplo, mas qualquer coisa poderia ser uma arma se acertasse a pessoa com força suficiente.

Quando o motor da moto foi ligado, pareceu mais alto que antes. Tirou a marcha do neutro, moveu o guidão para os lados, e adentrou a floresta com o veículo. Precisava pegar velocidade, mas o chão estava tão irregular e tomado por plantas, que temia a roda dianteira acertar um buraco e mandá-lo voando. A transmissão engasgou, e ele pôs a segunda marcha, então a terceira. Flexionou o pé no pedal. Galhos de árvores acertaram seu rosto.

Ele passou do carro preto. Através das árvores, conseguia detectar o formato da torre em ruínas. Respirou fundo, então forçou o motor até que ele gritasse.

Ele irrompeu por entre as árvores na mesma hora em que o Árbitro saiu da torre, olhando ao redor para encontrar a fonte daquele barulho. Seus olhos prenderam-se nos de Bucky acima do guidão da moto. O homem levantou a pistola, e Bucky largou a embreagem, girou o acelerador e depois de inclinou para trás, exatamente como fazia quando ele e Rebecca andavam de bicicleta e ele empinava para impressioná-la. Ele conseguia sentir o motor queimando a perna da calça;

A moto inclinou-se por sobre a roda traseira e Bucky soltou--se. Ele se esparramou na grama, vendo estrelas em sua visão, e levantou a cabeça no momento certo para ver a moto sem piloto acertar o Árbitro, tirando-o do chão e arrastando-o até a parede de pedra. A roda da frente acertou a porta, jogando o Árbitro contra o batente com tanta força que ele desabou.

Bucky se esforçou para ficar em pé. A motocicleta emperrada cuspia fumaça na clareira, o motor gemendo como um animal em sofrimento. Bucky tossiu, enxugando a fumaça dos olhos enquanto cambaleava pela grama alta em direção à torre. A moto caíra de lado, bloqueando a entrada, então levantou-se em uma das molduras de janela. Esperava cair graciosamente, mas seus braços fraquejaram e ele caiu através da janela, despencando com força de costas com um *uff!* alto.

Não era a entrada heroica que ele planejara, mas tampouco esperava que, quando virasse, Imogen estaria de algum modo livre e de pé no aparelho sem fio, folheando o caderno que o Árbitro deixara em cima.

Ela girou, levantando o punho como se estivesse pronta para lutar. Então se deu conta de quem era.

— Bom — disse ela, levantando as mãos, exasperada. — Já não era sem tempo.

CAPÍTULO 20

1941

O Árbitro ainda estava caído na parte de trás da moto, o rosto pendurado tão perto do tubo de escape que Bucky chegou a considerar movê-lo. Mas Imogen já corria para longe, e ele foi atrás dela. Esse homem poderia ser um assassino, mas Bucky não era. Quando chegou perto dela, os dois se acompanharam sem dizer nada.

Correram até estarem sem fôlego, então diminuíram a velocidade, então andaram, então andaram um pouco mais rápido até chegarem em uma clareira de árvores cobertas de musgo. Um pequeno riacho achava seu caminho, pedras lisas brilhando abaixo da água clara. Sem consultar Imogen, Bucky desabou na grama macia perto do banco. Seu peito queimava, e podia sentir lama atravessando suas calças e os cotovelos de sua jaqueta. Imogen parou também, arrancando seu cardigã e usando-o para limpar sua nuca. Sua camisa estava amassada e seu cabelo havia perdido a maior parte dos cachos, deixando ondas emaranhadas enfiadas no colarinho.

Bucky levantou os olhos para as folhas refletindo a luz do sol no orvalho, esperando que suas costelas parecem de doer e se perguntando como alguém achou que algumas poucas semanas de treinamento básico seriam suficientes para preparar alguém de maneira adequada para o que as esperava do outro lado do oceano.

Finalmente, Imogen enfiou sua mão na correnteza, então jogou água em seu próprio rosto e esfregou as bochechas como se arrancasse maquiagem. Bucky se levantou apoiando-se nos cotovelos, observando-a enquanto corria as mãos pelos cabelos, tirando-os do rosto, então amarrando seu cardigã por sobre os ombros. Ela congelou quando percebeu seu olhar, e de repente parecia que estavam novamente em lugares opostos na mesa de xadrez.

— Então. — Ele sentou-se, prendeu os braços ao redor dos joelhos, e deu a ela o sorriso mais doce que conseguia. — Imogen.

Ela balançou os dedos úmidos para ele.

— Gina. Só Gina. Ninguém me chama de Imogen.

— Ah, certo, entendo.

— Entende o quê?

— Você faz gimlet com gin. Imo-*gin*. Gina. Esperta.

— Muito obrigada por explicar. — Ela pressionou os dedos molhados na nuca, cantarolando de maneira suave. — E seu nome é James, não é? James Barnes? Escutei um dos homens no escritório da EOE te chamar assim.

— Não precisa me chamar de James.

— É seu nome.

— Bucky é melhor.

— Você me disse que esse não é seu nome real.

— Não é... É só como a maioria das pessoas me chama. Você pode, também.

Ela riu.

— Ah, eu não vou fazer isso.

Ele revirou os olhos.

— Por que eu não estou surpreso?

— James tem muito mais dignidade.

— Assim como Imogen. — Ele colocou a mão por dentro da jaqueta e tirou o livro de xadrez. — Você queria que eu continuasse segurando isso pra você, ou já foi suficientemente protegido?

Ela começou, um suspiro alto de alívio escapando por entre seus dentes.

— Me dê isso. — Ela pegou o livro dele, pressionando-o contra o peito por um momento antes de abri-lo.

— Eu deixei uma nota para você na frente — disse ele. — Você pode ler mais tarde. É muito sentimental e um lixo.

Ela congelou, olhando para o livro. Então desviou o olhar para ele.

— Onde está?

— Onde está o quê?

Ela virou o livro de cabeça para baixo, passando as páginas.

— Ah, aquilo. — Bucky puxou a garrafa com a única pílula de sua jaqueta e a levantou. — Antes que eu te dê...

Gina não lhe deu a chance de terminar. Ela saltou, joelhos acertando o peito dele e derrubando-o de costas na terra macia.

— Ei!

Ele colocou os braços acima da cabeça, colocando a garrafa longe de seu alcance. Os dedos dela arranharam sua manga, e para surpresa dele, ela agarrou uma parte do couro, se puxando para cima com as unhas enfiadas em sua jaqueta.

— Para com isso! — Ele rolou para longe dela e levantou-se, mantendo a garrafa acima da cabeça, do jeito que fazia com sua irmã quando deveriam dividir um doce.

Gina levantou-se em um salto, chutando terra, e pulou — não em direção à garrafa, mas diretamente *nele*.

Ela era menor que ele, mas ainda assim conseguiu acertá-lo com a força de um jogador de futebol. Ela enroscou as pernas ao redor da cintura dele, se levantando com as mãos em seu ombro para se esticar até a garrafa. Ela começou a deslizar, e puxou o cabelo de Bucky para se segurar.

— Ei. Ai! Pare!

A mão no ombro dele escorregou, cotovelo acertando forte o topo da cabeça. Estrelas brilharam nos cantos da visão dele, e ele cambaleou. Seu pé escorregou em um pedaço irregular de terra, e os dois caíram no chão. Bucky aterrissou nas costas, todo o ar sendo arrancado no impacto, então *novamente* quando Gina caiu em seu peito.

— Ei, pare! Pare com isso! — choramingou, empurrando-a para longe, e ela caiu para trás em um trecho com ervas espinhosas. Ele se preparou para ser atacado novamente, mas ao invés disso, ela enroscou os braços ao redor dos joelhos e enterrou o rosto contra eles. Ela respirava pesado, e ele pensou que ela só estivesse controlando a respiração, mas então ouviu um fungar molhado. Ela passou a mão debaixo dos olhos.

— Ah, não, não chore. — Ele engatinhou para ela, oferecendo-lhe a garrafa. — Aqui. Desculpa, eu não deveria...

Sua mão apareceu do nada, arrancando a garrafa dele. Levou um momento para notar que seu rosto estava seco.

— Ei. Você me enganou.

— Você pegou algo que é meu.

— Você me deu! — Ele afundou na grama, muito cansado para discutir. Quase. — E eu ia devolver.

Ela arqueou uma sobrancelha e ele acrescentou:

— Depois que você me dissesse por que você tem isso e o que é. Você não precisava enfiar as garras no meu braço.

Ele tocou o nariz, vendo se havia sangue.

— Alguém te contou que você luta sujo?

Ela pegou um pedaço de grama que estava preso no cardigã. Um de seus sapatos saíra na briga, e os joelhos de suas calças estavam enlameados.

— Mesmo que eu soubesse o que é, eu não te contaria.

— Espera... você não sabe?

Ela olhou para ele.

— *Você* sabe? — Quando ele não respondeu, seus olhos apertaram-se. — Não sabe.

— Eu acho que sei.

— Mentiroso.

— Eu não estou mentindo!

— Se você está tentando me enganar, não vai funcionar.

— E se eu fingir que estou chorando?

Ela jogou uma mão de grama nele.

— Desista. Como você poderia saber?

— Havia essa mulher no hotel. Uma química. No caso, ela não estava no hotel. Ela trabalha para a EOE, mas ela estava no hotel. Eles me colocaram lá para passar a noite, porém eles têm algum tipo de acordo com Outrora. Jane parecia um tipo de dicionário, e não era só… tem um monte delas.

Gina franziu o cenho para ele.

— Você está tendo um derrame?

— Ela disse alguma coisa sobre proteínas. Calma, vou lembrar.

— Um inibidor de proteínas?

— Isso! Exato. — Ele se jogou para trás, exausto com o esforço mental. — É exatamente o que isso é.

— Meu pai era um neurocientista. Isso era parte de sua contribuição do Projeto Renascer. Ele supervisionou os componentes psicológicos do projeto Capitão América. Quando voltou para a Grã-Bretanha, ele desenvolveu um inibidor de proteína para induzir uma perda de memória controlada. Havia certa preocupação de que qualquer um que sobrevivesse ao Programa Super Soldado ficaria tão traumatizado, que precisaria esquecer do procedimento para funcionar.

— Eu achei que seu pai não te contava nada sobre o trabalho dele.

Ela revirou os olhos para ele.

— Quase nada. Eu teria que ser idiota para não ter descoberto essa parte sozinha. Ele não me mandou para o internato até depois que desenvolveu o inibidor. Eu suspeito que as coisas ficaram um pouco mais secretas depois.

— E como funcionava?

— A ideia é que você colocaria um marcador químico em suas próprias memórias, como um marcador de livro antes e depois de algo em seu cérebro, e diria às drogas para eliminar o que há entre os dois. Então você poderia voltar e pintar aquele espaço vazio com memórias falsas que não estariam ligadas ao trauma.

— Você acha que é isso que é a pílula? — perguntou ele.

Ela deu de ombros.

— Talvez. Eu não sei por que ele daria para mim. Quando me deu o livro, ele me disse que se alguma coisa acontecesse com ele, eu deveria tomar quando acabasse.

— Quando o que acabasse? — perguntou Bucky.

— Eu não sei. Ele não me disse. Ele disse que eu saberia.

Bucky pegou um tufo de grama lamacenta do fundo de seu sapato.

— Isso não ajuda muito.

— Ele nunca foi um homem transparente — respondeu Gina. — Mas era tão intenso sobre isso, e tão sério sobre proteger a pílula e não deixar cair nas mãos do governo, que eu só confiei que ele sabia do que estava falando.

— *Eu* trabalho para o governo — apontou Bucky.

Gina fez uma careta.

— Verdade, mas você é diferente.

— Porque é meu primeiro dia?

Os olhos dela piscaram para ele, um sorriso fraco desenhando seus lábios.

— Ele disse que você ia para os Estados Unidos depois de ganhar o torneio, não é? — perguntou Bucky. — Talvez estivesse tentando contrabandear a pílula pelo oceano.

— Ele poderia ter ficado com ela.

— A não ser que soubesse que algo aconteceria com ele.

— Então por que ele teria se oferecido a ir ao torneio comigo? Ele não teria só aparecido na minha escola, me dado a pílula, e dito *proteja ela se eu for assassinado porque o governo mudou de ideia sobre financiar meus programas de apagamento de memória?*

— Eu achei que seu pai trabalhasse no Programa de Super Soldado na Grã-Bretanha — disse Bucky. — E sequestrasse todos aqueles prisioneiros para testar as coisas neles.

— Depois que ele voltou para a Inglaterra, quando aquilo foi abandonado, ele... — Ela parou de repente, olhando para Bucky na clareira com tanta intensidade que quase perguntou se tinha algo no rosto. — O quê?

— Ele sequestrava prisioneiros. Ou talvez não sequestrasse, mas coagisse eles em circunstâncias questionáveis.

— Quem te disse isso?

— Você… me disse.

— Não disse, não.

— Disse sim, quando estávamos no bar.

Ela continuou encarando-o sem expressão.

— Eu não sei nada disso.

Ele olhou de volta para ela, esperando que conseguisse acompanhá-la. Ela estava enlouquecendo? Ou ele? Tivera sido quase uma discussão, mas de repente era como se ela estivesse lendo nomes e estatísticas de um dossiê, o olhar dela perdido. O que ela dissera no momento? Ele voltou em suas memórias, tentando lembrar, mas a noite inteira tivera sido uma mancha de exaustão.

— Eu não compartilharia o trabalho de meu pai — disse Gina com firmeza. — E ele mal me contava as coisas. Certamente não sei nada sobre recrutamento em prisões.

Bucky correu as mãos no rosto.

— Bom, ele não era a pessoa mais ética do mundo, já que estava tentando vender sua pesquisa.

Ela balançou a cabeça.

— Ele não estava.

— Ele estava. É por isso que o Árbitro estava no torneio de xadrez. Era lá que seu pai organizou a troca. Ele não estava lá por minha causa, mas por sua causa. Você viu para quem ele trabalhava?

— Ele estava transmitindo em alemão. — Ela foi até o bolso de seu cardigã e puxou um bloco de notas que pegara de cima do transmissor sem fio do Árbitro. — Talvez consigamos entender algumas palavras, mas eu não falo alemão.

Bucky estendeu a mão.

— Eu falo. Deixa eu ver.

— Sério? Que inesperado.

— Eu posso não ser tão inteligente quando você, mas também não sou burro.

— Eu nunca disse que você era.

Ela deu o caderno para ele, e Bucky deu uma olhada. A letra do Árbitro era abismal, e teve dificuldade para encontrar palavras que reconhecesse. Seu vocabulário parecera expansivo em um caminhão de entregas em Arlington, mas de repente tudo o que lembrava era como dizer *onde está a biblioteca?*

— Eu acho que ele estava transmitindo para seus chefes. Avisando-os que ele estava com você e que estava te levando... a algum lugar. Eu não conheço essa palavra. Tem coordenadas. E alguma coisa sobre... uma palavra codificada. Ou frase. Alguma coisa assim.

— Termina com um *heil Hitler*? — perguntou ela. — Aí saberemos se ele está trabalhando com nazistas.

Ele bateu o dedo na assinatura rabiscada.

— Não... diz "*heil Hidra*".

— Hidra? — repetiu ela. — Você tem certeza de que ele não escreveu Hitler errado?

Bucky virou a página no caderno, procurando por mais.

— Tenho um palpite que o primeiro requisito para ser um nazista é saber como escrever *Hitler*. — Quando levantou os olhos, Gina tinha aberto o livro de xadrez, apertando os olhos para as primeiras páginas. Ele conseguia ver o vermelho fraco onde o pai dela tivera sublinhado frases. — O que você está pensando?

— O que exatamente aconteceu quando eu disse a você sobre o trabalho de meu pai?

— Hm... Estávamos olhando o seu livro de xadrez. E todas as palavras aleatórias que seu pai sublinhou e como elas não faziam sentido. Eu estava lendo em voz alta, então você...

— Você leu em voz alta?

— Aham, eu só estava listando as palavras que ele sublinhou. Tentando entendê-las.

— Ah, meu Deus.

— O quê? O que foi?

Gina pressionou o polegar contra os lábios, olhos arregalados.

— Sou eu.

— O que é você?

— Toda a pesquisa dele. A pesquisa que ele estava vendendo. Todos os segredos governamentais que ele sabia. — Ela tocou a testa. — Ele pôs em minha cabeça.

Bucky a encarou, sem entender.

— Isso é... possível? — perguntou, finalmente. — Como ele poderia fazer isso sem você saber?

— É parte do trabalho que ele estava fazendo. Implantação de memória! Alguma coisa para substituir os lugares que foram removidos. Como colocar papel de parede em cima de um buraco na parede. Não é a solução perfeita, mas essas memórias não foram apagadas, só escondidas. Suprimidas. Deve ter um jeito de acessá-las. É para isso que serve o livro! Todas as palavras que ele sublinhou... é o código. Eu aposto que cada seção desse livro desbloqueia um pedaço diferente da informação que ele implantou na minha mente. É assim que ele estava contrabandeando a informação. O que quer dizer... — Ela pôs as mãos nos lados do rosto, como se tentasse tirar a informação da cabeça. — Que ele me vendeu.

— Ele não te vendeu — disse Bucky, mas ela deu uma risada falsa.

— Quase a mesma coisa! Ele ia comigo para o torneio. Ele estava me vendendo para o Árbitro. Ele teria usado o código para arrancar toda a informação de mim, e então me faria tomar a pílula e eu só... teria esquecido do que aconteceu.

Bucky não sabia o que dizer. Ele nem conseguia definir como se sentia — ela se animou resolvendo o quebra-cabeça, então murchou tão rápido quanto.

— Você está bem? — perguntou ele.

Gina levantou a cabeça para fitá-lo.

— Não, eu estou muito longe de estar bem.

— Se precisar chorar...

— Não estou chorando. — Gina enfiou os dedos na terra, virando um punhado como se estivesse cultivando para colheita. — Talvez eu tome a pílula agora — murmurou.

— O quê? Por quê?

— Eu acredito que vá apagar toda a informação que ele implantou, e provavelmente sumir com qualquer coisa que tenha acontecido desde então. Suponho que ele não iria querer que eu lembrasse o caso de *vendeu sua filha para os nazistas*. Ou não nazistas, pseudo-nazistas.

— Eu não vou te entregar para os nazistas.

— Mas enquanto esta informação estiver na minha cabeça, é um perigo. Eu não quero alguém como o Árbitro ou outra pessoa arrancando isso de meu cérebro porque acha que é o dono. Melhor só me livrar disso.

— Você não pode fazer isso — disse Bucky. — Quem quer que seja o chefe daquele cara, não vai parar de te caçar só porque você diz que não tem mais o que eles querem. Eles só vão acreditar quando arrancarem seu cérebro da sua cabeça e verem com os próprios olhos, e aí já vai ser tarde demais. Se você tem essa informação, por que não fazer algo com ela?

Ela franziu o cenho.

— Como o quê?

— Bom, para começar, vamos tirar você da Inglaterra.

— Você está sugerindo que eu fuja? — Ela riu. — Pelo quê? Pelo resto da minha vida? Isso não é um livro de espião.

— Vamos encontrar alguém para nos ajudar.

— Quem? — exigiu ela. — Eu não posso contar ao governo britânico e nem pedir por sua proteção. Eles já estão se matando para pôr as mãos nesse trabalho, e depois do que meu pai viu, eu não imagino que vão usar isso bem.

— Então pedimos aos EUA. Talvez te deem asilo. — Ele não sabia se estava usando o termo corretamente, então rapidamente se garantiu com: — Ou proteção. Talvez tenha alguém do time do Projeto Renascer que possa te ajudar. Vamos pedir a eles.

Ela levantou o rosto, tirando os olhos da terra que removia de baixo das unhas.

— Ah, *nós*, é?

Bucky sentiu o pescoço ruborizar.

— Bom, eu ia te oferecer meu quarto assim que me alistasse.

Ela olhou para a grama novamente, pondo os dedos nos lábios. Ele não tinha certeza se ela estava escondendo uma careta ou um sorriso.

— Eu posso te ajudar a ir para os Estados Unidos — disse Bucky. — Eu e Crawford vamos voar de volta amanhã.

— Quem é Crawford? — perguntou ela.

— Meu pai… mais ou menos. Ele é tipo meu pai. — Não valia a pena explicar, então Bucky continuou: — Ele vai te ajudar; eu sei que vai. Ele está partindo de um campo de voo fora da cidade. Podíamos encontrá-lo lá. É ao norte daqui… Ou norte de Londres, eu acho.

Ele levantou-se, girando nos calcanhares, procurando o sol.

— E se isso é o leste…

— O leste está atrás de você — disse ela com um suspiro. — Ainda bem que eu era uma escoteira.

— Ainda bem que não sei o que é isso. Crawford pode te ajudar. *Eu* posso te ajudar. Pelo menos vem comigo.

— Certo. Só porque eu não tenho outras opções e não gosto da ideia de passar o resto da vida correndo de traficantes de humanos assassinos.

— Gostei de ver. — Ele ofereceu a mão para ajudá-la a se levantar. Quando ela não aceitou, ele disse: — Desista. Eu sei que você confia em mim.

Ela fez uma careta para ele.

— Como você teria tanta certeza assim?

— Porque quando você achou que tinha se dado mal, você me deu seu livro de xadrez, e eu o mantive seguro.

Ela encarou a palma de sua mão, apertando os olhos como se tentasse ler algo impresso ali. Então aceitou-a e ele a colocou de pé.

— Suas mãos estão geladas — murmurou ele.

— E podres. — Ela levantou-as para inspecioná-las. — Não deveria tê-las enfiado na lama, eu acho.

— Aqui. — Ele pegou suas mãos e as deslizou para dentro dos bolsos de seu casaco. — Isso ajuda? — perguntou ele, colocando as mãos ao redor dos nós dos dedos dela.

Ele esperava que ela se afastasse, mas ao invés disso enroscou os dedos nos seus e se deixou apoiar nele, o rosto no peito. A pele dele ficou quente, e de alguma forma teve a certeza de que poderia traçar todas as linhas da mão dela de onde estavam descansando nas suas.

— Que merda de bagunça — murmurou ela para a camisa dele.

— Pois é — respondeu Bucky. Ele se perguntou o que aconteceria se abrisse a jaqueta e a envolvesse nela, seus corpos aconchegados juntos como se fossem conchinhas. Por um momento louco, parecia que ela derreteria nele, como metais fundidos em uma forja. Juntos, voltariam como aço temperado. — Você é bem sortuda por eu ter te achado. Você poderia estar com as unhas sendo arrancadas por um psicopata alemão agora se não fosse por mim.

Ela olhou para ele, queixo apoiado contra seu peito.

— Se não fosse por você, eu estaria com meu nome gravado no Troféu do Torneio Memorial Oswald Shelby.

— Verdade. Eu arruinei sua sequência de vitórias.

Ela manteve o olhar. Ela era quase uma cabeça menor que ele, e apertada contra ele, a diferença de altura parecia ainda maior. Se sentiu como se a encarasse de muito alto. Estudou o arco marcado de sua boca, a curva das sobrancelhas, os círculos começando a escurecer debaixo dos olhos. *Você está encarando por muito tempo*, disse uma parte sensata de seu cérebro, mas ele não conseguia desviar o olhar. Como não percebera o quão preciosa ela era no momento em que se sentou do outro lado da mesa?

Essa, aquela voz sensata reclamou, *não é a hora para uma paixão idiota*.

Mas então Gina olhou para sua boca, e ele se perguntou se, caso ele não a beijasse, ela tomaria a iniciativa. Parecia ser o tipo de menina que não daria a mínima sobre esperar o garoto dar o primeiro passo.

Ela deixou o rosto cair no peito dele, dedos enroscados em volta dos seus nos bolsos da jaqueta.

— Você certamente arruinou alguma coisa.

Caminharam até encontrarem a estrada, e a seguiram escondidos pelas árvores que a margeavam. Quando alcançaram uma cidadezinha de interior, pararam em uma mercearia e compraram um mapa, dois sanduíches e uma barra de *Mars* com o trocado que Gina escavou de seu bolso. Não tinham o suficiente para as passagens de ônibus, mas quando disseram aonde iam, o dono da mercearia garantiu que conseguiriam chegar no dia seguinte a pé, com tempo de sobra.

Concordaram em parar pela noite quando alcançaram as ruínas de uma igreja que o lojista dissera que marcava o limite do condado, a mais ou menos um quilômetro do campo de voo. Perambular por uma base militar britânica por mais tempo do que precisavam parecia um risco desnecessário, mesmo que pudessem ter conseguido uma refeição quente e uma cama antes que a EOE os pegasse novamente.

A capela não tinha teto, e as janelas todas tinham sido perfuradas por trepadeiras. O piso de pedra tivera sido revirado por raízes invasoras, e ramos de flores silvestres enrolados entre as rachaduras. Uma penugem de musgo iridescente cobria todas as superfícies protegidas do sol.

Bucky estava exausto. A dor em seus calcanhares pulsou para suas pernas, e ele conseguia sentir uma queimadura de sol incomodando a nuca. Ele desabou para a grama antes de arrancar a jaqueta e enrolá-la debaixo da cabeça para usá-la de travesseiro.

Gina ficou de pé em frente ao altar da capela, olhando ao redor como se estivesse a ponto de se dirigir à congregação.

— Então é isso — perguntou alto. — Você está... com sono?

Uma das pedras irregulares o atingia nas costas, e ele trocou de lado.

— Tem alguma coisa que você queria fazer?

— Não, só... — Ela soprou uma mecha de cabelo de seu rosto, cruzando e descruzando os braços.

— Você está tentando decidir se eu sou um cavalheiro?

Ele conseguia sentir as vibrações de seu revirar de olhos através da escuridão.

— Você é um grosso, é isso que você é.

— Você pode dormir do meu ladinho.

— Mas temos essa porcaria de capela grandiosa inteira só para nós dois. Não queria incomodar você — provocou ela.

— Venha cá. — Ele deu tapinhas no chão. — Não vou ficar de conchinha com você, nem nada assim.

Uma pausa. Então ela disse, baixinho:

— Você poderia.

— Poderia o quê?

Ao invés de responder, ela caminhou até onde ele estava deitado, resmungando consigo mesma enquanto passava pelo mato como um búfalo exasperado.

— Ficar de conchinha. Que expressão mais idiota. É infantil. Faz com que eu pareça um cachorrinho. — Ela se deixou cair ao lado dele, puxando as mangas do suéter por sobre as mãos. — Certo, vamos logo com isso.

— Vamos logo com o quê?

— Não me faça falar.

— Falar o quê?

Ela deixou outro suspiro escapar.

— Fica de conchinha comigo.

Ele rolou, pretendendo segurá-la pela cintura, dobrá-la tal qual um envelope, e prendê-a no chão em retaliação ao ponto ainda dolorido de seu nariz que ela esmagara enquanto tentava pegar o livro. Ela protestaria, ele riria e a deixaria ir, e então se colocariam perto um do outro, o suficiente para se manterem aquecidos, mas não tão próximos para conseguirem se tocar.

Mas ela virou no mesmo momento, e de repente estavam cara acara, nada entre eles a não ser um cheiro de flores silvestres baixinhas.

Se encararam. Os grilos cantarolando na grama alta fazia o ar entre eles pulsar. Ela estendeu a mão e tocou seu queixo com uma reverência apropriada para a capela. Ele olhou para sua boca, o espaço suave entre os lábios onde se afastavam. Sentiu-se magnetizado, um bastão dentro dela puxando-o em sua direção. Queria ser audacioso, se inclinar para frente e colocar sua boca na dela com a segurança de um astro de filme. Ele a pegaria nos braços, Clark Gable para a sua Vivien Leigh, e pensaria em algo charmoso e legal para sussurrar antes de...

Abruptamente ela se aproximou, sua cabeça encaixada em seu ombro e seus braços dobrados contra seu peito.

Só calor. Tudo bem. Deitariam juntos ali a noite inteira, silenciosos e paralelos como sepulturas. Tudo bem.

Mas então ela se mexeu. Seus dedos envolvendo a pele nua de seu pescoço. E ficaram lá.

Ele não podia se mexer. Ele estava hiper vigilante com sua própria respiração, o jeito como estava profunda demais e rasa demais e tão alta. Ele sempre respirava tão alto assim? Por que nunca disseram isso?

— Você está bem? — perguntou ela de repente.

— Sim. — Sua voz estava rouca, e ele limpou sua garganta.

— Você está muito tenso. É terrivelmente desconfortável. — Ela se aninhou em seu ombro e ele teve que se esforçar muito para não pensar em como o joelho dela roçava na coxa dele.

Pense em outra coisa. Não pense em como ele conseguia ver a curva de seu seio debaixo do colarinho de sua camisa, ou da sensação dela aconchegada ao seu lado, ou...

— As estrelas são as mesmas aqui e nos Estados Unidos? — Deixou escapar.

E então o calor dela foi embora. Ela sentou-se, mão contra a boca, ombros balançando com uma risada silenciosa.

Ele sentou-se também, todas as suas fantasias frágeis desaparecendo como bolhas de sabão.

— Tá bom, foi uma pergunta idiota — murmurou ele. — Eu sou idiota, desculpa ter perguntado.

— Ah, para. Sem fazer manha. — Ela enroscou os dedos ao redor do braço dele, como se quisesse impedi-lo de correr. — Você não é idiota. Você sabe disso. Só fiquei surpresa, foi isso.

— Com a idiotice de minha pergunta?

— Não, foi o jeito que você perguntou... Foi doce, só isso. Como se a Inglaterra fosse um planeta completamente diferente.

— Poderia ser.

Ela apertou o braço dele com delicadeza, então, quando ele continuou sem se virar, o cutucou com força no flanco.

— Ai! Ei — reclamou ele, pronto para rescindir a oferta de ter uma conchinha, mas então ela descansou o queixo em seu ombro, tão perto que, quando ela falou, sentiu sua respiração na orelha. Os pelos em sua nuca se eriçaram.

— Pergunte de novo — disse ela. — Eu não vou rir dessa vez.

Ele suspirou, jogando sua cabeça para trás e encarando o céu, as estrelas pintando-o como pregos martelados contra o veludo azulado.

— O que eu quis dizer foi, quando eu era pequeno, meu pai costumava me mostrar as constelações, e eu estava tentando encontrá-las, mas nada parece familiar. E aí eu pensei que talvez estejamos em um ponto diferente no globo, então o jeito que vemos o céu pode ser diferente.

— Essa pergunta não é idiota — disse ela. — Você está perguntando sobre hemisférios e como a órbita da terra afeta os padrões estelares. É complicado.

Ela se aproximou ainda mais, até que o queixo dela estava quase contra o ombro dele e eles olhavam para a mesma parte do céu.

— Que estrela você não consegue achar?

— A do norte.

Ela apontou.

— Bem ali.

— Como você encontrou tão rápido?

— Eu aprendi a navegar com ela, quando eu voava.

Ele bufou.

— Ah, claro.

— Eu tenho habilitação de civil para pilotar, licença, viu?

— Que chique. Quem te ensinou a voar?

— Uma amiga minha na escola era bem rica. Ela me convidou para sua casa no Natal, e quando eu descobri que seu pai era um piloto por hobby com um avião próprio, eu praticamente arruinei as festas com todas as minhas perguntas. Eu achei que ele ia me levar em um passeio se eu tivesse sorte, mas ele me deu aulas.

— Que legal.

— Eu acho que ele tinha pena de mim. Ele queria garantir que eu tivesse uma figura paterna em minha vida, já que estava bem abaixo na lista de prioridades de meu próprio pai.

Sua voz estava leve, mas ele podia ouvir a tensão logo abaixo da superfície. No tempo entre sentar-se à mesa de xadrez e estar ali, o mundo dela explodiu. Sua família, futuro, seus próprios pensamentos — todos arrancados e transformados em pedacinhos. Ele não sabia o que dizer — não tinha certeza se havia algo que pudesse dizer. Queria falar que sentia muito, mesmo que não tivesse feito nada além de ajudá-la a puxar as cortinas em uma sala escura.

Então ela perguntou:

— Você está vendo? A Estrela do Norte.

Ele considerou mentir, mas ao invés disse:

— Não.

— Vem cá, está bem ali. — Ela sentou-se, estendendo ainda mais o braço, como se pudesse inclinar para mais perto do céu.

Bucky revirou os olhos.

— É, apontar não ajuda muito.

— Tá certo, então, aqui. — Ela foi para frente, para que ficassem lado a lado, então envolveu a mão dele com a sua, direcionando-a para o céu. — Ali! Está vendo?

— Estou — disse ele.

— Finalmente. — Ela se inclinou contra ele, costas contra peito. Mãos nos joelhos, e ele mal conseguia respirar.

Teve medo de que qualquer movimento brusco a mandaria para o outro lado do adro. Mas ela não se mexeu. Ele desenhou a linha de sua mandíbula com a mão, descobrindo o formato de sua orelha, a curva de seu pescoço, dedo quase sem tocar sua pele. Quando acariciou a clavícula, ela estremeceu.

— Se você tomar aquela pílula — disse ele —, não vai se lembrar de mim, não é?

— Provavelmente não.

— Seria uma pena.

— Nos daria a chance de tentar isso de novo — disse ela. — Nos conhecer sob circunstâncias diferentes.

— O que tem de errado com nossas circunstâncias atuais?

— Pode me chamar de antiquada. Eu preferiria menos envolvimento do governo.

— Que tal se eu te conhecesse no Hotel Astor? — perguntou ele. — Acha que vai conseguir lembrar disso?

Ela riu.

— Eu nem sei onde é isso.

— Em Nova York.

— Nunca estive lá. É legal?

— Você nunca esteve em Nova York? — Ele colocou uma mão no coração, em uma expressão de horror divertida. — Você ia amar.

— Sério? — Ela virou-se sentando-se entre as pernas dele, de pernas cruzadas de modo que os joelhos dela descansavam nas coxas dele. — O que eu iria amar lá?

— Bom, eu só estive em Coney Island.

— Então por que você não me encontra lá?

— Não é um lugar para se levar uma garota que você está tentando impressionar.

— Ah, então você está tentando me impressionar?

— Talvez eu esteja. — Ele levantou a mão para tirar uma mecha de cabelo do rosto dela, e ela segurou-a próxima a sua bochecha.

— Então o Hotel Astor? — As mãos dela estavam frias. Ele queria colocá-las nos bolsos como fizera mais cedo. Queria guardá-la tal qual uma carta de amor e levá-la dentro da jaqueta, sempre ao lado do coração.

— O bar da cobertura — disse ele. — Assento do canto. Eu em meu uniforme. Você em um vestido sinuoso verde número...

— Eu provavelmente ainda vestindo esse cardigã. — Ela se inclinou para trás, segurando seu peso contra o dele. — Eu não sou o tipo de pessoa sinuosa. Muito consciente sobre minha barriga.

— Você de terno, então — disse Bucky. — Gravata branca e fraque. Toda Marlene Dietrich. As cabeças se viram quando você entra e senta-se no bar. Eu peço à banda para tocarem nossa música...

— Temos uma música?

— É claro. Aquela sobre o rouxinol.

— Certo, é verdade. — Ela se inclina para frente, e ele segura sua outra mão. — Aquela que faz *alguma coisa, alguma coisa, alguma coisa rouxinol.*

— Isso, essa daí. E ele vai dizer "a próxima música é para Imogen Fleming...

— Se me chamarem de Imogen, eu vou me recusar a responder.

— "Gina Fleming". — Ele se corrigiu. — "Essa é a música favorita dela". Então as luzes de apagam...

— Não estamos na cobertura?

— ...e a banda começa com *That certain night*, e você vai olhar quando o barman disser, "licença, dona, aquele soldado terrivelmente lindo do outro lado do bar te mandou isso". E então ele vai te entregar um gimlet em um copo gelado. — Ele coloca o polegar levemente no lábio inferior dela. — Você dá um gole, e se lembra de tudo.

Ela colocou o queixo contra o próprio peito, e de repente ele teme ter dito algo errado. Ele quase a solta, mas então ela puxa suas mãos dadas para o coração. Ela murmura algo de forma tão suave que ele não a escuta, e quando ele se aproxima, ela coloca a testa contra a dele.

— Não espere tanto — disse ela, a voz mais próxima de uma respiração. — Se você esperar a guerra acabar, acho que vai esperar a vida inteira.

Então ela olhou para a boca dele, e Bucky quis beijá-la. Mas aqueles últimos centímetros eram como querer preencher um cânion com uma colher. Ele beijara muitas garotas em Arlington, mas nenhuma delas o assustara tanto do jeito que Gina fazia. Nenhuma delas o fizera querer usar luvas brancas, do tipo que se usa para virar páginas quebradiças de um livro velho. Ele nunca estivera com medo de que um deslize de mão pudesse arruinar tudo. Ele nunca se importara com isso.

— Se você vai me esquecer — disse ele. — Eu não vou me preocupar tanto.

Ele podia sentir os empurrões e os puxões de cada respiração profunda dela. Contar seus cílios dourados. Ver o vermelho fraco de batom ainda em sua boca, os pontos onde suas írises se banhavam de esmeralda.

— Se preocupar com o quê?

— Em parecer um idiota se não estou entendendo os sinais.

Ele colocou uma mão em sua nuca a beijou. Ela arfou, o som surpreso e aliviado, e derreteu dentro dele, segurando sua jaqueta e beijando-o de volta. Sua boca estava aberta, e quando pegou-a pela cintura, ela sentou-se em seu colo, envolvendo-o com as pernas. A palma de Bucky deslizou ao longo de sua coxa, flexionando contra ela.

Ele sentiu os dedos dela remexendo, urgentes, na frente de sua camisa, e ela afastou os lábios para desabotoá-la. Os dedos tremiam e, em sua pressa, um dos botões se libertou e voou para a escuridão da grama. Gina hesitou.

— Ah, não, eu devia...

— Esqueça.

Ela riu, e seu coração disparou como uma pedra morro abaixo, ganhando velocidade à medida em que avançava. Dessa vez quando a beijou, suas mãos estavam no cabelo dela.

Ele caiu para trás nas pedras, e ela desabou por cima dele. Parecia que a terra poderia se partir abaixo dos dois. Ela empurrou o cabelo para trás das orelhas e respirou fundo. Quando ela foi para seu cinto, ele não a parou. Beijou sua mandíbula, seu pescoço, retirou seu ombro de dentro da blusa e a beijou ali. Ele conseguia sentir seu pulso em suas mãos, em seus lábios, nas pedras da capela abaixo deles. Ele colocou uma mão no tórax dela, contando as batidas do coração e observando o lugar onde as peles se tocavam, inseguro por um momento sobre como estava ali, com ela, debaixo das mesmas estrelas em um continente diferente, e ela o tocava, e ela, ela, *ela*.

Depois, Gina deitou-se entre suas pernas, vestida pela metade, com sua cabeça no peito dele, e ele traçou os ossos de seu rosto, sua mandíbula, a ponta de seu nariz fino, os cantos de sua boca. Ela descansou seu queixo em suas próprias mãos, e com o rosto dela acima dele, não havia nada além dela e o céu. As estrelas a envolveram — não uma garota, mas uma constelação — e ele lembrou-se de um livro que leu quando mais novo, o qual dizia que os objetos mais brilhantes no espaço existiam naturalmente nos locais mais escuros. Ela dormiu enroscada nele, e ele assistiu ao nascer do sol sob o ritmo de sua respiração leve. *A luz ardente*, pensou ele, quando o amanhecer irrompeu no céu, *sempre acha seu caminho através da escuridão*.

Capítulo 21

1954

V acorda com um sobressalto. Leva um momento para lembrar que ele está nos dormitórios em Svalbard, onde as equipes do navio dormem enquanto seus barcos estão ancorados. Oksana os trouxe aqui depois que pousaram. Ela colocou dinheiro em um medidor até que a fechadura de uma sala privada se abriu, instalou V lá dentro e depois foi cuidar de Rostova. Ele pretendia esperá-la voltar, mas assim que se permitiu espreguiçar no beliche de baixo, dormiu. Agora ele se senta, seus músculos moles e costelas doendo. Um cobertor de pele que devem ter colocado em cima dele enquanto dormia desliza para longe de seus ombros. Seu braço lateja e ele estende a mão para esfregar a dor, apenas para notar que está alcançando o braço esquerdo — sua prótese. Ele levanta o punho, vendo a luz fraca da lâmpada acima rebater no cromo. Pela primeira vez que consegue lembrar, não parece ser seu. Uma dor fantasma estremece um membro que não está mais ali, tão real e presente que, por um momento, tem certeza de que poderia desenhar um mapa de como eram suas veias, as espirais de suas impressões digitais, as curvas de suas unhas, as protuberâncias de seus dedos. Conseguia senti-las todas enquanto olha para o braço biônico, como sombras em uma película de filme.

Sua pele coça. Ele está suando. Ele arranca seu casaco e camisa térmica de baixo. Quando as joga no chão, alguma coisa salta do bolso de seu casaco e ele leva um tempo para perceber que se trata do livro que encontraram na sala. Tem um círculo de sangue seco na capa, cor de lama. Ele não consegue lembrar se estava ali antes. Vira o livro em suas mãos, desenhando o título com a ponta do dedo.

Cem Grandes Jogos do Xadrez Moderno.

Abre o livro, procurando pela tabela de conteúdo, mas ao invés disso encontra uma anotação escrita em inglês. O papel está rasgado e a tinta apagada, mas ainda consegue entender as palavras, junto com uma data de 1941.

Gimlet,
Ao que parece eu me apeguei.
Escreva para mim no Campo Lehigh.
Beijos,
Bucky

— Bom dia.

V se assusta. Oksana está de pé na porta do dormitório, vestindo botas Wellington, cobertas de lama e um suéter nórdico muitos números acima do seu.

— Ah, olha para você, com um rostinho tão lindinho.

Ela coloca as mãos nas bochechas, e ele toca suas próprias. Não está de máscara.

— Onde está Rostova?

— Descansando. Ela está bem — acrescenta Oskana rapidamente. — Mas ela não deveria viajar por alguns dias. Especialmente se for ela a pilota. Ela machucou a cabeça de verdade. — Ela joga uma sacola em uma cadeira na ponta da cama e começa a remexer. — Posso dar uma olhada em você também? Só aquele pulo no avião deve ter quebrado alguma coisa.

— Você é médica?

— Não, mas eu sei ver por que as coisas doem.

— Não estou machucado.— diz V.

Ele ainda consegue sentir o formato de seu membro perdido, mas além de tirar e recolocar o que estava lá, não tem certeza de que há algo que possa ser feito. Algumas dores, ele sabe, somente devem ser vividas. Quando Oksana coloca mão em sua bolsa e ele escuta o clique de metal cirúrgico, ele automaticamente se encolhe para trás. Sente-se exposto, seu corpo estranho e inadequado para ser visto por outro alguém.

Oksana percebe, e tira lentamente a mão vazia da sacola.

— Posso ver, só por garantia? Sem instrumentos. — Ela balança os dedos para reforçar.

V desliza para a ponta da cama até que suas pernas estejam penduradas na beira. Oksana esfrega as mãos, esquentando os dedos antes de colocá-los no flanco de V. Seu exame é rápido e indolor — confere as costelas, cutuca órgãos vitais em busca de perfurações e dores em lugares errados, coloca uma pressão delicada em suas articulações e ao longo de seus ossos. Até o faz levantar as barras da calça para tirar suas meias sete oitavos termais para conferir se seus dedos não haviam congelado. Quando alcança seu braço metálico, ela para, a mão refletindo no painel de prata em seu pulso como se testasse a temperatura de uma frigideira no fogão.

— Isso sai? Ou é um...

— Não toque — diz V, e Oksana se afasta, claramente aliviada.

Quando ela termina, V coloca sua camisa novamente, vendo Oksana colocar as mãos dentro da sacola, aparecendo com garrafas marrons diferentes.

— Eu tenho algumas coisas que posso te dar para a dor, mas preciso saber o que você está usando. — Quando V devolve seu olhar, confuso, ela acrescenta: — Caso eles não combinem. Você não... — Ela se cala, esperando que V termine a frase. Quando isso não acontece, Oksana ri de nervoso, passando uma mão pelos cabelos. — Você não facilita, né?

Ela bate dois dedos na parte interna de seu cotovelo, então meneia a cabeça para o lugar correspondente nele.

— Você é um viciado?

— O quê? — V levanta a manga e observa seu braço, percebendo pela primeira vez uma rede de minúsculas cicatrizes de agulha agrupadas na junção.

Ele as observa. Notar que não lembra de onde vieram é uma sensação que afunda nele como sangue em terra macia. Ele tinha sido injetado com alguma coisa a bordo da base da Hidra? Não consegue lembrar. Há tantas daquelas cicatrizes — ele não poderia ter esquecido de todas. Aquilo era parte de algum tratamento pelo qual passou quando foi trazido do front para os cuidados de Karpov? Ele se feriu, sabe disso. Perdeu um braço e quase morreu por exposição. Certamente houve algum tipo de medicação intravenosa ou injeção de adrenalina para deixá-lo vivo. Mas isso faz parecer que o trouxeram dos mortos uma dúzia de vezes.

Vira o braço, observando as ligações entre os dedos, depois as veias azuis no pulso.

— De onde elas vieram?

Oksana levanta os olhos da bolsa.

— Você está perguntando isso para mim?

— Eu não lembro.

— Algumas dessas porcarias de rua comem seu cérebro — diz ela. — Talvez tenha usado um lote ruim.

V a encara.

— Há drogas que fazem isso?

— O quê? Mexer com sua cabeça? — Ela coça o próprio braço, como se fosse infeccioso. — Claro. Convulsões. Alucinações. Perda de memória. Você escolhe.

— Tem mais?

— O quê? Marcas de injeções?

— Onde mais eles estariam?

— Os viciados que eu conheci, quando suas veias ficam arruinadas, eles injetam nos pés ou na virilha. Algumas vezes no fundo dos joelhos.

V levanta a camisa, virando-se para ver seu tronco enquanto procura por mais marcas daquelas cicatrizes rosadas.

— Você está vendo alguma?

— O que eu...

— Tem mais cicatrizes?

Oksana abaixa a cabeça, os olhos disparando para a porta, e ele percebe que, pela primeira vez desde que se conheceram, algo nele a deixou nervosa. Talvez o braço. Talvez as marcas. Talvez a súbita insistência para que ela verifique por mais sinais das drogas que ele não lembra de tomar. Talvez os três.

Ele não se importa.

— Veja meus joelhos. — V levanta e abaixa as calças, virando-se para que Oksana possa ver a parte de trás de suas pernas. — Estão aí?

— Não é assim que funciona — diz ela.

Ele se vira.

— Assim como?

Seu olhar descansa em suas pernas nuas por um momento antes de desviar os olhos novamente.

— Você não esquece todas as vezes que se injetou. Ou que começou a se injetar, em primeiro lugar. Você pode perder alguns pedaços aqui ou ali. Dias, talvez, ou meses. Mas não é... não é assim. Se fosse um drogado, você lembraria.

Aquele fio de dor desce seu braço biônico novamente. Não, não o braço biônico, o outro que já esteve lá. O braço que ele não tem mais. Ele gira o ombro, como se a dor fosse um defeito em sua fiação e pudesse apenas reajustar os circuitos.

Há um tilintar suave de vidro quando Oksana recoloca as garrafas de comprimidos na bolsa.

— Você tomou alguma coisa para o tiro?

V se volta para ela.

— Que tiro?

— Eu não vou contar para Rostova.

— Que tiro? — pergunta de novo e sua própria voz o assusta. Ele quase não a reconhece.

— Você... — Oksana morde o lábio, olhos piscando para sua panturrilha, e ele segue o olhar.

Há uma ferida de bala em sua perna.

Está curando — mas não totalmente curada. A pele ao redor ainda está vermelha e brilhante. Não pode ter mais que algumas semanas. Talvez menos.

Ele não se lembra de ter tomado um tiro.

Como pode não lembrar de ter sido atingido?

Oksana estica a mão para a sacola novamente.

— Eu posso te dar alguma coisa. Você gostaria que...

— Saia — ralha ele, e escuta o suspiro agradecido dela. V tranca a porta do dormitório atrás dela, então corre para a pia no canto do quarto, se segurando na beira da cuba. Ela quebra em seus dedos de metal. Encara o reflexo no espelho manchado acima da pia.

Ele não consegue se lembrar da última vez que se olhou assim. Havia espelhos no bunker? Não consegue lembrar-se de olhar conscientemente para um. Quando foi a última vez que viu seu próprio rosto?

Era como olhar para um estranho. Ou para uma fotografia de alguém que conhecia, mas cujo nome não era capaz de lembrar. Toca na entrada de seu queixo. Seus lábios. A protuberância no nariz e a curva das maçãs do rosto. Tudo parece estranho e desconhecido. Não se recorda do padrão de sua barba por fazer. A inclinação de suas sobrancelhas. Os ângulos rígidos do seu rosto.

Ou de onde veio aquele ferimento por bala.

Arranca o resto de suas roupas, então anda para trás para ver o corpo inteiro no espelho, procurando no reflexo por mais cicatrizes estranhas.

Encontra um ponto em suas costas, perto de onde seu braço biônico se mescla à sua pele. Há uma cicatriz em forma de corda ali, como se uma faca tivesse atravessado as escápulas. Encontra outra na nuca, rosa e pequena, e uma linha enrugada na sola de um dos pés. A parte interna de sua coxa é marcada com manchas de pele descolorida. Parecem queimaduras.

Ele desaba no chão, joelhos levantados, cabeça entre eles, lutando para conseguir respirar. Se sente um estranho para si mesmo, um mentiroso vestindo as roupas de outro alguém. Olha para as mãos, abrindo e fechando os punhos. As veias azuis em seu pulso palpitam, e ele encontra outra cicatriz ali, uma linha branca correndo paralela a seu pulso, como uma lasca de osso atravessando sua pele.

Eu não sei quem eu sou, pensa ele. Seu coração se debate no peito. A respiração vem em arfadas dolorosas e erráticas. *Eu vivi vidas que eu não lembro.*

Sem ser solicitada, a memória da mulher no laboratório surge em sua cabeça, mas agora ela parece diferente. Mais nova. Como ele pode vê-la mais nova se nunca a conheceu antes? Como pode saber como ela se parecia quando tinha dezessete? Como pode ter olhado para ela e pensado que seu cabelo estava mais curto que da última vez que a viu? Ele não pensou sobre isso no momento, mas de repente, olhando para as próprias mãos, lembra-se como ela era antes.

Imogen Fleming.

Gina com um toque de limão.

Ele esqueceu de seu próprio nome, mas lembra do dela.

Recupera o livro de onde o derrubou ao lado da cama e o folheia novamente, procurando por qualquer pista além daquela mensagem críptica na frente. Encontra o painel escondido no fundo de onde Rostova retirou a pílula e descobre um cartão postal grosso enfiado na encadernação ali. O arranca e olha para a imagem na frente — um prédio de tijolos enorme que o banner chama de HOTEL ASTOR — NOVA YORK. Ele vira o cartão. As bordas foram suavizadas pelos anos, cantos começando a descolar. Parece tão delicado quanto uma pétala em suas mãos.

O verso está recheado de selos e carimbos postais, endereços escritos e reescritos, quadrados de papel colados uns sobre os outros. Um cartão postal mandado de um lado a outro por anos: de Gina para James e de volta, de novo e de novo, os carimbos caçando um ao outro ao redor do mundo. Alguém — quem quer que tenha mandado primeiro a carta, ele imagina — escreveu uma mensagem no lado oposto que nenhum deles apagou. Três palavras, uma pergunta, coberta repetidas vezes em linhas de cores diferente quando as outras ficavam muito apagadas para ler.

Espera por mim?

Capítulo 22

1941

Bucky esperava que o Campo Stuart fosse um posto militar lotado, pilotos de balsas, escriturários de serviço especial e oficiais da FAR andando em bandos, de modo que, se andassem a passos rápidos e olhar para frente, ele e Gina conseguiriam se perder na multidão. Ao invés disso, o campo de voo era apenas um hangar, uma cabana de metal construída na lateral coberta de hera e uma torre de rádio projetando-se no topo.

— Você tem certeza de que esse é o lugar certo? — perguntou Gina enquanto espreitavam nas árvores que margeavam a pista.

Não havia aviões — apenas um jipe estacionado na sombra do hangar.

— Não faço a menor ideia. — Bucky levantou uma mão para proteger o rosto do sol enquanto olhava ao redor. — Tem alguém aqui. Ou tinha e deixaram o carro.

— Eu esperava um avião — disse Gina. — Não parecia que isso era pedir muito a um campo de voo, ainda assim aqui estamos.

— Você estava planejando roubá-lo?

Ela deu de ombros.

— Se fosse necessário.

Um guincho metálico de repente rasgou o ar, e os dois saltaram. Gina afundou na grama baixa, mas Bucky se inclinou para frente. O sol brilhava nas portas do hangar enquanto se abriam. Era quase brilhante demais para ver, mas ele conseguiu definir uma silhueta escura de um avião estacionado ali, esperando pela decolagem e, abaixo dele, um piloto cuidando da inspeção pré-voo.

— Aquele é Crawford! — Bucky agarrou Gina pela mão, levantando-a. — É ele.

Ele tentou puxá-la para fora das árvores, mas Gina afundou nos calcanhares.

— Tem certeza? — perguntou ela, a voz aguda.

— Eu sei como ele é. — Ele se esticou para juntar os dedos com os dela, mas ela o afastou como se tivesse queimado. — O que aconteceu?

Ela deu outro passo para trás, os arbustos de espinhos agarrando suas calças.

— Talvez eu devesse esperar aqui.

— Não seja besta. Venha. — Daquela vez, ele ofereceu-lhe a mão e a permitiu pegá-la, então a levou em um passo rápido pela pista, ambos se agachando como se desviassem de tiros. Diminuíram o ritmo ao se aproximarem do hangar, e Bucky gritou: — Crawford! Ei!

A figura abaixo do avião se virou, e Bucky acenou.

Crawford deixou a prancheta cair.

— Por Deus, Buck — disse ele, correndo para encontrar Bucky e Gina nas portas do hangar. Seu rosto brilhava com suor, e seus olhos estavam rodeados de círculos escuros. — O que diabos você está fazendo aqui? Eles disseram que você perdeu a carona. Você não estava no hotel. A EOE está destruindo Londres procurando por você. Caramba, eu tenho que ligar para eles. Como você chegou aqui?

— Eu vim por uma rota diferente. — Bucky afastou os dedos de Gina e pôs uma mão em suas costas, encorajando-a a dar um passo à frente. — Essa é Gina Fleming. Gina, esse é o Sargento de Comando Nicholas Crawford.

Gina abaixou o queixo e deu um pequeno aceno.

— Oi.

Crawford olhou o espaço entre eles.

— Fleming… — disse lentamente, como se conhecesse o nome, mas não lembrasse de onde. — Você é…

— Imogen Fleming — disse ela, então acrescentou com uma timidez pouco característica: — Prazer em conhecê-lo.

— Olha, não podemos explicar — disse Bucky. — Mas precisamos levar Gina para os EUA.

Crawford piscou.

— Perdão?

— Ela vai voltar para os EUA conosco. — Bucky estava saltando nos calcanhares, eletrizado pela adrenalina de ter conseguido e achado Crawford. Sairiam dali juntos. Tinha funcionado. — O pai dela era um cientista que foi morto pela EOE, e tem uns caras malvados procurando por ela. Foram eles que mandaram o homem para o torneio. Ele não estava lá por minha causa, como acreditamos, ele queria Gina!

Um franzir de cenhos familiar apareceu entre as sobrancelhas de Crawford.

— Vamos com calma.

— Vamos levar Gina para Arlington conosco. — Bucky estalou os dedos, brincalhão, em frente ao rosto de Crawford. — Vamos, Nick, tente acompanhar.

Crawford não sorriu. Ele pegou a prancheta do chão, tirando poeira do papel.

— Não será possível.

— Esse é um Thunderbolt, não é? — Bucky apontou para o avião. — Tem espaço para uma terceira pessoa. Podemos levá-la conosco.

— Não é questão de… — Crawford perdeu a linha de raciocínio, apertando a ponte do nariz. Ele se virou para Gina, dando a ela o que deve ter esperado ser um sorriso, que mais parecia uma careta. — Senhorita Fleming, você acha que pode nos esperar no escritório ali? Talvez possa fazer um pouco de chá enquanto eu converso com Bucky.

— Eu não quero fazer chá — respondeu Gina. Bucky sentiu os dedos dela subirem por seu pulso, do mesmo jeito que aconteceu quando foram fotografados no torneio de xadrez. — Prefiro ouvir o que está sendo dito sobre mim pelas costas.

— Bom, que tal prometermos não dizermos nada até podermos falar em sua frente? — Crawford pôs uma mão no ombro de Bucky, separando-os. Bucky quase esperava que Crawford empurrasse Gina em direção ao escritório com o pé, como se estivesse mantendo um vira-lata fora de seu quintal. Ela começou a protestar, mas ele disse: — Senhorita Fleming, por favor, não vamos demorar. Assim que a água ferver, teremos terminado. Então poderemos sentar e conversar bebendo chá como pessoas civilizadas.

Antes que ela pudesse protestar mais, Crawford arrastou Bucky para fora do hangar. Bucky olhou para trás, encontrando Gina, mas o sol estava brilhante demais para ver algo além de sua silhueta contra a barriga cromada do Thunderbolt.

Na pista, Crawford empurrou Bucky para longe com agressividade. Bucky quase riu, achando que Crawford estivesse a ponto de dar-lhe uma chave de braço e repreendê-lo por ter fugido sem dizer aonde ia.

Mas ao invés disso, Crawford bradou:

— O que diabos você estava pensando, trazendo ela aqui?

Bucky levantou os olhos. Crawford o encarava, rosto duro, braços dobrados em frente ao peito.

— Ela precisa de nossa ajuda — disse Bucky. Tentou se manter ereto, mas conseguia sentir seus ombros subirem, como se se preparasse para um golpe. — Ela precisa sair da Inglaterra. Tem pessoas ruins atrás dela. Se ficar...

— Ela estava sob *custódia do governo* — disse Crawford, sua voz tremendo com uma raiva muito pouco reprimida. — Como ela… Quer saber? Não me conte. Eu não quero ter que mentir no julgamento. Por Cristo, Buck.

Ele arremessou a prancheta, e ela quicou no chão. Bucky se encolheu. Nunca vira Crawford irritado daquele jeito, nem na noite em que dera um soco em Johnny Ripley na fonte de refrigerante. Crawford deu as costas para ele, mãos juntas na nuca, ombros subindo e descendo com o esforço para não gritar.

— Não.

— Não o quê?

— A resposta é não. Não vamos levar a lugar algum. Vou ligar para a EOE para que venham buscá-la.

— Você não pode fazer isso!

Crawford virou-se para ele.

— Ao menos, preciso chamar de volta todos os agentes que tiraram de campo para revirar Londres te procurando. Você não pensa?

— Você não entende. Tem um homem, eu acho que ele pode ser agente duplo. Ele estava no torneio de xadrez. Ele tinha algum acordo com o pai de Gina...

— Pare, você sequer está se ouvindo? — Crawford pegou Bucky pelos ombros, balançando-o tão forte que o fez morder a língua. — Não. Ela não vem conosco. Eu poderia te dar um milhão de razões para isso, mas de que adianta? Você não vai me ouvir. Você nunca escuta. Isso não é sobre você e uma menina bonita de quem você gosta. Há vidas em jogo aqui, e você está perdendo um tempo que poderia ser gasto em agentes reais que precisam de ajuda real.

— Então a vida dela importa menos porque ela não tem um carimbo de aprovação do governo? — Bucky se soltou das mãos de Crawford, resistindo à vontade de esfregar os braços.

— Estou dizendo que ela não é problema seu, e tampouco sua responsabilidade — respondeu Crawford. — Você desobedeceu a EOE. Você fez uma confusão, uma confusão muito cara, porque você acha que sabe mais do que as pessoas no comando. Vamos ligar para a EOE para virem buscá-la, e então você vai voltar para casa comigo.

— Mas Gina...

— James. — Bucky se encolheu. Crawford usou seu nome como se fosse uma arma. — Como seu comandante, estou ordenando que pare.

Bucky levantou o queixo.
— Você não é meu comandante.
Crawford começou a andar em direção ao escritório, mas Bucky ficou em seu caminho. Crawford tentou desviar dele, mas Bucky se moveu junto, e Crawford inclinou-se para trás, dando uma risada falsa com as mãos enganchadas nos bolsos.
— Não brinque comigo, garoto.
— Não vou deixar você ligar para eles.
— Você está cometendo um erro, Buck.
— Não parece de meu ponto de vista.
— Bucky. — A mão de Crawford se moveu para seu cinto, flutuando acima da pistola. — Saia.
Ele não atiraria em mim, pensou Bucky, mas um arrepio frio de incerteza o atravessou.
Crawford deu um passo em direção a ele, e Bucky levantou os punhos, uma postura de boxeador. Do jeito que Crawford lhe ensinara.
— Não vou deixar você levá-la.
— Abaixe as mãos — disparou Crawford. — O que você acha que isso é? Uma de suas briguinhas de escola?
Se terminasse assim, Bucky estava pronto. Ele conseguia lutar com os melhores deles.
Crawford balançou a cabeça.
— Jesus, Buck. Abaixe as...
Suas palavras foram cortadas por um tiro.
Bucky se encolheu, jogando as mãos no rosto. Crawford deve ter se movido tão rápido que disparou a pistola antes de Bucky notar que tirara do cinto. Baixou os olhos para si mesmo, esperando o sangue molhar sua camisa. Os homens no Campo Lehigh não disseram que às vezes não se sente a bala até muito depois dela ter encontrado o alvo?
Então Crawford cambaleou. Bucky levantou os olhos enquanto o comandante caía de joelhos. Ele abriu a boca, e sangue inundou seus lábios. Engasgou-se uma vez, um som áspero e úmido como um ralo entupido. Então caiu no asfalto.

Bucky cambaleou para trás. Seu corpo inteiro ficou dormente. Ele não conseguia entender o que via. Crawford, com sangue vazando das costas da camisa. Crawford, no chão. Crawford, sem se mover. Crawford, morto. Ele não podia estar morto. Ele estava ali, e não podia acontecer tão rápido.

Levou um momento para perceber o rosnado do motor e levantou os olhos. Um caminhão militar com uma lona traseira se moveu até parar em frente a ele. A porta do motorista abriu com força, e o Árbitro saltou para fora, sua pistola semiautomática ainda apontada para o corpo de Crawford. Ele atirou de novo, a bala acertando o fundo do crânio de Crawford. O corpo estremeceu, sangue espirrando na pista. Sob a luz do sol, parecia óleo derramado.

Bucky queria fechar os olhos. Não conseguia ver contra o brilho do sol. Não conseguia respirar. Não conseguia parar de encarar o corpo de Crawford. Queria tirar os olhos do corpo de Crawford. Nunca pararia de ver o corpo de Crawford.

O Árbitro descarregou o pente da pistola, então colocou um novo. Quando puxou o ferrolho, fez um som de ossos quebrando. Levantou a pistola, apontando para Bucky.

Bucky agarrou a arma de Crawford e mergulhou para baixo do caminhão do Árbitro, rolando por cima da barriga assim que o Árbitro disparou. O retrovisor quebrou. Um segundo tiro furou o pneu dianteiro esquerdo. Bucky se contorceu de bruços, se arrastando com o apoio dos cotovelos. O chassi do caminhão ainda estava quente e ele se engasgou com o cheiro de escapamento e poeira. Algo úmido estava empapando os joelhos de suas calças, e pensou ter rolado em uma poça de combustível do caminhão. Foi quando percebeu que se tratava do sangue de Crawford. Bucky engasgou, colocando a mão sobre a boca para não vomitar. Ele se atrapalhou com a pistola, quase derrubando-a enquanto apalpava a trava se segurança. Suas mãos suavam.

Escutou um cartucho acertar o chão, e viu enquanto o Árbitro circulava ao redor do caminhão, seus sapatos brilhantes refletindo o sol. Bucky agarrou a arma, seguindo a sombra do Árbitro enquanto ele se movia, pronto para atirar. Houve outro tiro, e Bucky se encolheu. Outro dos pneus estourou. O lado esquerdo se fora, e o caminhão cedeu. Bucky rolou para fora do caminho quando o chassi afundou em sua direção, o maquinário ainda quente queimando o ombro de sua jaqueta. Outro tiro, e o pneu traseiro direito começou a esvaziar. Bucky de repente percebeu que, se o Árbitro disparasse na última roda, ele seria esmagado debaixo do caminhão. Seria queimado pelo motor quente enquanto sufocava, seu tórax se dobrando em si mesmo antes de ser achatado.

Ainda havia espaço suficiente para ele se contorcer por baixo do último pneu cheio, mas conseguia ver os sapatos do Árbitro esperando-o ali. Sua sombra deitada no asfalto levantou a pistola, esperando. Estava deixando Bucky fazer uma escolha. Decidir como morrer.

Quando Bucky não se mexeu, o Árbitro atirou novamente, três vezes no pneu traseiro. O veículo afundou um pouco mais. Bucky tentou se mexer, mas seu pé ficou preso na suspensão, o peso do caminhão lentamente pressionando seus dedos e empurrando seu calcanhar contra o chão. Ele gritou de dor, os ossos em seu pé se curvando para trás até que o topo do seu pé estava quase achatado contra sua canela. Apertou os dentes, lutando para permanecer consciente, tentando pensar por entre o pânico e a dor e *pense, pense, pense*!

Então um som de trituração. A dor aumentou até sua visão ficar manchada, logo depois sumiu como uma luz apagando-se, substituída por uma pulsação fraca subindo e descendo por sua perna. O que de alguma forma parecia pior.

Bucky agarrou o para-choque do caminhão, tentando se puxar para fora. Um cano quente pressionava seu tornozelo exposto, e ele não conseguia senti-lo, mas sentia o cheiro de sua própria carne queimando. Derrubou a pistola, que escorregou para baixo de um dos pneus esvaziados, presa entre a borracha e o pavimento.

O Árbitro se agachou, espiando por baixo do caminhão até seu rosto se nivelar com o que Bucky.

— Você foi avisado — disse ele. — Agora, onde está Imogen Fleming?

Bucky cerrou os dentes, desejando ter uma resposta melhor que o choramingo de dor que deixou escapar.

— Eu vou encontrá-la com ou sem você — disse o Árbitro. — Última chance.

Bucky cuspiu nele. Sua boca estava cheia, sua garganta marcada pela fumaça do caminhão, então não foi tão longe quanto sabia ser capaz de cuspir, mas o Árbitro entendeu o desprezo por trás. Ele levantou-se.

— Muito bem.

Bucky se debateu, enfiando as unhas no asfalto enquanto tentava escapar. Uma de suas unhas foi arrancada, sangue correndo nas costas de sua mão. Conseguia ver a sombra do Árbitro no chão enquanto se levantava, apontava a pistola e mirava na última roda.

Mas antes que pudesse atirar, o Árbitro saltou para fora do caminho. O ronco de um motor atravessou as orelhas de Bucky. Alguém ligara o Thunderbolt, e um momento depois, a asa acertou a lona que cobria os fundos do caminhão. Ele levou a cabine, arrastando o caminhão para que subisse em suas duas rodas da direita. Enquanto o caminhão tombava, Bucky saiu de baixo dele apoiado nos cotovelos. Sempre que sua perna atingia o chão, uma nova onda de dor o inundava. Ele ia vomitar. Ou desmaiar. Ou os dois. Provavelmente os dois. As palmas de suas mãos estavam retalhadas e ensanguentadas, cortes salpicados de cascalho.

A asa do Thunderbolt se libertou do caminhão, e Bucky jogou a cabeça para trás, semicerrando os olhos para a cabine enquanto passava. Gina estava atrás dos controles, cabelo bagunçado sob os fones de ouvido que colocara de qualquer jeito. A colisão com o caminhão tirou qualquer velocidade que tinha, e o avião não estava taxiando rápido o suficiente para a decolagem. Ela teria que dar a volta, ou então nunca sairia do chão.

Bucky olhou ao redor com desespero, tentando ver aonde o Árbitro fora, se perguntando se Gina conseguira esmagá-lo quando acertou o caminhão. Mas então Bucky o viu agachado, escondido de Gina atrás do jipe de Crawford. Sua pistola estava colocada contra seu peito, e Bucky percebeu que esperava Gina voltar antes de atirar. Deve ter pensado que Bucky estava em algum lugar debaixo do caminhão esmagado — não o procurava mais.

A própria pistola de Bucky — a pistola de Crawford — ainda estava presa debaixo de uma das rodas do caminhão. Conseguia ver o brilho do sol refletindo no cano, como o flash de uma moeda. Bucky se arrastou para frente, se esticando para alcançá-la. Estava tão presa que ele teve certeza de que, mesmo que a recuperasse, estaria muito torta para atirar. Conseguia ouvir o avião dando a volta, o motor ficando cada vez mais alto enquanto Gina apontava-o para o final da pista e dava a ré.

O Árbitro saltou de trás do jipe e andou confiante para o centro da pista. Nivelou a pistola com a cabine do Thunderbolt virando em sua direção e abriu fogo. Balas ricochetearam do fundo do avião, subindo até o para-brisa. Um acertou a fuselagem, e uma coluna de fumaça foi cuspida.

Bucky usou todo o seu peso contra a roda do caminhão, puxando a pistola até que a arrancou. O cano estava arranhado, mas não visivelmente danificado — se houvesse qualquer defeito no interior, não importava o quão pequeno, a coisa toda podia explodir em seu rosto. Ele conferiu o carregador. Havia uma bala.

O tiroteio parou, e Bucky ouviu o som de um carregador acertando o chão. O motor do avião gritava com eles. A hélice levantando uma nuvem de poeira.

O Árbitro levantou a pistola novamente e mirou na cabine, assim que Bucky se puxava para cima com a ajuda do pneu do caminhão. Ele obrigou sua perna esmagada a segurá-lo, mesmo que tremesse tanto que não parecia permitir-lhe ficar completamente de pé, quanto mais atirar.

Mas ele lutaria até o último peão. Fora muito longe para desistir.

Respirou fundo. Apontou a pistola ao mesmo tempo em que o Árbitro mirava em Gina.

Bucky disparou.

A bala acertou o Árbitro no pescoço. Ele desabou no chão quando Gina puxou os controles com força. O Thunderbolt se lançou para o ar, as rodas quase acertando o caminhão tombado. As asas balançaram por um momento antes que a aeronave se acertasse, então rumou em direção ao sol, luz refletindo no domo que envolvia a cabine enquanto ela subia.

E Bucky não conseguiu mais se manter de pé.

Capítulo 23

1941

Bucky passou três semanas em um hospital de Londres, e depois de duas operações para reparar os danos que o caminhão do Árbitro causara nos ossos de seu pé, estava pronto para dar uma de cangaceiro e fugir dali. Ele estava entediado, exaurido por causa da dor, e se sentindo mais e mais fora de lugar com o passar dos dias. Ninguém da EOE foi visitá-lo enquanto estava deitado, nem para explicar-lhe o que houve no campo de voo. A única coisa que a inteligência britânica parecia querer era tirá-lo do país.

Em Virgínia foi pior — a mesma solidão isolada e exaustão no fundo dos ossos, exceto que sem morfina. A casa dos Crawford estava tão silenciosa quanto um mausoléu. A Senhora Crawford trouxera Bucky de volta sem hesitar, garantindo-lhe repetidas vezes o quanto continuava sendo bem-vindo, sendo parte daquele lar, e que ela faria o que pudesse para ajudar, era o que Nick gostaria. Alguns dias dizia com lágrimas nos olhos, às vezes com um olhar vazio, perdido, e ele não sabia qual era pior. Precisava sair daquela casa — de Arlington, por quaisquer meios necessários. Ele subiria em um ônibus e viajaria em círculos ao redor do país até que tivesse idade suficiente para se alistar se aquele fosse o único jeito.

O médico no Campo Lehigh colocou Bucky em uma terapia de reabilitação na base com especialistas militares, o que queria dizer que, duas vezes por semana, por uma hora que parecia durar dias, seu pé estava enrolado em tiras elásticas e esticado de formas que o fazia gritar sequências de xingamentos contra os médicos obviamente sádicos. Quebrar seu pé não doera tanto. Aqueles primeiros dias sem a morfina teriam sido tranquilos se fosse comparar.

Ao fim de cada sessão, o terapeuta severo o deixava suado e exausto em uma cama de hospital, tremores percorrendo todo seu corpo em direção a seus quadris, com instruções para flexionar e apontar seus dedos do pé por cinco minutos antes de ser liberado. Normalmente, ao invés disso, deitava-se com os olhos fechados, tentando focar nos pontos coloridos atrás de suas pálpebras e não na dor ou na memória de Crawford caindo de joelhos ou no avião de Gina desaparecendo contra o sol.

A reabilitação foi horrível, mas ao menos era um lugar para ir e alguém para lhe esperar. Algo diferente de perguntar à secretária mais uma vez se alguma correspondência chegara, desejando que ela lhe entregasse uma carta com o nome de Gina no envelope. Ele lhe dera seu endereço. Ele pedira que escrevesse.

Mas se ela tomara aquela pílula e apagara as memórias implantadas de seu pai, talvez nem lembrasse dele. Ela veria uma anotação de um estranho na capa de um livro com a metade grudada.

Bucky encarou o teto manchado do salão comunal de recuperação, rodando seu calcanhar sempre que alguém olhava em sua direção, como se tivesse um motivo para estar ali. Odiava estar na casa dos Crawford. Mesmo estar no quartel com os soldados se tornava uma lembrança dolorosa do quanto não se sentia mais pertencente àquele lugar. Estava cansado de responder o que acontecera com seu pé, repetindo uma mentira sobre um acidente de avião que matara o comandante, tentando fingir que não via o sangue de Crawford empapar seus joelhos enquanto se deitava debaixo do caminhão.

Da cama ao lado da sua, alguém tossiu.

— Tudo bem por aí?

Bucky levantou sua cabeça. O outro soldado se sentara, o pacote de gelo pressionado contra seu queixo começava a derreter no braço. Mesmo que o homem estivesse sentado, Bucky conseguia ver o quanto era alto, com ombros largos e coxas grossas que esticavam as costuras de seu uniforme padrão. Apesar de sua compleição, seu rosto era de um garoto, dando-lhe um aspecto de ter crescido antes da hora, como uma erva deixada para florescer em um campo fertilizado. Talvez fosse o corte novo de cadete. Fazia todo mundo parecer um bebê.

O soldado deu-lhe um sorriso tímido.

— Você tem um vocabulário bem grande. Em um monte de idiomas. Eu acho que ouvi inglês, alemão, russo, e... francês? Você sabe alguma coisa além de xingamentos?

— Não em francês — respondeu Bucky.

— Onde aprendeu alemão?

— De um entregador suíço. Não sou nazista — acrescentou, e pareceu mais na defensiva do que gostaria.

— Não, claro que não. — O soldado levantou sua mão livre. — Você se alistou?

— Ainda não.

— Então o que aconteceu com sua perna?

Bucky sentou-se, estremecendo enquanto buscava os sapatos debaixo da cama.

— Isso está acima de seu salário.

— Imaginei. — O soldado reajustou o saco de gelo nas mãos, e outra cachoeira escureceu sua manga. — Precisa de uma ajuda? Ele perguntou, meneando a cabeça em direção aos sapatos de Bucky.

— Consegui. — Bucky cerrou os dentes enquanto puxava sua bota por sobre o pé machucado.

Ele teria ido embora, mas havia neve no chão. Acordara aquela manhã e encontrou o campo totalmente coberto de branco.

— Eu ainda estou me acostumando com as coisas aqui — disse o soldado —, mas se você precisar de alguém...

— Estou ótimo. — Bucky puxou os cadarços com força demais e uma onda de dor subiu sua perna. Ele engoliu um choro.

O soldado pareceu pronto para oferecer ajuda novamente, então Bucky emendou uma pergunta: — Você se alistou?

— Acabei de chegar.

— Como você veio parar no Campo Lehigh vindo de lá do Brooklyn?

O soldado riu, ficando de orelhas vermelhas.

— Cacete, é tão óbvio assim? Eu achei que estava conseguindo controlar o sotaque.

— Você fala parecendo um engraxate.

— Para com isso. — O soldado bateu de brincadeira em Bucky. — Não é pra tanto.

— Fale *uns trocado pr'um jornal, sinhô*?

O soldado sorriu. Ele parecia familiar — alguma coisa na linha de sua mandíbula, mesmo que Bucky não soubesse dizer onde o vira antes.

— Você já esteve no Brooklyn? — perguntou o soldado.

— Já fui em Coney Island.

— Andou no Ciclone? — O soldado deslizou para a beirada de sua cama, cotovelos nos joelhos enquanto se inclinava, ansioso. — Da última vez que eu fui, não me deixaram entrar. Eu era muito pequeno.

— Quantos anos você tinha, quatro? — murmurou Bucky.

O soldado deu de ombros.

— Eu nunca fui tão alto assim.

— Mentira que você não nasceu com dois metros?

— Um e oitenta, na verdade.

— Bom, eu já achava que você estava de salto alto.

O soldado o encarou por um momento, então sorriu de novo. O canto direito de sua boca se curvou primeiro, dando a seu rosto esculpido uma assimetria tão charmosa que Bucky sorriu também.

— Me disseram que você se achava espertinho — disse o soldado. — Ou um pé no saco. Não lembro qual dos dois.

— Quem está falando de mim? — perguntou Bucky.

— Isso está acima do seu salário. — O soldado colocou as pernas na cama, sentando-se com elas cruzadas. Ele era tão grande que fazia tudo parecer móveis infantis. — Quando você vai se alistar?

— Eu não sei. Me ofereceram um adiamento médico para quando eu fizer dezoito por causa do pé. Eu acho que vou aceitar.

— Parece que você foi e voltou.

— Meio que sim. — Bucky esfregou o pescoço. — Eu não sei se gosto de seguir ordens.

— Então você prefere tomar as decisões.

— Eu prefiro ajudar a escolher as que vamos tomar — disse ele. — E se estamos ou não tomando as coisas certas. Eu não sou fascista, eu juro — acrescentou rápido. — Apesar do alemão.

— É claro que não — disse o soldado. Seus olhos eram do azul de uma chama, e Bucky se sentiu inclinar em direção ao calor. — Só significa que você percebeu que o mundo não pode ser dividido entre mocinhos e vilões. Esse é o primeiro passo. Agora você pode parar de se preocupar em fazer a coisa certa e começar a focar em fazer o que é necessário.

Bucky semicerrou os olhos para ele.

— E quem é você?

O sorriso torto voltou.

— Já ouviu falar da Companhia Capacitada do Exército?

— Não.

— Ótimo. E que continue assim. Você se importa se eu te colocar em contato com Rex Applegate? Eu acho que deveria conhecê-lo. William Fairbairn também.

— Você quer que eu os procure na lista telefônica ou algo assim? — perguntou Bucky.

— Não, eles vão te ligar. — O soldado levantou-se, jogando o pacote de gelo na cama. Qualquer que fosse o inchaço que estivesse contendo, parecia ter desaparecido completamente.

— Parece que o queixo já melhorou — disse Bucky.

— Eu me curo rápido. — Seus olhos azuis brilharam, como se tivesse uma piada interna consigo mesmo. Bucky quis saber do que se tratava. Queria ser confidente daquele estranho enigmático.

Não queria que ele fosse embora.

Se controle, reclamou consigo mesmo. Estava tão desesperado para criar laços com alguém, que se agarraria à primeira pessoa estranha de olhos azuis que sorrisse. Bom, segunda. Se forçou a não pensar em Gina.

— Ei, boa sorte com as coisas. O que quer que aconteça. — O soldado ofereceu uma mão, e Bucky a apertou. — Talvez nos vejamos de novo.

— Quando a Companhia Capacitada me ligar?

— Espero que antes disso.

— Barnes! — Alguém chamou, e Bucky virou-se. Uma das secretárias estava de pé na porta, olhando pela sala de recuperação. Quando o viu, balançou um cartão postal em sua direção. Ela estava muito longe para que pudesse entender a foto na frente. — Carta para você.

— Já vou! — Virou-se, mas o soldado já ia embora, a jaqueta presa em um ombro. — Ei! — chamou, e o soldado parou. — Eu não sei o seu nome.

— É Rogers. — Aquele sorriso novamente. — Steve Rogers. E você é Barnes, não é? — Ele fitou a porta onde a secretária ainda esperava.

— James Barnes, isso.

— Alguém já te chamou de Jim?

— Não, mas me chamam de Bucky. Você pode... — As palavras prenderam em sua garganta, e ele tossiu. — Você pode também. Pode me chamar de Bucky.

— Prazer em te conhecer, Bucky. — Fez uma pequena saudação enquanto se virava. — Cuide desse pé, e fique de olho no telefone!

Capítulo 24

1954

A enfermeira no bunker é novata — uma mulher ruiva com ombros largos e estrabismo.

V senta-se quieto na mesa de exames da enfermaria enquanto ela o analisa, movendo-se apenas quando lhe pedem. O frio do metal atravessa suas calças finais. Ele espera que ela pergunte sobre o buraco de bala em sua perna.

Ela não pergunta.

Quando termina, pega um medicamento intravenoso em um suporte no canto e amarra o braço dele. Sua pele pinica, uma sensação como os pelos se eriçando nas costas de um cachorro. Ele encara o lugar em seu braço onde ela passa o iodo, tentando ver as picadas escuras de suas últimas injeções ali, mas não consegue encontrá-las mais. Será que as imaginou? A memória de Svalbard está lentamente sendo encoberta, como uma ilha desaparecendo no horizonte. Oksana disse que… O que ela disse a ele? Então ele e Rostova… Onde está Rostova? Ele não a vê desde que pousaram… não é?

— O que é isso? — pergunta ele. A enfermeira para, e ele complementa: — Na garrafa.

Ela não pode dizer. Ele não pode perguntar. Ela provavelmente ainda é nova, e ainda segue regras. A enfermeira de antes… não tinha cabelo vermelho também?

— É glicose — responde ela sem olhá-lo.

— Por quê?

— Para estabilizar o açúcar em seu sangue. As instruções vieram do Doutor Karpov — diz ela, a carteirada vindo antes que ele pudesse perguntar qualquer coisa. — Uma picada rápida.

Ela enfia a agulha em seu braço, e ele se encolhe, apesar de não sentir quase nada. A reação pertencente a outra pessoa, um homem sem marcas de furos nos braços. Encara a garrafa de vidro suspensa acima dele, luz refletindo e refratando através do líquido transparente.

— Deite-se, por favor — diz a enfermeira. — E tente relaxar.

Ele se estica na mesa, apesar de sentir-se tão tenso quanto uma corda de piano. É uma raposa numa floresta, e mesmo que não veja ainda os cachorros se aproximando, consegue ouvi-los das árvores escuras. Inclina a cabeça, vendo como seu reflexo distorcido repete o movimento no vidro.

— Você sabia que há sapos que sobrevivem a climas polares ao se deixar congelar? — pergunta ele.

A enfermeira levanta os olhos da prancheta. Seus olhos estreitos, mas a voz continua sem expressão.

— É mesmo?

— É por causa da glicose. — Pelo canto do olho, consegue vê-la abaixar a prancheta, então abrir uma gaveta. — Eles substituem a água em seus corpos com glicose. Impede que suas células quebrem.

— Onde você aprendeu isso? — pergunta ela.

Ele a assiste furar o topo de uma garrafa selada com uma seringa. Quando puxa o êmbolo de volta, um líquido dourado preenche o tubo. Seus lábios movem, como se contasse a dose. Ele está muito longe para conseguir ler o rótulo na garrafa, mas pensa de repente, *ela vai me sedar*.

— Eu não sei. — Seu braço está pesado. Ele não sabe se consegue dobrá-lo. Quando engole, o gosto é de cerveja velha. Consegue sentir as bolhas em seu peito.

É como se tocasse alguma gravação na sala ao lado — algumas vezes entende a letra ou escuta a linha melódica, e sabe que já a ouviu antes — antes conseguiria cantar junto — mas agora não se lembra o nome da música.

— Não faça isso.

Ele está mexendo na fita prendendo a medicação no lugar, e a enfermeira está observando-o. Ele não percebeu o que fazia, mas não para.

— Eu disse não faça isso.

Ela se aproxima dele, a seringa cheia ainda não mão. Ele acha que ela vai tentar tirar os dedos metálicos da fita, mas ao invés, ela o estapeia no rosto.

Isso o atordoa. Não deveria atordoá-lo. Ele já foi acertado antes.

— Eu não quero isso — diz ele, balançando o tubo da medicação e fazendo a garrafa chacoalhar em seu suporte.

— Karpov disse...

— Eu quero falar com Karpov.

— Não é uma opção.

Por que ele está discutindo? Não deveria discutir com nenhum dos funcionários. Suas instruções são obedecer, obedecer, sempre obedecer.

Ele está cansado de obedecer.

— Deixe-me falar com Karpov — diz novamente.

A enfermeira o ignora.

— Ei. — Ele segura o braço dela com a mão biônica. — Você me ouviu? Eu disse que quero...

Sem aviso, ela enfia a seringa em seu pescoço.

O choque arranca sua respiração. Parece muito maior que uma agulha fina quando escorrega para baixo de sua pele. É como se ela o tivesse atingido com uma faca. Ele não consegue respirar. Ele não consegue respirar — não, ele *não está* respirando; parece que não consegue respirar em volta daquele corpo intruso. Como se uma respiração profunda pudesse arrastar a agulha e o que quer esteja dentro dela mais fundo nele.

O dedo da enfermeira salta do êmbolo, e ele se debate como uma enguia, sabendo que ela vai se manter firme. A agulha quebra em seu pescoço, deixando-a com uma seringa quebrada pingando.

A enfermeira pragueja, então joga a ampola quebrada em uma lixeira próxima. V ainda está arfando. Consegue sentir a agulha dentro dele, dançando abaixo da pele.

— O que era isso? — Consegue sentir o gosto no fundo da garganta. Metálico e amargo, como se chupasse moedas. — O que foi isso? — pergunta de novo. — Me diga.

Mas a enfermeira está no balcão, apertando o botão vermelho em um comunicador.

— Fuga na enfermaria — diz ela calmamente no microfone. — Preciso de assistência com o Sol...

— Pare. — Salta para fora da mesa, segurando o braço dela. O microfone escorrega no balcão e fica pendurado pelas cordas, balançando. A estática soa alto. — Me diga...

Ela o acotovela no rosto, forte o suficiente para fazê-lo cambalear para trás. Ele acerta a mesa de exames, e a enfermeira o empurra para deitá-lo. Há faixas para prendê-lo — sempre estiveram lá? — e ela está tentando segurar seus membros para amarrá-lo.

— Preciso de reforços! — grita para a porta.

Ela é forte — mais forte do que V esperava. E ele se sente lento, cada movimento como se caminhasse na lama.

Ele agarra o tubo da medicação e o arranco do braço. Imediatamente, se sente mais leve, mas se é um truque da sua mente ou não, não sabe dizer. A enfermeira prende uma de suas pernas, mantendo-a na mesa, e ele agarra o tubo da medicação e o enrola em seu pescoço. Ela luta para respirar, arranhando sua garganta tão freneticamente que arranca seu próprio sangue. Ela o acerta com um golpe fraco, e ele puxa o tubo. Ela perde o equilíbrio e cai, batendo a cabeça na beira da mesa. Desaba no chão, e V solta o tubo. Cai mole ao redor da garganta dela como um colar, derramando glicose no piso.

V levanta-se. Consegue ouvir um alarme distante. Corre para a porta da enfermaria, para encontrá-la trancada. Dá um soco, mas nem o braço biônico consegue machucar o metal grosso. Aquela sala foi feita para deixá-lo preso. Todo aquele bunker foi construído para ser uma cela de prisão. *Sua* cela.

Ele gira em círculos, procurando. É como se nunca tivesse estado ali — e já esteve? Tudo parece novo. Ele percebe pela primeira vez — talvez, talvez não — um painel de vidro opaco atrás da mesa. Ele já viu algo assim antes, em uma sala de interrogatório. Em Londres.

Gina Fleming, o batom manchado. Um dente quebrado — não o dela.

Ele corre para o vidro, saltando no balcão antes de se jogar através da janela, com o braço metálico levantado para absorver a maior parte do impacto e proteger seu rosto. O vidro quebra, e ele cai no chão do outro lado. Seu ouvido está zumbindo. O ar ao redor dele ressoa e incomoda.

Ele fica deitado por um momento, confirmando que não está ferido, então levanta-se. Olha ao redor, tirando vidro quebrado do cabelo. Ele caiu em um deque de observação, com bancos altos para que os ocupantes possam ficar de olho na enfermaria. Devia ser um vidro unidirecional, alguma coisa usada para observá-lo sem ele saber.

Levanta-se. Há uma porta do lado oposto do deque de observação, e ele cambaleia para ela. O som de vidro quebrado ainda ecoa em sua cabeça, elevando-se para um rosnado como um motor lentamente se aproximando.

Para além do deque, uma câmara cilíndrica e grande está suspensa acima do chão, cercada por um emaranhado de cabos e latas de prata reluzentes. Abaixo dela, uma prancha com alças como uma maca médica está pendurada verticalmente em um guindaste pneumático. A máquina zumbe baixinho, como se estivesse esquentando. V examina o painel de controle, tentando entender para que a máquina serve. Há cinco sessões, cada uma rotulada com fontes maiúsculas — SISTEMAS DE SEGURANÇA, ANÁLISE, SINAIS VITAIS, ENERGIA DO SISTEMA, e CRIOSTASE. Abaixo de CRIOSTASE há um painel de temperatura, o mais baixo rotulado com **-196º** c. Ele sente alguma coisa úmida e fria escorrendo por seu pescoço, mas quando passa a mão, ela volta seca.

Ao lado do painel de controle há uma mesa, com uma única gaveta de arquivos em cima. V tira a gaveta do lugar com o braço de metal e passa pelos documentos dentro. Cada arquivo está marcado com uma data diferente.

O primeiro é:

1945, Procedimentos Iniciais e Primeira Criostase

Ele abre e encontra uma tabela médica, começando com a lista de sinais vitais, seguida de um relatório de ferimentos.

Braço, esquerdo, desaparecido abaixo do cotovelo, dano muscular e ósseo extensivo entre cotovelo e ombro, amputação na cabeça do úmero recomendada

Costas quebradas
Clavícula fraturada
Fêmur fraturado, direito
Ulna fraturada, direita
Tíbia fraturada, esquerda
Joelho fraturado, esquerdo
Crânio fraturado, osso parietal
Pulmão perfurado
Baço rompido
Congelamento, extenso dano tecidual
Hipotermia

Ele estremece com simpatia. Que pobre soldado foi trazido para este lugar com um corpo tão danificado? E que psicopata decidiu tentar salvá-lo? Deve ter apenas prolongado o inevitável, estendendo os dias finais. Ele vira o papel, buscando por uma hora e uma data de morte, mas seus olhos se fixam na lista de procedimento.

Braço, esquerdo, amputado na altura do ombro. Estrutura de tecnologia biônica instalada. Aguardando prótese.

Uma pontada daquela dor fantasma sobe e desce por seu braço. Uma peça perdida dele o alcança através da escuridão. Uma lembrança de gelo. Fantasmas sussurrando atrás de luzes brilhantes. Um braço que não era mais dele, estendendo para...

No final do relatório cirúrgico, alguém escreveu uma série de doses ao lado das palavras *colocado em criostase para recuperação acelerada. Temperatura de armazenamento recomendada —196º C.*

Criostase. Ele não conhece a palavra, mas consegue sentir o frio. Já está em seus pulmões. Suas juntas. Ele vive com ela, sempre adormecida logo abaixo de sua pele. Ele apenas não sabia de sua origem até agora.

Ele revira o resto dos arquivos, folheando as abas.

1946, Codinome Bezukhov — Primeira Injeção
1946, Codinome Bezukhov — Segunda Injeção com ECT
1946, Codinome Bezukhov — Terceira Injeção com ECT, Suplementada com 300 Miligramas de Fenobarbital
1946, Segunda Criostase
1948, Codinome Bolkonsky — Primeira Injeção, Fórmula Revisada
1951, Codinome Levin — Primeira Injeção, Fórmula Revisada, Suplementada com Fenobarbital
1953, Codinome Kuragin — Primeira Injeção, Fórmula Revisada com ECT
1953, Codinome Karenin — Segunda Injeção, Fórmula Revisada Versão 2 com Cetamina e 1500 Miligramas de Pentotal de Sódio por Via Intravenosa com Solução Salina

Eles não são ele. Todos são ele.

Cada um conta uma história diferente de uma vida que ele não lembra ter vivido. Lugares dos quais não se lembra, pessoas que não sabe que conheceu. Em cada uma, era ele e Rostova, ele e Rostova, caçando algo ao redor do mundo. Alguma coisa que ninguém nunca nomeou. Uma pasta chama de Marrakesh. Outra, Amsterdã.

Cobaia fez contato com Imogen Fleming. Cobaia foi sedada no local e trazida de volta à base. Análises do cérebro indicam aumento da atividade no hipocampo. É indicado que ele seja colocado em criostade até que a fórmula seja revisada. Abaixo DE ASSINATURA DE AUTORIZAÇÃO está o nome de Karpov.

Um outro relatório: *uma hora depois da primeira dose intravenosa de cetamina ser administrada, a cobaia apresentou convulsões e vômito. Colocado em oxigênio suplementar para elevar sinais vitais. Procedimento tábula rasa recomendado para estabilizar.*

Outro:

A fórmula revisada suplementada com terapia de eletrochoque bitemporal é efetiva em suprimir memórias retrógradas, apesar do fato de que memórias implícitas foram afetadas adversamente. Cobaia experimentou dor física intensa ao receber o tratamento. Cobaia não sobreviveria mais terapia sob essa dose, e a formulação é inefetiva sem suplementação de eletrochoque. Tábula rasa recomendada.

Outro:

Cobaia roubou um bisturi da enfermaria e tentou fazer uma incisão autoinfligida na artéria radial do punho direito. Cobaia retornou à criostase. Formulação atual inefetiva.

Ele se segura contra a mesa, com dificuldade de se manter de pé. Toda a dor esquecida agora recai sobre ele novamente. As paredes que há muito o prenderam estão colapsando, e agora há um céu. Um horizonte. A droga de um mundo inteiro. Quantas vidas viveu? Quantas vezes morreu e voltou à vida? Quantos dias passou aqui, preso debaixo da terra e congelado repetidamente, suas memórias arrancadas dele e seu cérebro reconstruído em seguida? Abaixo de quantas luzes quentes se contorceu de dor, e de quantos banhos frios de gelo emergiu, ofegante nas primeiras respirações depois de anos — anos — de sua vida terem sido tirados dele?

No arquivo mais novo, há um relatório sobre um incidente em Riga.

Cobaia fez contato com o agente do MI5, codinome Outrora, em Riga. Outrora atirou na cobaia na coxa esquerda, bala removida em campo e tratamento seguiu de volta à base. Espera-se total recuperação. Dose mais alta de supressor temporário recomendada, tomada duas vezes ao dia oralmente, a ser administrada pela Agente Rostova. Equipamento tático adicional solicitado para proteger identidade e desencorajar comunicação verbal. Protocolo tábula rasa não recomendado.

A cicatriz em sua perna coça. Recebeu um tiro em campo durante uma missão, e não consegue lembrar-se porque o doparam. Por anos, enfiaram nele quaisquer drogas e eletricidade e gás até que esquecesse quem ele era.

Tudo pelo quê?

O último arquivo contém apenas um pedaço de papel, e quase o deixa cair quando encontra inesperadamente uma foto de si mesmo, presa na frente. A foto foi tirada de um ângulo de cima, olhando para seu corpo mutilado abaixo em uma mesa de operação. Parece um cadáver. Seu estômago se revira, e ele vira a foto ao contrário na mesa antes de olhar para o papel abaixo.

PROJETO: SOLDADO INVERNAL

Cobaia: James Buchanan Barnes

Pseudônimos conhecidos: Bucky, Canário, Desperado

Afiliações Conhecidas: Legião da Liberdade, Os Invasores, Exército dos EUA, Departamento de Estado dos EUA, Executiva de Operações Especiais Britânica, Capitão América, Companhia Capacitada

Cidadania: Estados Unidos da América

Nascimento: 1925, Shelbyville, Indiana, Estados Unidos da América

Relações Conhecidas:
George M. Barnes (pai, falecido)
Winnifred C. Barnes (mãe, falecida)
Rebecca P. Barnes (irmã, local desconhecido)
Condição: desaparecido em combate, considerado morto pelo Exército dos EUA: 1945, Londres
Habilidades:
Combate corpo a corpo
Treinamento do Exército dos EUA (extensão de educação suplementar desconhecida)
Fala inglês (fluente), russo (fluente), alemão (fluente), francês (semi-fluente)
Instrução de Contrainteligência pelo Exército dos EUA, EOE, ESE
Soro do Super Soldado: Negativo

— Bom — diz uma voz atrás dele. — Isso é uma pena.

V gira, procurando por uma arma que sabe que não tem.

Karpov está do lado oposto da sala, acompanhado de um grupo de seus guardas em armadura de combate completa. Seus fuzis estão abaixados, mas os dedos descansam nos gatilhos. Karpov dá um passo à frente, e um caco de vidro que V deve ter tirado de seus cabelos quebra. Soa como gelo. Um alerta antes que tudo afunde.

— Obviamente não é assim que acreditamos que você descobriria — diz Karpov, gesticulando de maneira vaga para o laboratório. — O ideal seria... Bom, o ideal seria que nunca descobrisse.

V joga o arquivo no chão entre eles o documento desliza pelo piso. Karpov o para com a ponta de seu sapato.

— O que vocês fizeram comigo? — demanda V.

Karpov pega a pasta, tirando a poeira da frente e remexe os documentos até que estejam alinhados.

— Fizemos o que era necessário.

— Necessário para quê? — a pergunta vem cuspida.

— Para sua sobrevivência.

— Pare de mentir para mim.

Karpov abre a pasta, estudando a única página com seu polegar nos lábios, como se nunca tivesse visto antes.

— Meu departamento está criando o soldado perfeito, agente. *Você* será o soldado perfeito.

— Quem sou eu?

— Você é o Soldado Invernal — diz Karpov com firmeza. — Quem você *era* é irrelevante.

— Mas eu era... alguém! — Sua voz falha. — Eu era outra pessoa. Eu era essa pessoa. Eu era James Barnes. Eu tinha uma vida, um país e uma família! E você arrancou isso de mim.

Karpov balançou uma mão.

— Sem mim, sua vida teria sido pequena e desimportante. Você seria apenas mais um soldado que morreu no front. Uma cova em meio a outras centenas. Mas você e eu juntos, Soldado... estamos fazendo história. Você é o primeiro de uma nova raça.

— E se eu não quiser ser?

— Então você deveria ter morrido — diz Karpov, sem expressão. — Acredite em mim, houve dias em que desejei que você morresse. Mas você continuou se recusando, de sua maneira teimosa. Você quis isso. Nós dois sabíamos que você estava destinado a ser mais na vida que o parceiro patético do Capitão América.

— Por que eu não lembro de nada? — pergunta V. Ele quer rasgar seu coração, cair de joelhos em uma performance de loucura. — O que vocês fizeram comigo?

Um dos guardas levanta o fuzil, mas Karpov levanta uma mão, então dá outro passo em direção a V.

— Durante a guerra, houve uma corrida para criar o primeiro soldado sobrehumano. Um homem forte o suficiente e dedicado tão completamente a sua causa que morreria antes de fraquejar. Os estadunidenses tentaram isso com o capitão deles.

Olhos azuis piscam na mente de V. Um sorriso torto. O cheiro de pós-barba. O gosto de goma de mascar de hortelã.

— Os alemães tinham Zola e seu Übermensch — continua Karpov. — Hidra e os Agenda Infinita. Apenas eu vi o defeito fatal em cada um desses projetos. Eles permitiam que as cobaias retivessem a identidade deles além de seus papéis enquanto agentes de seus países. Todos entenderam depois de um tempo, após seus soldados morrerem ou se rebelaram. Agora me perseguem, fingindo que já sabiam da verdade. — Karpov pressiona as mãos juntas, encostando as pontas dos dedos. — Para se desfazer uma pessoa, você deve apagar suas memórias. São elas que nos tornam quem somos. E um soldado não deve ser nada além de uma arma. Eu tinha ideias de como isso poderia ser alcançado. Fizemos experimentos durante a guerra. Nada alcançou o efeito desejado. Então encontramos você.

Ele afasta os braços para V e sorri, como um pai recebendo de volta seu filho pródigo.

— Após cair de um avião e ser deixado para morrer nas águas congelantes do Canal da Mancha. Você não se lembrava de quem era, mas manteve todas as suas habilidades motoras, fala, sentidos. Era perfeito. Suas memórias podiam acabar voltando depois de um tempo. Amnésia causada por uma concussão não é sempre permanente. Mas o que importaria? Sem nós, você teria morrido no gelo. Salvamos você.

— E quando eu comecei a lembrar? — pergunta V. — É o que aconteceu todas as vezes, não é?

Karpov contrai os lábios em um sorriso triste.

— Não mais, graças à fórmula que você recuperou para nós. O químico britânico Edward Fleming desenvolveu uma droga que altera o lóbulo temporal de modo que a recuperação de memória é impossível. Não fomos capazes de duplicá-la sem uma amostra. Mas agora que você e Rostova trouxeram a dose que Imogen Fleming nunca tomou, seremos capazes de fazer a engenharia reversa da fórmula e duplicá-la. A Hidra nunca conseguiria. Os estadunidenses estúpidos nunca conseguiriam. Mas você e eu, Soldado... Juntos vamos dar os primeiros passos nesse maravilhoso mundo novo.

V sente o fundo das pernas acertarem a mesa. Ele estava recuando sem perceber.

— Por que você está me contando tudo isso?

— Porque você não vai lembrar — diz Karpov, e levanta dois dedos para os guardas flanqueando-o. — Você será sedado e colocado em criostase até termos certeza de que a fórmula está pronta. A amostra que nos trouxe deve ser tudo o que precisamos agora.

Ele sorri de novo, e diz, com uma confiança sincera:

— Nunca mais vamos precisar fazer isso de novo.

Enquanto avançam, V percebe que as armas dos guardas devem estar carregadas com dardos tranquilizantes, e não balas. Eles não podem matá-lo, Karpov não permitiria. E mesmo que que tivessem sido instruídos a atirar para matar, não há mais que possam arrancar dele. Já o rasgaram e o bagunçaram tantas vezes.

Ele implorou pela morte. Segurou a faca contra o próprio pulso.

Mas dessa vez — talvez pela primeira vez — ele quer mais do que a morte da qual escapou tantas vezes. Ele quer abrir as fechaduras. Quer ver o céu.

Um dos soldados levanta a arma, mas Karpov coloca um dedo no cano.

— Espere. — Ele se vira para V, inclinando a cabeça para a porta do laboratório. — Vamos, Soldado. Isso não tem que ser uma confusão.

V não se mexe. Os lábios de Karpov se contraem.

— Não precisa lutar.

Mas aquela é a única coisa que já o ensinaram a fazer.

— Não é nada que você não tenha superado antes — diz Karpov.

Ele está cansado de superar. Ele quer viver.

Antes que possam se mover, V agarra um dos tubos grossos que conectam a câmara de criostase ao chão com seu braço de metal e o torce. Os parafusos mantendo-o no lugar se soltam, e uma torrente de ar frígido, branca e crepitando de frio, jorra, borrifando os soldados e Karpov. Eles se encolhem para trás, e V pula por cima da mesa e corre. O concreto abaixo de seus pés está úmido e liso, e veias de gelo branco estão se espalhando por ele pelo jato congelado.

Do outro lado do laboratório, ele vê uma abertura no teto. Corre para ela e salta, colocando o pé contra a parede com força o suficiente para se jogar para cima. Agarra a grade com seu braço de metal e a arranca de sua armação, então se ergue e entra no poço estreito adiante.

— Não deixem ele fugir! — Escuta Karpov gritar, mas já está correndo, agachado, suas costas resvalando no topo do poço de ventilação. Há um barulho atrás, mas ele não se vira para ver do que se trata.

À frente, o poço se divide em duas direções, e ele escolhe a esquerda sem saber por quê. Há um eco atrás dele, e algo acerta o braço metálico. Eles o seguiram. Estão atirando contra ele. Outro som — esse é curto e acompanha algo acertando o calcanhar de sua bota. Vira-se. Dois dos homens de Karpov se movem atrás dele, armas desajeitadas à frente. V muda de repente de direção, mergulhando de volta no poço, deslizando em direção aos guardas. Tentando ajustar as miras, mas ele os acerta antes que tenham a chance. O primeiro guarda está agachado, e V empurra os pés de baixo dele, então arremessa a cabeça do homem na parede da abertura. O segundo soldado está lutando com seu fuzil, esforçando-se para conseguir um tiro limpo. V agarra o cano, amassando-a contra o teto, então desfere um soco rápido contra seu queixo. O guarda cambaleia, e V agarra a arma do primeiro guarda e descarrega um tranquilizante no peito do segundo. Ele desaba, sem se mexer. V pensa em levar a arma consigo, mas dardos tranquilizantes são inúteis, e as armas são pesadas e vão apenas atrasá-lo. Ele continua se movendo.

Suas costas já estão doendo por causa do ângulo de seu agachamento, e de repente lembra-se do som de sua coluna quebrando quando acertou o gelo. Consegue sentir cada ponto onde seus ossos partiram, como um percurso delineado em um mapa. Lembra-se da queda. Lembra-se de perder o controle, do momento frio ao notar que não havia nada que pudesse fazer e a luta tornou-se medo. Foi assim que acabou.

Mas não precisava ser daquele jeito agora. Daqui em diante, ninguém decidia seu destino além dele.

Um baque surdo ricocheteia no poço, seguido por um assovio. O lugar ao redor dele se enche de ar quente e rançoso. Ele se dobra, tossindo, os pulmões convulsionando. O que quer que eles filtrem com os exaustores, devem ter lançado contra ele ao inverter a válvula, inundando-o. Seus olhos ardem e ele puxa a gola da camisa sobre o nariz e boca, embora isso não ajude muito. Precisa de sua máscara, pensa, e deixa escapar uma risada histérica. Ele precisa sair daqui.

O poço vai para cima em um ângulo reto agudo. Ele olha para a inclinação escorregadia. Não há nada em que e segurar se escalar, nem nada para segurar se cair. O ar ao redor está ficando mais quente. As paredes de metal do poço estão queimando. As solas de suas botas estão derretendo — consegue sentir o cheiro da borracha.

Há outro barulho atrás dele, e vira-se a tempo de ver um painel abrindo no chão. Alguém joga uma granada de luz através dele, e ela rola em sua direção. V aperta os dentes e olha para a inclinação vertical acima dele. Ele consegue ver um ponto a quase dois metros de altura onde um painel se soltou. Se agarrá-lo da maneira correta, pode estar solto o suficiente para usar como um ponto de apoio. Não consegue pular para alcançar. Não consegue nem tomar impulso antes.

Ele coloca a ponta da bota contra o fundo do escorregadouro, pressiona as costas no outro lado, ignorando o calor queimando sua camisa e o sangue pulsando através das cicatrizes de queimadura em seu ombro — *queimadura de frio*, pensa com raiva. Assim que a granada explode em uma coroa de luz, V se joga para cima, estendendo seu braço de metal. Agarra a beira do painel solto, e ele se desgruda da parede como uma pele de fruta. Acerta as costas na inclinação, seus pés contra o outro lado, e se coloca no lugar com as botas presas no painel solto. Abaixo dele, consegue ouvir os soldados escalando o poço, buscando-o.

Se estica novamente, enfiando os dedos na parede até criar um ponto de apoio. Se puxa para cima, então troca os dedos pelo pé, sem peso por um momento até se empurrar para cima como se o buraco fosse um degrau de escada. Se mantém movendo-se assim, mão sobre mão, mesmo quando escuta os soldados abaixo dele, gritando uns com os outros. A pele exposta de sua mão começa a se avermelhar e queimar com o calor.

Finalmente, a inclinação acima dele se curva e ele consegue se puxar, esperando outro túnel, mas ao invés disso ele cai. Tomba, sem peso, no ar vazio, e lembra-se do avião. Lembra de uma voz — Steve — tem que ser — quem é Steve? — mas é a voz de Steve, *Bucky, solte! Você tem que soltar...*

Então ele acerta a neve, só um metro abaixo. A queda arranca seu ar, mas quando abre os olhos está encarando o céu. *O céu.* Amplo e cinza, as nuvens pulsando com os restos de uma tempestade. A neve está caindo. Consegue sentir os flocos macios em seu rosto. Senta-se e percebe que rolou para fora do poço e caiu no teto do bunker subterrâneo, enterrado abaixo de montes pesados. A única pista que há são os dedos de vapor se esticando dos exaustores, movendo-se ébrios em direção ao céu.

V levanta-se. O frio penetrando as solas queimadas de suas botas, encharcando suas meias, e ele arfa com alívio. Para além do bunker, a tundra se abre, uma paisagem selvagem, hostil, quebrada apenas por calotas polares distantes. Ele respira, e deixa escapar um vapor branco contra o céu. Por um momento, parece não haver diferença entre céu e terra. Tudo uma expansão infinita de cinza, cinza, cinza. A vertigem o domina e ele quase tomba. *A droga do mundo parece de ponta-cabeça.*

A música de novo — como uma gravação através de paredes finas de apartamentos. Não consegue lembrar quando a ouviu, mas sente o gosto de sal e os toques rançosos de gelo derretido, e sua visão se inunda da imagem de um horizonte, uma cidade vista de um bar de cobertura.

Eu em meu uniforme. Você de gravata branca e fraque.

A música é afogada pelo ronco de um motor. V se abaixa por reflexo e rasteja até a borda do telhado do bunker, a tempo de ver duas niveladoras de neve saindo da garagem. Ele nunca vai sair daqui a pé. Deve haver uma base — algo além desse bunker enfiado na neve — onde ele e Rostova deixaram o avião. Por que não consegue lembrar? Por que não consegue lembrar de onde saíram? Aonde estavam indo? Estavam indo para a Noruega. Foram para...

Não, foram para Riga. Foram para Riga para acharem um homem em um bar, e ele tomou um tiro. V matou o homem em um parque iluminado pela luz da lua — não, Rostova o matou. Quando voltaram, os médicos fizeram alguma coisa em V, alguma coisa em sua memória. Para quantas outras missões foi enviado, das quais não consegue se lembrar? Quantas pessoas matou? O frio machuca seus olhos, e ele coloca as mãos em cima deles.

Quando a próxima niveladora de neve sai da garagem, V salta do bunker para o teto. O impacto chacoalha seus ossos, e ele tem certeza de que alguém no veículo deve ter ouvido, mas ninguém coloca a cabeça para fora da janela para verificar. Espera até que estejam longe o suficiente de outras niveladoras que não serão vistos, então desce e quebra o para-brisa com a mão de metal. Ele se joga para dentro, o teto frágil sendo esmagado por sua mão biônica. Há dois soldados na cabine, os dois usando fones de ouvido. O passageiro se recupera rápido o suficiente para apertar um botão no painel e começar a falar no microfone:

— Temos a cob...

V arranca os cabos do painel e o amarram no pescoço do homem, jogando-o para fora do para-brisa. Seu corpo acerta a neve. O segundo homem — o motorista — tenta alcançar uma arma entre os assentos, mas V bate forte em sua mão. Ele sente os ossos quebrando, e o homem grita.

Algo o acerta por trás: um terceiro homem que não vira agachado nos bancos de trás da niveladora o agarra pela cintura, jogando-o para frente. V perde o equilíbrio, e os dois caem no capô da niveladora. O guarda pousa em cima de V, um cotovelo pressionado contra sua traqueia. V tenta respirar. O movimento do veículo cospe agulhas de neve em seus rostos. Ele consegue sentir as picadas na pele exposta. Sua visão se preenche de pontos. Ele não consegue respirar. Tenta soltar seu braço biônico, mas está preso na grade da frente do veículo. Ele não consegue se soltar.

O soldado mexe no bolso de seu casaco, tentando encontrar um tranquilizante.

V enrosca as pernas ao redor da cintura do homem, então, com o braço ainda preso na grade, se deixa cair por cima do nariz da niveladora, em direção à neve. O homem rola com ele, surpreso com a mudança súbita de peso. V se balança para baixo da barriga do veículo, seu braço um pêndulo, mas o homem cai na frente da niveladora. Por um momento, a trilha deles na neve se torna um vermelho brilhante.

V se bate algumas vezes contra a neve compactada, tentando respirar, antes de conseguir prender seu pé no motor, levantando-se o suficiente para arrancar a grade da frente da niveladora de neve; então pula para o chão.

A niveladora sacode, mas continua indo em frente. V senta-se na neve, ofegando, esperando que ela faça a volta, mas ao invés disso segue em frente, abandonando-o até ser engolida pela tempestade.

Ele solta a grade de seu braço biônico quando levanta, jogando-a na neve. Não consegue mais ver o bunker. Não consegue ver mais nada — o terreno está parado e quieto. Ele respira o ar frio profundamente e se sente livre pela primeira vez, pelo que consegue lembrar. Por mais fugaz ou falha que essa memória possa ser, é dele. Começa a correr, esperança martelando nele, mais brilhante e mais forte por ter morrido de novo e de novo e de novo e ainda assim ter se levantado. Ele vai sobreviver. Ele vai conseguir sair dessa vivo. Ele vai se encontrar novamente.

Então a quietude da tundra é quebrada por um tiro.

V continua correndo, pensando por um momento de êxtase que devem ter errado. Ele ainda está de pé. Ainda se mexe. Então vê as marcas de sangue florescendo na neve ao seu redor como um campo de papoulas. Escutou histórias sobre as papoulas vermelhas em Flandres. Seu pai contou. Seu pai esteve na Europa durante a Grande Guerra, e depois que voltou para casa, nunca mais dormiu durante a noite.

V tomou um tiro — não de um tranquilizante, mas de uma bala, no mesmo lugar em que foi ferido em Riga. A adrenalina o carrega por alguns passos a mais que daria de outra forma, mas sua perna desabada abaixo dele, dobrando-se como um tripé. Ele acerta o chão e a neve e o envolve, jorrando por sua camisa e derretendo em um rio gelado nas suas costas.

Ele se apoia nos cotovelos, limpando seu rosto. Aperta os olhos para a paisagem cinza, tentando entender de onde o tiro veio, mas não consegue se orientar. Há uma quantidade muito grande de nada. Não consegue se lembrar que direção encarava antes de cair. Mesmo suas pegadas e as flores de sangue na neve tinham sido apagadas pelo vento. As niveladoras restantes estão muito longe, o ronco de seus motores refletindo na paisagem de um jeito que parecem estar se aproximando. Estão em lugar nenhum. Estão em todos os lugares. É assim que homens se afogam, pensa, *quando não conseguem diferenciar o mar e o céu. É assim que* eu *me afoguei*. Alguma de suas outras vidas acabou desse jeito.

Essa não vai.

V luta para se pôr de pé, arrastando sua perna atrás dele enquanto ela cospe sangue. Consegue cobrir o rastro. Ele precisa sair daqui. Pode encontrar abrigo. Pode lutar contra a dor — já aguentou coisa pior. Ele vai fazer um torniquete em sua perna. Vai manter sua pele fechada até que o sangramento pare. Já sobreviveu ao frio antes, o que é uma vez mais? Tudo o que precisa é de algum lugar para se esconder. Algum lugar para...

Um monte baixo de neve à frente dele se desfaz. Ele pensa, em um primeiro momento que deve ter sido outro tiro, esse largo, e quase vira-se procurando pelo atirador. Então vê a silhueta levantando-se de onde esteve deitada de barriga na neve. O traje tático branco e cinza faz com que seja quase impossível de ver na neve. Ele estava correndo em sua direção sem saber.

Ele tropeça, tentando se virar, mas suas botas são muito pesadas e seus pés estão dormentes. Consegue sentir o sangue escorrer de sua perna quando o francoatirador coloca o fuzil no ombro e mira de novo.

— Não! — V coloca o braço biônico em frente ao peito. — Não, espere...

A segunda bala se enterra na outra perna, um espelho da outra, e ele desaba de costas. Uma camada de neve o cobre, tão leve que parece estar caindo em açúcar. Ele encara o céu cinza, vendo sua respiração levantar para encontrá-lo. Escuta o clique do cartucho sendo expulso do fuzil. Flocos de neve acertam seus cílios, derretendo contra o calor de sua pele e escorrendo por seu rosto até seus ouvidos.

James Barnes, pensa ele. *Eu sou James Barnes. Meus amigos me chamavam de Bucky... Steve me chamava de Buck... Gina me chamava de... Gina me chamava de...*

O francoatirador fica de pé ao lado dele, removendo sua máscara, mas ele já sabe.

Rostova levanta seu polegar e indicador no formato de uma arma e aponta para o espaço entre seus olhos. *Bang*.

Ele ofega por causa da dor e do frio. Seus pulmões parecem que estão diminuindo dentro dele, e não conseguem uma respiração profunda. Cada uma vem em um arfar curto e molhado.

Ele foi derrubado por uma pneumonia nas Dolomitas. Steve enrolou os dois em um casaco e o abraçou até que a febre baixasse...

Rostova solta uma corrente de seu cinto, esticando-a entre as mãos para quebrar a camada de gelo no metal. Ele tenta se afastar de novo, mas seus cotovelos afundam na neve solta e ele desaba novamente. Rostova pressiona um pé em seu peito, mantendo-o no lugar. Ele agarra sua bota, tentando afastá-la. Sente suas costelas estalarem com a pressão. Suas mãos fraquejam. Seus ouvidos estouraram.

Sua irmã na piscina comunitária, pedindo para ele contar os segundos enquanto ela prendia a respiração debaixo d'água e sua mãe cochilava em uma espreguiçadeira no deque. Eles ficariam rosa por causa do sol. Pele seca se descolando deles como tinta durante todo o verão.

Rostova tira a bota do peito dele e a coloca no braço biônico, prendendo-o por tempo suficiente para enfiar uma pequena chave na porta do ombro usada para diagnósticos. Há um zumbido, um estremecimento tão profundo que parece que as células individuais de seu corpo se quebram por um momento, e então ele não consegue mais sentir o braço. A dor fantasma que o assombrava em Svalbard retorna, de alguma forma mais real e imediata que as balas em seus joelhos. Seu estômago revira.

Ponche em uma dança do exército, tentando chamar a atenção de Steve do outro lado do ginásio por cima do ombro de uma pilota linda da MFA com a cabeça dele contra seu peito...

Rostova prende os dois braços dele acima de sua cabeça e enrola a corrente ao redor. Ela vai prendê-lo em seu cinto e arrastá-lo até a base, como se fosse uma carcaça de animal trazida de uma cala.

— Não quer me amordaçar? — V se engasga, as palavras ásperas e rancorosas.

Rostova puxa a corrente com tanta força que ele sente seu ombro direito se desencaixar. Ele grita. Seus pulmões queimam.

Fumaça das fogueiras do acampamento que se prende em seu cabelo por semanas. Quando encontrou Gina em um bar em Dublin, a primeira coisa que ela disse, mesmo antes de beijá-lo foi "você está cheirando a fumaça", e ele respondeu "você tem cheiro de gim com um toque de limão..."

— Você sabia? — pergunta ele.

A mão de Rostova escorrega, e a corrente cai no chão. Ela não se move para pegar.

— Você sabia — diz ele. — Soube todas as vezes, e nunca me contou.

Ela conheceu mais versões dele — tem mais memórias dele — que o próprio. Ela sabe como ele era com o cabelo curto, conhece as linhas de frustração em seu rosto enquanto reaprendia os exercícios de combate com o braço biônico, nomes que ele não lembra dela chamando-o. Ela deve ter visto o jeito que seus olhos ficaram quando começou a lembrar, e deve saber como ficaram quando as memórias foram arrancadas novamente.

Rostova o prendendo no chão, lutando contra um bisturi em sua mão. O piso branco embaixo deles já escorregadio com sangue...

Rostova olha para o horizonte. Neve se acumula no topo de seu chapéu, e o vendo balança a pele.

— Por favor, pare de falar.

— Como você nunca me contou?

— Pare.

— Como você me olhou nos olhos todos os dias e me disse que me protegeria...

Ela pega a corrente da neve, puxando-o para sentá-lo e começou a puxar seu corpo pela neve. A dor explodiu em suas duas pernas — ele sente como se seus ossos estivessem se dividindo. As solas de seus pés latejam e ele não sabe se foi o calor ou o frio que as queimou.

— Você deixou que eu confiasse em você. — Ele se engasga. Está com tanto frio que mal pode falar. Sua mandíbula treme. — De novo e de novo e de novo.

Ela torce a corrente novamente.

— Cale a boca!

— Eu salvei sua vida.

Ela para. Vira seu rosto para o céu e ri, tão baixo que ele vê sua respiração enevoada antes de perceber que ela produziu um som.

— Você salvou. E você sempre salva. Não importa quantas vezes tentem, nunca conseguem apagar esse complexo de herói idiota de você.

— Valeu a pena? — Ele se levanta, músculos contraindo, e agarra a bainha do casaco dela. Ela se vira com força, mas não o tira dali. — Vocês tiraram minha vida e meu passado e minha família e meu país e minha mente. Me olhe nos olhos e me diga que você está orgulhosa de si mesma.

Ela não diz.

— Eu fiz isso para o meu país.

Ele ri. Sua garganta está seca, e ele sente o gosto de sangue.

— Você tem que melhorar isso.

Ela deixa a corrente cair, e ele desaba para a neve novamente. Não consegue sentir mais o frio. É um aviso.

Em seu curso de sobrevivência de três semanas fora de Nome, sua companhia aprendeu os sinais de alerta de hipotermia. Mindinho não parava de chamar de "hipotireoidismo" sem querer.

Rostova puxa uma pistola de seu casaco e esvazia o carregador antes de tirar um dardo tranquilizante de seu cinto.

— Eu não me arrependo de nada.

— Você deveria — responde ele.

Ela olha para o sangue dele na neve. Para o cano da arma.

— Eu sei.

Ele levanta os olhos para ela, vendo seus dedos guiarem a bala para dentro da câmara.

— Qual é o seu nome? — pergunta ele de repente. — Seu nome real. Não é Rostova, não é?

Ela gira a câmara, parando-a de repente com o polegar.

— Não importa se eu souber, não é? Quando foi a última vez que você disse a alguém seu nome real?

Ele está tão cansado. O frio já está em seus ossos, e ele se sente sem peso. Poderia afundar na neve. Poderia se permitir ser engolido pelo terreno inabitável. Se tornaria parte da paisagem, adormecido até o próximo soldado cambalear através da tundra. Mas ao invés disso ele diz para ela:

— Sou James. James Barnes. Eu acho que meus amigos me chamam de Bucky.

— Rostova! — Uma niveladora de neve para atrás deles. V não escutou o motor. Karpov desce do assento de motorista.

— Qual é o seu nome? — V pergunta novamente.

Karpov se esforça para chegar a eles, uma mão levantada para proteger seu rosto da neve.

Mesmo tomando toda a força de V, ele vai para frente e agarra o pulso de Rostova, o que segura a arma. Ela endurece, mas não se afasta. Sua manga recua, longe o suficiente para que a cicatriz branca em seu pulso fique visível, como uma veia de gelo grudada em seu braço.

— Me mate — diz ele, sua voz falhando. — Não me faça passar por isso de novo. Me mate antes de me entregar para ele.

— Rostova! — grita Karpov.

— Você entende, não entende? — diz ele. — Como é não pertencer a si mesma?

— Rostova!

Ela respira fundo o ar nevado, e não vacila quando o frio acerta seus pulmões. Ela vira a cabeça para trás e diz para o céu:

— Masha.

— O que você está esperando? — grita Karpov.

— Meu nome é Maria Ekaterina Nikolayeva Popova — diz ela. — Mas minha mãe sempre me chamou de Masha.

Há um tiro. V e Rostova — James e Masha — os dois olham para a pistola na mão dela, então para o sangue escorrendo da frente de seu traje tático branco, outra papoula em outro campo.

Ela cai lentamente, como uma pena voando na brisa. Ela cai na neve com o rosto ao lado do seu, perto o suficiente para que ele possa ver os flocos de neve individuais aconchegados em seu cabelo. Quando ela abre a boca, o sangue banha seus lábios. Sua respiração dança. O espaço entre cada uma delas se torna cada vez maior. Ela estende a mão e toca no rosto dele.

O vento passeia sobre eles, cobrindo as pegadas e o sangue, os formatos de seus corpos na neve e a memória de cada tiro que levaram um pelo outro através das vidas que apenas um deles conseguia lembrar. Logo não haverá nada para ser lembrado, mas por um momento os dois ainda estão ali. O mundo ao redor deles é quieto e silencioso e de um branco imaculado até o horizonte. Uma tábula rasa.

Por um momento, tudo é Rostova e Vronsky.

E então apenas Vronsky.

— Se livre do corpo dela. — Ele escuta Karpov dizer aos soldados. — Leve a cobaia de volta para o bunker. A criostase vai prosseguir como planejado.

Capítulo 25

1954

Ele volta para uma consciência enevoada preso a uma mesa de operações, encarando luzes tão brilhantes que ainda consegue ver de olhos fechados. Sua cabeça lateja. Não consegue sentir suas pernas, e não consegue levantar sua cabeça alto o suficiente para ver se ainda estão ali. Alguma coisa o prende no lugar, e ele não tem a força para lutar contra o que quer que aquilo seja.

Removeram seu braço biônico. O encaixe está envolvido de uma gaze protetora, bordas de borracha selando-o contra a pele. Há um tubo em seu outro braço, e ele já consegue sentir o frio, abaixo da pele. Ele se sente ensopado até os ossos. Médicos flutuam nos cantos de sua visão, conversando de maneira suave. Seus rostos estão cobertos de máscaras cirúrgicas e seus olhos obscurecidos por lentes grossas. Parecem fantasmas. Um deles se curva por sobre ele com um par de tesouras de ponta fina, e ele sente uma picada afiada no pescoço. Um momento depois há um som leve quando o médico solta a agulha que removeu em uma bandeja.

Outra médica passa um gel frio no peito de V, então prende um sensor. Uma máquina começa a bipar sincronizada com seu coração. O ritmo parece lento demais. Mal está consciente, apesar de estar alerta com o que aconteceu ao seu redor, e pode sentir tudo — o arranhão do tubo que colocam em seu nariz, as gotas flamejantes que colocam em ambos os olhos que transformam o mundo em lavanda, os dedos de látex enfiados em sua boca, verificando com grosseria abaixo de sua língua e em suas bochechas antes que um protetor bucal de borracha seja forçado entre seus dentes.

— Se ele estiver pronto — diz uma voz, a voz de Karpov —, já podem começar a abaixar a temperatura.

A luta o inunda novamente.

Ele não vai voltar. Ele não pode — ele não vai voltar para o gelo. Ele não vai se perder novamente. Lutou para sair de sua escuridão, vindo de baixo da superfície e do frio, e se libertou cada merda de vez — e ele não vai entregar esse lugar pelo qual lutou tanto. Não vai ser o rato de laboratório deles. Não vai ser seu soldado. Não vai ser afiado e temperado, transformado em arma como aço recém-forjado.

Ele vai lutar de joelhos, com o rosto na lama. Nunca vai desistir.

Ele tenta sentar-se, mas o amarram muito apertado, e há tantos deles. Há tubos e fios e cabos demais prendendo-o. Seus músculos tremem e a dor ricocheteia através dele. Seus olhos latejam. Ele tenta dizer algo, mas não consegue forçar palavras atrás do protetor bucal.

O rosto de Karpov surge acima dele. Através do filme ou do que quer que colocaram em seus olhos, a pele do médico parece vermelha.

— É mais fácil — diz ele, dando tapinhas no rosto de V — se você relaxar.

Mas ele não foi criado para desistir. Rostova nunca o ensinou isso. George Barnes nunca o ensinou isso. Edward Fleming fez o alemão perseguir seu rei por horas, se recusando a se resignar. Ele quer arrancar as amarras em suas pernas. Quer tirá-las da mesa e enroscá-las na garganta de Karpov. Quer que cada pessoa naquela sala, todos que levantaram um dedo contra ele, vejam-no levantar-se daquela mesa. Ele quer vê-los temendo-o.

As tesouras que o médico usou para retirar a agulha de seu pescoço descansam em uma bandeja próxima, perto demais, pois acham que ele não é capaz de se mover. O gelo já se solidifica em suas veias, mas se ele as alcançar... Se ele se esticar...

Karpov inclina a cabeça para conferir uma das médicas. Outro médico remove o medicamento intravenoso do braço de V e cobre o local com uma gaze, então vira-se.

Ele sente o puxão até seu ombro quando se alonga em direção à tesoura, seus dedos quase tocando as alças. Karpov está bem ali. Karpov, que garantiu que V soubesse matar sem perder tempo com o remorso. Que lhe ofereceu Rostova e pediu a ela que o ensinasse onde esfaquear um homem para que morresse por sangramento antes de acertar o chão. As amarras estão se esfregando na pele nua de V, mas ele continua se esticando. A tesoura se mexe na bandeja quando sua unha toca na alça.

Ele pensa em Rostova. *Masha*. Ele pensa em cada codinome com os quais ela o chamou. Talvez nunca tenham dito a ela seu nome verdadeiro. Quantas vezes deve ter dado as costas quando enfiaram tubos em sua garganta e deixaram o gelo se fechar ao redor dele? Quantas pílulas ela deu a ele mesmo sabendo que estavam comendo seu cérebro como traças no tecido? Ele pensa em Gina Fleming colocando sua mão no cano de sua pistola, o amor deles um cemitério onde nada permanece enterrado. Consegue vê-la — não de rosto fundo e pálido no laboratório da Hidra, mas como era quando se conheceram. Seus cachos com alfinetes e cardigã grande demais. Ele a havia beijado. Eles tinham dançado. Ela deixou um livro no bolso dele e deram as mãos antes de se separarem. A luz do sol estava tão forte na pista daquela vez.

Seu dedo pega alça da tesoura.

Ele a gira em sua palma, e o metal frio contra sua pele o faz despertar. Dá a ele alguma coisa em que focar, um sentido para afiar os outros. As cores voltam a sua visão. Consegue respirar sem se engasgar. Ele gira a tesoura entre os dedos, alinhando sua ponta com a coxa de Karpov. Tudo o que precisa, quando o médico virar, é uma estocada forte em sua perna.

Karpov se mexe, inclinando-se em sua perna de trás.

Um passo. É só o que precisa.

Um passo para mais perto, e é o fim.

Então um dos médicos o segura pelo queixo e coloca seu rosto para frente. Ele fica cego por um momento por causa das luzes, e então uma máscara pesada de borracha é colocada por cima de seu nariz e boca. Ele tenta virar a cabeça, mas há um silvo e um gás é liberado, e sua visão fica leitosa nas bordas. Ele quer prender a respiração, mas não tem nem certeza se ainda está respirando. Não consegue localizar os pulmões em seu corpo. A tesoura escorrega de suas mãos.

— Pronto — diz a voz de Karpov. — É para te ajudar a relaxar.

Ele não pode relaxar. Precisa lutar. Precisa ficar acordado, precisa lembrar.

— Contagem regressiva iniciando — diz alguém. — Dez.

Ele tenta se puxar das amarras, mas já está se tornando fumaça, flutuando centímetro por centímetro, mas ainda assim a dor permanece. Seu corpo inteiro é formado de membros fantasmas.

Você tem que lembrar, diz a si mesmo, enfiando as unhas nas mãos, desesperado para ficar acordado. *Quando você acordar, vai se lembrar de tudo. Não vai se esquecer novamente.*

— Nove.

Seu nome é James Barnes. Seus amigos te chamam de Bucky. Você nasceu em Shelbyville, Indiana...

Sua visão embaça. As luzes acima ficam mais brilhantes, lâmpadas individuais se tornando um borrão longo como a cauda de um cometa.

Você é James Barnes. O nome de sua irmã é Rebecca. O nome de sua mãe era...

— Oito.

O nome de sua mãe era...

Ele está tremendo. Não consegue mais ouvir os bipes de seu coração.

— Sete.

James Barnes, James Barnes, James Barnes, não esqueça, não esqueça.

A sala está cheia de fantasmas. Para onde quer que olhe, não há nada além de trapos e sombras.

— Seis.

Bucky. Eles te chamam de Bucky, seus amigos te chamam de Bucky. Você tem que se lembrar.

— Cinco.

Lembre-se do cheiro do escapamento da moto e do calor do asfalto e do brilho dourado dos campos de trigo de Midwest no pôr do sol.

— Quatro.

E montanhas cobertas de neve por cima, voando sob as estrelas no assento atrás de Steve. A aurora deixando o para-brisa roxo e rosa.

Lembre-se das balas e migalhas e canhotos de ingresso sempre no fundo da bolsa. Ela nunca jogou nada fora.

— Três.

E a água parada em suas botas...

As hortênsias roxas de sua mãe derramando pétalas pelo gramado...

Os lençóis manchados no hotel no Queens, a primeira vez que você acordou gritando e Gina te abraçou...

Lembre-se de quem você foi.

Lembre-se de quem você é...

— Dois.

Não deixe eles tomarem isso de novo. Não deixe eles...

— Um.